김몽(金蒙) 판타지 장편 소설

2

팬더가 되어버린 봉근

둔갑 팬더 2

김몽 판타지 장편 소설

초판 1쇄 찍은 날 § 2002년 10월 15일
초판 1쇄 펴낸 날 § 2002년 10월 25일

지은이 § 김몽
펴낸이 § 서경석

편집장 § 문혜영
편집책임 § 박영주
편집 § 장상수 · 권민정 · 이종민
마케팅 § 정필 · 강양원 · 김규진

펴낸곳 § 도서출판 청어람
등록번호 § 제1081-1-89호
등록일자 § 1999. 5. 31
어람번호 § 제1-0302호

주소 § 경기도 부천시 원미구 심곡1동 350-1 남성B/D 3F (우) 420-011
전화 § 032-656-4452 팩스 § 032-656-4453
http://www.chungeoram.com
E-mail § eoram99@chollian.net

값 7,500원

ISBN 89-5505-500-5 (SET)
ISBN 89-5505-502-1 04810

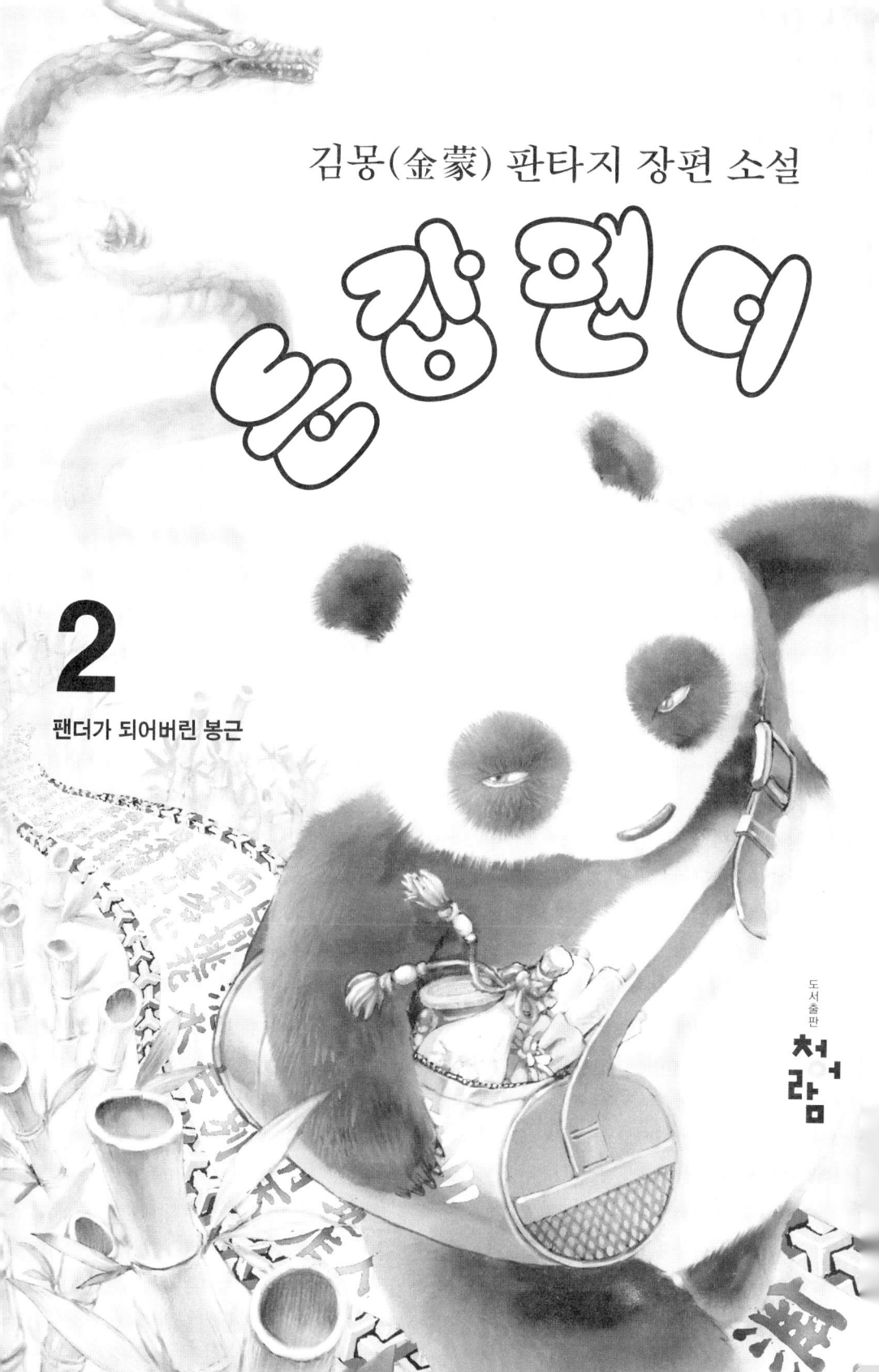

김몽(金蒙) 판타지 장편 소설

밥장원디

2

팬더가 되어버린 봉근

도서출판
청어람

제1장
심령 수사관 이요란

    신문 배달 소년도 고이 잠자고 똥개도 짖지 않는 이른 새벽, 소청은 하품을 크게 하고 졸린 눈을 비비며 거실로 나왔다. 여행에서 쌓인 피로로 인해 너무 일찍 잠들었던 것이 이른 새벽에 눈을 뜨게 된 이유였다. 출출한 배를 채우기 위해 냉장고 문을 열었다. 대나무를 비롯한 각종 야채들이 냉장고를 가득 메우고 있었다.

    "진진이 녀석, 이런 걸 뭐 하러 냉장고에 넣어둔담. 그냥 종이 박스 안에 쌓아두면 될걸."

    툴툴거리면서 간식거리를 찾아보던 소청은 진진이 한 입 베어 물고 남겨둔 양갱을 발견했다.

    "에잉, 먹을 게 왜 이리 없담."

    양갱을 오물거리면서 방으로 들어가려던 소청은 귀를 쫑긋 세웠다.

    '무슨 소리지?

어디선가 소곤소곤거리는 소리가 들려왔다. 뭐라고 하는지 잘 알아들을 수는 없었지만 이 새벽에 집 안에 누군가가 들어와 대화를 나누고 있는 것이 틀림없었다.

'설마 도둑?'

소리가 들려오는 쪽방으로 살금살금 뒤꿈치를 들고 다가선 소청은 얼굴을 살짝 들이밀었다. 도둑이라면 정복 경찰로 둔갑을 해서 혼내줄 참이었다.

'엥? 저게 누구여?'

소청은 고개를 갸웃했다. 하얀 소복을 입은 긴 머리 여자가 쭈그리고 앉아서 열심히 손을 비비고 있었다. 갑자기 머리가 쭈뼛이 섰다.

'서, 설마, 귀신?'

사령(死靈)을 제어할 줄 모르는 소청으로서는 두려운 일이었다. 주머니를 뒤져 봤으나 변변한 부적 하나 잡히지 않았다. 등골에서 식은 땀이 흘렀다. 잠들어 있는 진진을 깨울 수도 없는 일이었다. 지진이 나서 방바닥이 갈라지고 집이 무너져도 갈라진 암석 사이에 끼어 잠을 잘 녀석이었다. 가만히 등을 돌려 발끝으로 살금살금 걷던 소청은 귓가에 들려오는 목소리에 그 자리에서 얼어붙었다.

"거기 누구니?"

천천히 고개를 돌린 소청은 꺄악! 하고 비명을 지르며 뒤로 넘어졌다. 산발한 머리에 핏발 선 눈동자, 검은 눈자위에 거무튀튀한 얼굴을 한 젊은 여자는 그야말로 구천을 떠도는 처녀귀신의 형상이었다.

"어머, 소청아! 왜 그리 놀라니?"

"미, 밍밍? 밍밍이니?"

"응. 너, 일찍 일어났구나."

"세상에… 너, 지금 뭐 하는 거니? 꼴이 그게 뭐니?"

밍밍은 냉수가 담긴 대접을 가리켰다.

"봉근 오빠를 위해 정화수 떠놓고 신령님께 빌고 있어."

"어이구… 열녀났다, 열녀났어. 그 자식 뭐 이쁘다고……."

"오빠가 불쌍하잖아. 다시 인간이 되었으면 좋겠어."

"킁! 인간들 홀려서 나쁜 짓 할 때는 언제고… 도대체 봉근이 녀석 한테 왜 그리 집착하는 거니? 이천 년 묵은 모래여우가 청혼할 때는 콧 대 세우고 튕기더니……."

"넌 내 마음 몰라."

"킁, 답답해라. 난 잠이나 자련다. 킁!"

소청이 방으로 돌아가 버리자 밍밍은 다시 정화수 앞에 주저앉아 손 바닥을 싹싹 비볐다.

"비나이다, 비나이다. 우리 팬더 오빠 다시 사람이 되게 해주소서."

얼마나 빌었을까. 무릎이 저려오기 시작했지만 밍밍은 기도를 멈추 지 않았다. 기력이 떨어지면서 정신이 흐려지기 시작했다. 눈앞에 조 그만 혼령(魂靈)들이 왔다 갔다 하고 귀가 멍해졌다. 으흐흐흐… 하고 서럽게 우는 원혼들의 곡소리도 들려왔다. 몸이 극도로 쇠약해지면 영 계(靈界)의 간섭이 시작된다더니 정말이었다.

"무얼 그렇게 간절히 기구(祈求)하느냐?"

나직한 남자 목소리가 들려왔다. 소리가 나는 쪽으로 고개를 돌렸 다. 머리에는 패랭이를 쓰고 저고리를 입은 중년의 남자가 천장 구석 에 붙어서 밍밍을 내려다보고 있었다.

"누구… 세요?"

"난 봉근의 반지하 주택에 사는 집귀신이다. 네가 내뿜는 염파(念波)

가 하도 강렬해서 여기 살던 잡신들이 다 나가 버렸다. 넓어서 좋긴 하다만, 나 역시 그런 파동에는 편하지가 못해."

"치, 전 신령님께 빌고 있던 중이었어요. 아저씨 같은 하급 령과 상대하려고 빈 게 아니라구요."

패랭이의 남자는 천장에서 거꾸로 걸어다니며 말을 했다.

"신령이라… 그 정도 급의 친구들을 불러내리려면 인간들의 탁기가 적고 지세가 훌륭한 명산대천에 가서 빌어야 한다. 반지하 골방에서 아무리 빌어봤자 나 같은 놈들밖에 더 꼬이겠니? 보아하니 많이 약해진 거 같은데, 관두는 게 좋을 거다. 저항력이 더 떨어져서 염파조차 나오지 않으면 잡귀한테 빙의될지도 몰라."

"훗, 빙의라뇨. 전 천 살도 넘게 먹은 둔갑 여우예요. 감히 어떤 귀신이 덤비겠어요."

"그러니? 근데 뭘 그렇게 간절히 빌고 있는 거니?"

"봉근 오빠요. 용신에게 벌을 받아 팬더가 되어버렸어요. 다시 사람으로 되돌려놓으려고 하는데……."

"팬더가 두 마리로 늘어나서 이상하게 생각했더니 그게 봉근이었군. 근데 빌어도 소용이 없겠구나."

"왜요?"

"용신이 처결한 사항은 하급 신이 마음대로 바꿀 수가 없단다. 천상의 법은 명령 계통을 중시하기 때문에 그런 일은 철저하게 금하고 있지. 옥황상제 비서실에 줄을 대면 뭐 어떻게 해볼 수도 있겠지만……."

"그렇군요. 제가 이렇게 비는 것도 다 부질없는 일이란 말씀이군요."

"응, 그만두는 게 좋아."

"알았어요. 알려줘서 고마워요, 아저씨."

"고맙긴… 어서 가서 한숨 푹 자거라. 그러다 정말 제 명에 못 죽겠다."

"네에, 아저씨도 편히 쉬세요."

"그래. 그리고 부탁인데 집에다 이상한 부적 같은 거 붙이지 말아주라. 요새 지박령들이 전세금을 많이 올려서 새 집을 구하기도 쉽지 않거든."

"네에, 걱정 마세요."

집귀신은 스펀지에 물이 흡수되듯 천장에 스르륵 스며들었다. 집귀신이 사라진 천장 부위는 마치 비가 샌 것처럼 얼룩이 져 있었다. 밍밍은 저린 무릎을 주먹으로 탁탁 치면서 일어났다. 아무래도 메이린에게 직접 부탁하는 수밖에 없을 것 같았다. 등용된 지 얼마 안 된 친구에게 곤란한 청탁을 다시 넣는다는 것이 마음에 걸렸던 밍밍이었다.

애초에 메이린이 봉근을 팬더로 만든 연유도 기실 알고 보면 봉근을 사후 지옥에 보내지 않기 위한 그녀의 배려였다. 하지만 친구에 대한 미안한 마음보다는 봉근에 대한 가엾은 연정이 앞서는 밍밍이었다.

몽달슈퍼 코털아저씨는 현금 등록기를 열어봤다가 깜짝 놀랐다. 만 원권 상자에 배춧잎 석 장이 들어 있었다. 누가 이런 장난을 쳤느냐며 성질을 팍 내고는 배춧잎을 끄집어내 쓰레기통에 버렸다. 가만히 생각해 보니 또 막내 놈 장난 같다. 용돈 안 준다며 가끔 현금을 슬쩍하는 놈이었다. 코털아저씨는 만 원짜리를 꺼내서 세어봤다. 어제 은행에

입금시켜서 등록기의 시재액은 대충 파악하고 있었다.

"잉? 돈이 조금 비는 것 같은데……."

아저씨는 세탁소 뚱뚱이아줌마에게 잠시 가게를 맡기고 코털을 휘날리며 집으로 뛰어갔다. 예상대로 막내 아들은 학원도 빼먹고 집에서 뒹굴고 있었다.

"이 썩을 노무 자슥! 하라는 공부는 안 하고 도둑질만 늘어? 이 노무 자슥!"

다짜고짜 나무 빗자루로 막내를 두들겨 패기 시작하는 코털아저씨. 영문을 모르는 막내는 죽는 소리를 해댔다.

"아아아! 아아! 아부지, 왜 때려요! 아아! 내가 뭘 잘못했다고!"

"이 노무 시키야! 배춧잎까지 넣어두고 아부질 놀려? 니가 아주 오늘 죽고 싶어 환장을 했구나!"

"아아아! 아아! 뭔 소리요, 아부지이! 아이구, 나 죽네!"

막내를 나무 빗자루로 패는 동안 몽달슈퍼 현금 등록기 속의 배춧잎은 점점 불어나고 있었다.

서울 지방 경찰청 수사과 고지랄 형사는 신종 통화 위조 사범을 놓고 골머리를 앓고 있었다. 누군가 배춧잎을 현금처럼 유통시키고 있는 황당한 사건이었다. 레이저 복사기로 뽑아낸 정교한 위폐도 아니고, 장인 정신이 깃든 동판으로 찍어낸 프로급 위폐도 아닌 평범한 배춧잎을 돈으로 알고 받았다는 게 믿기 힘들었다. 기가 막힌 것은 피해자들이 매매 당시에는 배춧잎을 지폐로 알고 있다가 한참 뒤에야 놀라서 신고를 한다는 사실이었다.

"고 형사, 수사에 진전이 좀 있는가?"

작달막한 박태종 수사과장이 고 형사 자리로 몸을 틀면서 물었다.

"아뇨, 워낙 골 때리는 사건이라서……."

"나도 경찰 생활 이십 년에 그런 황당한 일은 처음이네."

"유통 경로를 추적하고는 있는데, 쉽지는 않을 것 같습니다. 또 워낙 소액이라서……."

"별로 생색도 안 나는 일이면 다른 곳에 넘겨."

"넘기라구요? 이걸 누가 맡겠어요?"

"본청에 새로 생긴 거 있잖아."

"본청에요?"

박 과장은 되묻는 고 형사를 향해 빙긋 웃었다.

"본청 수사국의 심령 수사과."

심령 수사과에 새로 배속된 최수달 형사는 자신의 파트너인 이효란 형사가 마음에 들지 않았다. 가만히 뜯어보면 이목구비가 고르고 미인이랄 수도 있는 얼굴이었지만 분위기가 영 꽝이었다. 심령 서적이니 초능력 개발법이니 하는 책들을 잔뜩 껴안고 사는 것도 부담스러운데다 가끔씩 툭툭 던지는 섬뜩한 말들도 싫었다.

"수달 씨, 오늘 왠지 호흡하기 힘들고 갑갑하지 않아? 아니면 목이 좀 뻐근하다든가."

"네? 어떻게 아셨어요, 이 선배? 오늘 이상하게 목이 아프고 갑갑하네요."

"머리 없는 여자가 수달 씨 목을 조르고 있어."

"허걱……!"

최 형사는 얼굴이 하얗게 돼서는 목을 어루만졌다.

'우윽, 아무튼 음산한 여자야. 기분 나빠⋯⋯.'

그는 옆구리에 끼고 있는 파일을 이효란에게 집어 던졌다.

"통화 위조 사범이에요. 한번 열어보세요."

이 형사는 뼈만 앙상한 손으로 파일을 집더니 핏기없는 얼굴로 서류들을 넘겨다보았다.

"배춧잎을 돈으로 위장해 유통시킨다⋯ 이건 둔갑술(遁甲術)의 일종이로군."

"아, 그런가요. 그럼 수고해요, 선배. 전 점심 약속이 있어서⋯⋯."

"기다렷!"

"깜짝이야. 왜 소리를 지르고 그래요. 간 떨어지겠네."

"내 일을 도와줘야지. 난 지금 동시에 여러 사건을 처리하느라 바쁘단 말이야."

"쩝, 둔갑술이니 뭐니 하려면 관두세요. 전 다른 일을 맡을 테니."

이효란의 쭉 째진 눈이 일순 번뜩였다. 최 형사는 움찔하며 말을 더듬었다.

"바, 바쁘시면 다른 사건을 저에게 주시죠⋯⋯."

"다른 사건이라⋯ 사람을 칼국수처럼 뽑아 먹는 연쇄 살인귀는 어때? 아니면 아파트 공사 부지에 출몰하는 몽달귀신은? 목만 둥둥 떠다니면서 주민들을 공포에 떨게 만드는 부유령은?"

"돼, 됐어요. 도와드릴게요."

"후후, 진작 그럴 것이지. 걱정 안 해도 돼, 이건 쉬운 거니까. 위험하지도 않을 거고."

이효란은 책상 위에 향을 피워놓고는 두 눈을 지그시 감았다.

"난 잠시 영매 수련을 하고 있을 테니까, 수달 씨는 가서 증거물을 좀 갖다 줘."

"증거물이요?"

"배춧잎 말이야."

"네⋯⋯."

툴툴거리며 계단을 내려가는 최 형사의 뒤통수에 이효란의 말 한마디가 날아와 꽂혔다.

"자꾸 볼멘소리하면 처녀귀신을 붙여줄 거야."

"아, 아무 소리 안 했어요, 선배!"

최수달 형사는 황급히 계단을 뛰어 내려갔다.

이효란은 배춧잎을 가만히 바라만 보고 있었다. 옆에서 숨을 죽이고 지켜보던 최수달 형사가 답답해서 물었다.

"이 선배, 뭐 하시는 거에요? 배추 벌레먹은 거 첨 봐요?"

"조용히 좀 해봐. 정신 집중이 안 되잖아."

"뭐 하려는 건데요?"

"사이코메트리를 시도해 볼까 해."

"사이코메추리? 그거 먹는 건가요? 나 새고기 좋아하는데⋯⋯."

"입 좀 닥쳐라, 수달 씨."

"네에⋯⋯."

이효란은 배춧잎을 살살 쓰다듬기 시작했다. 초점 풀린 눈은 아무것도 바라보지 않는 듯 허공을 향해 있었다.

"보인다, 보여⋯⋯."

"보여요? 뭐가 보여요? 난 구멍난 소파밖에 안 보이는데."

이효란이 보고 있는 것은 사무실 집기들이 아니라 자신의 망막(網膜)

에 맺힌 영상이었다. 그녀의 눈동자에는 구멍가게에서 식료품을 사고 있는 목 짧은 남자의 얼굴이 어른거렸다. 그녀는 자신의 손을 하얀 복사 용지 위에 가져다 댔다. 손바닥과 종이 사이에 파란 빛줄기가 파지직 하고 일었다. 손바닥을 복사 용지 위에서 아래까지 스윽 훑어내리자 놀랍게도 사람의 얼굴이 멋진 목탄화처럼 그려져 있었다.

"으혜~ 뭐야, 이게? 이 선배, 손바닥으로 그림을 그리네?"

"염사(念寫, thoughtography)라는 거야. 원래 노출 광선을 주지 않고 사념하는 것만으로 필름에 감광(感光) 효과를 주는 건데 난 워낙 뛰어난 영능력자라서 종이에 바로 이미지를 뽑아낼 수 있지."

"으혜, 이 녀석 인상 한번 더럽네. 머리는 왜 이리 커?"

"흠, 마치 이스터섬의 인면석상(人面石像) 모아이처럼 생겼군."

"모? 아이? 날 애로 보지 마!"

"수달 씨, 나 짜증나려구 해……."

"헤헤, 죄송. 그냥 선배 재밌으시라고……."

"이 몽타주를 배포하고 수배령을 내려달라고 해. 난 좀 더 사이코메트리를 해볼 테니까."

"네, 선배! 그럼 수고하셔요!"

시끄러운 후배가 사라지자 이효란은 다시 정신을 집중했다. 배춧잎이 거쳐 간 수많은 손들과 얼굴이 스쳐 지나갔다. 배춧잎을 신고한 마지막 사람의 얼굴이 그녀의 눈동자에 맺혔다. 그녀는 다시 시간을 거슬러 사이코메트리를 걸었다. 유통 과정을 역으로 추적해 올라가면서 최초의 주인이 망막에 나타났다. 배춧잎에 쌀을 뿌리고 중얼중얼 주문을 외우는 둥그런 얼굴의 남자였다.

"이 녀석이 둔갑술사로구나! 절대 놓치지 않겠다!"

이효란은 복사 용지에 둔갑술사의 얼굴을 염사했다. 둥글둥글하고 순하게 생긴 얼굴이었다.

"범죄형은 아니군. 착하게 생겼어. 하지만 그렇다고 봐줄 순 없지."

그녀는 정색을 하고는 최 형사에게 전화를 걸었다.

"어서 올라와 봐."

"아이 참~ 지금 선배가 시킨 일들 하느라고 바쁜데 왜 불러요."

"냉큼 튀어오지 못해!"

"네에, 지금 갑니다!"

계단을 뛰어 올라오느라 이마에 땀이 송골송골 맺힌 최 형사는 가쁜 숨을 몰아쉬며 이효란 형사를 못마땅한 얼굴로 쳐다봤다. 이 형사는 염사한 몽타주를 내밀었다.

"이 녀석이 위조 지폐를 만들었어. 이놈도 수배령을 내리게 해."

"엥? 이놈이 진범이란 말이죠? 그럼 아까 그 머리 큰 놈은 취소할까요?"

"아니야. 그 녀석도 최초에 위폐를 유통시킨 놈이니까 둘이 서로 관련이 있을 거야. 그냥 놔둬. 두 녀석은 같이 있을 공산이 커."

"알겠습니다. 멀쩡하게 생겨먹은 놈이 그런 짓을 했단 말이지."

"수달 씨."

"네, 선배."

"화재 보험 하나 들지 그래?"

"예?"

"얼굴에 화마(火魔)가 끼었어. 집에 언제 불날지 모르니 꼭 하나 들어두라구. 아, 생명 보험도 같이 들어두는 게 좋겠군."

"우쒸, 얼마 전에 집들이한 사람한테 못하는 소리가 없어……."

최 형사는 벌레 씹은 표정으로 궁시렁대며 사무실 밖으로 걸어나갔다. 이효란은 책상 위에 놓인 작은 향로에 향을 꽂으며 경찰청에 떠도는 원혼들을 달랬다.

제2장
용신강림(龍神降臨)

"메이린을 불러내라고?"

소청은 국수를 삶다 말고 밍밍이 앉아 있는 식탁에 의자를 끌어다 앉았다. 밍밍은 요즘 봉근 때문에 마음 고생이 심해서 얼굴이 말이 아니었다. 심심산천에 쌓여 있는 눈처럼 하얗던 피부는 멜라닌 색소가 침착되어 거무튀튀하게 변했고, 수정처럼 빛나던 눈동자는 동태 눈알처럼 부옇게 흐려졌다. 물론 둔갑한 모습이긴 했지만, 본체(本體)의 건강 상태에 따라 둔갑한 모습도 영향을 받게 마련이었다.

"응, 지난번에도 소청이 메이린을 불러내서 진진을 구하러 갔었잖아. 부탁해, 소청."

"큿, 날 맨날 구박할 때는 언제고 아쉬운 소리 하려니까 친절해지남? 누가 여우 아니랄까 봐서. 큿!"

"소청, 제발 날 봐서 메이린을 불러줘. 난 용신을 불러내는 재주는 없단 말이야."

밍밍은 눈물을 글썽이며 소청의 소매를 잡았다. 1만 명의 인간 남자를 홀렸다는 신화적인 여우 밍밍으로선 자존심 상하는 일이었다. 소청은 약간 민망해져서 목소리를 누그러뜨렸다.

"지난번에는 우연히 메이린과 파동이 맞아떨어지면서 불러낼 수 있었던 거고… 보통 때는 강신제(降神祭)를 지내야 해. 이제 메이린은 둔갑 구렁이가 아니라 옥황상제의 신하인 용신이니까."

"강신제를 지내면 메이린을 볼 수 있는 거야?"

"꼭 그렇지도 않아. 강신(降神)이란 게 지상의 민원을 해결하러 오는 것이기 때문에 관료들이 바쁘거나 할 때는 안 내려온다구."

"그렇구나. 하지만 난 메이린을 꼭 봐야 해. 부탁해, 소청."

"허참, 난처하군. 쩝, 일단 진진이랑 상의를 해보자고."

"고마워, 소청! 고마워, 정말 고마워."

밍밍은 소청의 두 손을 꼬옥 잡고 팔짝팔짝 뛰었다. 오랜만에 보는 밍밍의 밝은 모습에 소청도 기분이 좋아져 빙그레 웃었다.

어느새 소청이 삶던 국수를 먹고 있는 진진은 강신제를 하자는 말에 좋다고 고개를 끄덕였다. 진진 역시 팬더의 생활에 적응을 못하고 있는 봉근을 보면서 걱정이 되던 차였다. 진진은 연신 면발을 후룩거리면서 한 손으로는 강신제에 필요한 준비물들을 종이에 적어 내려갔다.

"웅~ 돼지 머리, 시루떡, 사과, 배, 감귤, 방울, 봉투, 현금 십만 원, 향로, 부채, 거울……."

"진진? 봉투랑 현금은 왜 준비하지?"

"웅~ 원래 천상 관료들이 내려오면 수고한다고 촌지를 주는 게 관행이야."

"치, 옛날 친구인데 메이린이 그걸 받을라고."

"웅~ 아냐. 원래 이런 걸 급행료로 집어줘야 일이 빨라진다고. 어차피 청탁이야 아는 이들을 통해서 하는 것이기 때문에 친구라고 해도 예외가 아니지."

다음날 진진 등이 살고 있는 다세대 주택 옥상 위에는 제삿상이 차려졌다. 소청은 강신제를 주관하는 제사장으로서 화려한 제의를 입었고 진진과 밍밍은 열심히 제사 음식을 날랐다.

음식이 모두 갖추어지자 소청은 제문을 적어놓은 노트를 펼쳐 들고 큰 소리로 읽어 내려갔다.

"가까이 다가와 향기만 주고서 차갑게 변해 버린 사랑이 가면 쓰리는 이 가슴, 가슴이 젖어오고 떠나간 카멜레온. 카멜레온~ 카멜레온~ 나의 사랑, 사랑의 카멜레온~"

소청이 제문을 읽다가 흥에 겨워 다리를 흔들며 춤을 추자 얼굴이 벌게진 진진이 뛰어와 노트를 뺏었다. 당황해서 페이지를 마구 넘기는 진진.

"웅~ 실수, 실수. 이건 내가 노랫말 적어놓은 건데……."

소청은 새롭게 받아 든 노트를 들고 엄숙한 얼굴로 제문을 읽기 시작했다.

"이천이년 모월 모일. 오등은 자에 아 조선의 독립국임과… 중얼중얼… 너구리의 너구리에 의한 너구리를 위한 산림 정책은 이 땅에서 사라지지 않을 것이며… 어쩌구저쩌구… 그리하야 용신께 비오니 이 자리에 강림하야 우리의 민원을 해결하야 주시옵소서. 성부와 성자와 성신의 이름으로 드래곤 볼."

장시간에 걸친 제문 낭독이 끝나자 하늘이 어둑어둑해지기 시작했다. 검은 구름이 빠르게 움직이고 빗방울이 후둑후둑 떨어졌다. 상서로운 기운을 감지한 진진이 하늘을 쳐다봤다.

"용신이 강림한다!"

번개가 치더니 곧 이어 하늘이 붕괴되는 듯한 천둥 소리가 들렸다. 겁이 난 밍밍은 진진의 등 뒤로 가서 숨고 봉근은 눈만 껌뻑거리면서 제삿상 위에 차려놓은 떡을 집어먹었다. 옥상 위의 공간이 파열되면서 균열이 생겼다. 차원의 균열 사이에서 튀어나오는 거대한 괴수가 있었으니 바로 비바람을 주재하고 천상의 공무를 맡아보는 고위 관료 청룡이었다.

"나를 불렀는가?"

위엄있는 목소리로 호령하는 청룡의 당당한 모습에 둔갑 동물들은 입을 따악 하고 벌렸다. 놀란 밍밍이 앞으로 튀어나오면서 용신의 얼굴을 자세히 살폈다.

"메이린이 아니잖아?"

"메이린을 찾았는가?"

청룡은 몸을 구부리며 머리를 들어 밍밍을 마주 봤다.

"메이린이 동북아 지부장 아니었나요?"

"허허… 이번 달에 인사 발령이 나서 동남아로 갔다, 늙은 여우여."

"캥, 이를 어째……."

청룡은 커다란 수염을 씰룩거리며 제사 음식의 냄새를 맡았다.

"어허, 이것들은 나 먹으라고 차린 건가."

용신은 몸을 꿈틀거리면서 제사 음식들을 긴 식도 안으로 빨아들이기 시작했다. 돼지 머리, 시루떡, 과일과 술이 눈 깜짝할 새에 용신의 입속으로 빨려 들어가고 있었다. 봉근은 용의 입속으로 날아가는 닭고기를 붙잡아 자신의 입 쪽으로 당겼다. 하지만 청룡은 계속해서 마지막 남은 제수인 통닭을 빨아들이려는 공기 흡입을 계속됐다.

용신은 닭고기 한 마리를 놓고 팬더와 실랑이를 벌이다가 제풀에 지쳐 포기했다. 봉근은 맛있게 닭고기를 뜯어 먹고는 앞발로 용신의 뺨을 힘껏 때렸다. 자신의 음식을 뺏어간 데 대한 분풀이었다.

깜짝 놀란 용신이 얼얼한 뺨을 어루만지며 눈을 크게 떴다.

"어허, 뭐냐, 이 녀석은!"

노한 용신이 눈을 부릅뜨고 비늘을 거꾸로 세우자 진진이 달려들어 봉근을 가로막으며 재빨리 수습을 했다.

"웅~ 용서해 주세요. 아직 뭘 몰라서……."

"감히 나에게 손찌검을 하다니. 신성 모독죄로 지옥불에 처넣겠다!"

"웅~ 죄송합니다, 용신 나리. 이 녀석이 아직 의전에 서툴러서… 여기… 돌아가시는 길에 여비에 보태 쓰십시오."

재빨리 비늘 사이에 촌지를 끼워 넣는 진진. 용신은 헛기침을 한 번 하고 콧방귀를 킁킁 뀌더니 몸을 나선형으로 회전시키며 구름 속으로 사라져 갔다.

"그럼 잘 먹고 간다. 혹시 감사 나오거든 아무 소리 말거라."

"웅~ 살펴 가십시오, 나리."

용신이 사라지는 지점을 멍하니 응시하는 밍밍의 눈에서는 뜨거운 눈물이 한줄기 흘러내렸다. 봉근을 되돌리기 위한 마지막 희망이 사라지는 순간이었다. 하지만 낙천적인 진진은 빙글빙글 웃으며 다가와 밍밍의 어깨를 두드렸다.

"울지 마. 메이린을 찾으러 가면 되잖아."

"메, 메이린을 찾으러?"

"응~ 이 참에 태국 관광이나 하고 오자."

"태국?"

"응~ 방콕이랑 치앙마이랑 다 둘러보고 파타야에서 게이 쇼두 보구 해안에서 강신제를 지내자구."

"거기 가면 메이린을 만날 수 있을까?"

"그럼. 지역 민원은 해당 지부장이 강림해서 해결하는 게 천계의 규정이야."

"그래? 흑, 잘됐다."

밍밍은 옷소매로 눈물을 훔치며 배시시 웃었다. 진진은 밍밍을 위로하며 봉근 쪽을 쳐다봤다. 아무것도 모르는 봉근은 닭뼈를 발라내며 배를 두드릴 뿐이었다. 진진은 휴… 하고 한숨을 내쉬었다.

"팬더가 통닭을 먹다니. 봉근에게 섭생법부터 가르쳐야겠군."

검정 저고리에 하얀 고무신을 신고 가는 여인네가 있었다. 머리에는 커다란 떡시루를 이고 으슥한 산길을 잘도 걸어갔다. 한나절 동안 계속 걷다 보니 어느새 주위가 어둑어둑해졌다. 산속의 밤은 빨리 찾아온다. 그녀의 발걸음이 빨라졌다. 이마에는 땀이 송골송골 맺혔다. 치마에 걸려 종종거리며 걷던 그녀의 발걸음이 딱 하고 멈췄다.

조용히 떡시루를 옆에 내려놓는 여인. 앞에는 여자처럼 길게 생머리를 기른 한 남자가 서 있다. 몸에 착 달라붙는 바지와 셔츠를 입어 조각 같은 몸매가 그대로 드러났다. 남자의 얼굴은 하얗고 이목구비가 뚜렷했으나 결코 미남이라고는 할 수 없었다. 입술은 단정하고 붉었으며, 콧날은 오뚝했고 호수처럼 맑고 큰 눈이… 세 개나 달려 있었다.

"떡 하나 주면 안 잡아먹지."

고전적인 수법이었다. 여인은 떡시루를 발로 차서 엎어버렸다.

"징한 것, 떡이 다 떨어졌다. 어쩔래?"

긴 머리 남자의 미간에 세로로 박힌 큰 눈이 가늘어지면서 여인네를 노려봤다. 남자의 입꼬리가 살짝 위로 올라가고 있었다.

"팔 하나 주면 안 잡아먹지."

남자의 송곳니가 달빛을 받아 반짝 하고 빛났다. 여인은 팔뚝을 걷어붙이면서 소리를 빽 질렀다.

"그래. 어디 내 팔뚝 한번 먹어봐라, 이 눈 셋 달린 등신아!"

"클클클, 그렇다면… 잘 먹겠다!"

남자는 득달같이 달려들어 여인의 팔뚝을 덥석 물었다. 우두둑 하는 소리가 들렸다. 그는 여인네의 팔뼈 부서지는 소리라고 생각했다. 하지만 우수수 떨어지는 치아를 보고서야 자신의 이빨 부러지는 음향임을 깨달았다.

"으게! 이건 의수(義手)?"

"호호! 진짜 팔은 여기 있다!"

저고리 속에서 하얀 손이 튀어나오며 남자의 이마에 누런 종이를 붙였다. 종이는 이마에 착 달라붙더니 점차 면적이 넓어지면서 얼굴을 뒤덮었다. 눈앞이 보이지 않게 되자 남자는 두 손을 마구 휘저으며 여인을 잡으려 했으나 계속 약을 올리며 치마를 펄럭거리고 도망치는 여인이었다.

"호호호! 그건 결박 주문(結縛呪文)이 들어간 부적이라 절대 찢을 수 없을걸!"

"이, 이년이! 죽여줄 테다! 캬오옥!"

남자의 손톱이 날카롭고 길게 변하고 있었다. 팔을 휘두를 때마다 손톱이 공기를 가르는 소리가 섬뜩하게 들렸다. 남자의 손톱이 여인네의 저고리에 스칠 때마다 옷감이 소리없이 잘려 나가고 있었다. 하지만 여인은 겁나는 기색도 없이 팔짝팔짝 뛰어다니며 상대를 조롱했다.

부적은 점차 면적을 넓히더니 결국 남자의 온몸을 뒤덮으며 조여들었다. 남자는 더 이상 저항하지 못하고 균형을 잃으며 바닥에 고목나무처럼 쓰러졌다. 부적에 친친 감긴 형상이 마치 누에고치를 연상케 했다. 여인은 고무신을 벗어 부적에 감긴 남자의 머리통을 후려쳤다.

"세눈요괴! 너를 살인 및 절도 혐의로 체포한다!"

"끄윽, 너, 넌 도대체 누구냐?"

"오호호호! 난 심령 수사과 이효란 형사다!"

"그, 그랬군. 박수무당도 감당치 못했던 나를 짭새 계집년 따위가…크윽……."

이효란 형사는 저고리 품에서 부적 한 뭉텅이를 꺼내며 싸늘하게 웃었다.

"세눈요괴, 너를 이 자리에서 즉결 처분하겠다."

"무, 무슨 소리야! 변호사를 선임하도록 해줘!"

"오호호호! 넌 인간이 아니기에 법의 보호를 받을 수 없어! 멍청한 요괴 같으니!"

"아냐! 난 기형 인간이야! 사람의 한 종류라고!"

"오호호호! 잘 가거라, 세눈요괴!"

이효란 형사는 부적 뭉치에서 화염 부적을 꺼내어 요괴의 몸통 부위에 붙였다. 화르륵 하고 불길이 치솟았다. 뜨거운 지옥불이 요괴를 탐욕스럽게 먹어치우고 있었다. 고양이 비명 소리 같은 요괴의 절규를 감상하며 천천히 미소 짓는 이효란 형사였다.

"그동안 이 녀석이 해친 사람이 108명, 훔쳐 먹은 떡이 1만여 개…
절대 용서할 수 없었다……."

이효란 형사는 눈물을 주르르 흘리며 그간 요괴에 뱃속에 들어간 수
많은 시루떡, 송편, 인절미, 백설기, 콩편, 바람떡, 절편, 무지개떡, 경
단의 명복을 빌었다.

"인간에게 먹히지 못하고 요괴의 제물이 되어야 했던 죄없는 떡들이
여, 내가 너희들의 원수를 갚았노라. 고이 잠들어라……."

이효란 형사는 자연계의 모든 사물에 정령이 깃들어 있다고 믿는 애
니미즘에 심취해 있었다.

그때 최수달 형사가 소나무 뒤에서 팥떡을 우물거리며 나타났다.

"또 한 건 해결이네. 대단하셔, 이 선배."

"뭐 하다 이제 나타나? 도움이 안 되는 녀석……."

"헤헤, 박 반장님이랑 통화했었어요. 배춧잎 위폐를 만든 녀석 있
죠? 그 녀석 어디 사는지 알아냈어요."

"그래?"

"네."

"좋아, 오늘 밤 덮친다."

이효란 형사는 최 형사가 던져 준 팥떡을 한 입 베어 물었다. 귀신처
럼 긴 머리를 휘날리며 떡을 우물거리는 검은 저고리의 여인. 누가 보
면 저승사자라 할 만큼 음산한 기운을 풍기는 모습이었다. 그 옆에서
다리를 들고 오줌 누는 최 형사. 저승사자의 똥개였다.

제3장

이호란과 신진의 마법 대결

　소청은 진진이 사 온 태국 여행 가이드를 뒤적이며 콧노래를 부르고 있었다. 한국에 온 지 백 년 만에 떠나는 해외 여행이었다. 몇백 년 동안 황막한 중국 서부를 떠돌며 살았던 둔갑 너구리는 죽기 전에 세계 곳곳을 누벼보는 것이 소원이었다. 어제 평화시장에서 사 온 노란색 나일론 치마와 커다란 챙 달린 모자가 소청의 발치에 고이 놓여 있었다.

　밍밍은 접시에 코를 처박고 고기죽을 먹는 봉근을 안쓰럽게 바라보고 있었다. 그동안 봉근에 대한 걱정으로 속이 새카맣게 타버린 그녀였지만 태국 여행을 앞두고 또 다른 희망에 부풀어 있었다.

　"오빠, 조금만 참아요. 태국에서 돌아올 때는 사람이 되어 있을 테니……"

　진진은 내일 여행을 앞두고 든든히 먹어두는 중이었다. 대나무 잎

가루와 밀가루를 섞어 만든 죽엽면(竹葉麵)을 벌써 두 그릇째 비우는 진진. 막 세 그릇째의 죽엽면을 입에 말아 넣는 순간 젓가락이 뚜욱 하고 부러졌다. 얼굴을 찌푸렸다.

"웅~ 또 불길한 징조가……."

잠시 무언가를 생각하던 진진은 새 나무젓가락을 짜개 다시 국수를 먹기 시작했다. 후룩거리며 맛있게 먹던 중 또 뚜욱 하고 젓가락이 부러졌다. 아무래도 심상치 않았다.

"웅! 역시 흉조(凶兆)야! 뭔가 안 좋은 일이 벌어질 게 틀림없어!"

진진은 부러진 젓가락과 국수 그릇을 놔두고 벌떡 일어섰다. 씩씩하게 걸어가 찬장에서 쇠 젓가락을 가져오는 진진.

"웅~ 아무리 그래도 죽엽면은 마저 다 먹을 테야~"

기어이 죽엽면 다섯 그릇을 비우고야 마는 진진이었다. 꺼억~ 하고 트림을 한 뒤 배를 두드리는 모습이 한없이 포근했다. 잘 먹고 잘 자고 성격까지 좋은 진진을 누가 싫다고 할까. 인간이었다면 수많은 여성의 애정 공세에 둘러싸였을 터였다.

"웅~ 졸려~ 이제 자야지~"

밍밍이 설거지를 하는 동안 진진은 수돗물 소리를 자장가 삼아 문 앞에 엎드렸다. 몸이 나른하고 졸음이 몰려오기 시작했다. 진진의 식곤증은 필적할 자가 없었으니 한번 잠들면 태산이 진동해도 그를 깨울 수 없었다. 수면(睡眠)의 바다로 서서히 가라앉는데 갑자기 출입문이 확 하고 안으로 열렸다. 그 덕에 쿵 하고 머리를 찧은 진진.

"웅! 누구야, 나의 잠을 방해하는 녀석이! 웅!"

아픈 머리를 비비며 일어서니 누군가 앞을 가로막고 섰다. 검은 저고리와 생머리를 휘날리며 서 있는 음침한 처녀. 심령 수사관 이효란이었다.

"호호호, 너로구나. 사이코메트리 중에 보였던 둔갑술사!"

"웅? 이 언니는 또 누구야?"

"오호호호! 널 잡으러 온 사람이지. 이 통화 위조범 녀석아!"

이효란은 대우 정밀 K5 권총을 진진의 미간에 겨누었다. 당장이라도 방아쇠를 당길 것 같은 위협적인 모습이었다.

하지만 진진은 전혀 당황하지 않고 이마 앞의 총신을 손가락으로 만지작거렸다.

"웅~ 이런 총으로 어떻게 날 잡으려고, 언니야~"

"어이, 징그러운 아저씨. 자꾸 언니라고 부르면 쏴버릴 테야."

"웅~ 글쎄 이런 총으로 어떻게 날 쏠 건데."

이효란은 깜짝 놀라 뒤로 물러섰다. K5 권총의 총신 부위가 엿가락처럼 늘어나 추욱 쳐져 있었던 것이다. 그녀는 녹아버린 권총을 집어던지고 저고리를 벗었다. 양쪽 겨드랑이 사이에 늘어져 있는 작은 가죽 주머니에는 부적 뭉치가 가득 들어 있었다.

"호호, 역시 이 녀석, 마법을 쓰는군! 그래, 배춧잎으로 만 원권을 찍어내는 녀석이 틀림없어! 각오해라!"

"웅~ 언니야, 제발 가줘. 나 자야 돼. 졸려……."

"오호호호! 오늘 편히 잘 생각은 마! 경찰서에서 밤새 취조할 테니!"

겨드랑이에서 번개같이 결박 부적을 끄집어내 진진의 이마에 붙이는 이효란 형사. 진진은 부적이 얼굴을 덮으려 하자 손가락 끝을 얼굴에 대고 말했다.

"팬더 파이어!"

손톱 끝에서 작은 불꽃이 파바박 하고 튀었다. 부적은 힘없이 진진의 얼굴에서 떨어져 나왔다. 활짝 웃으며 하품하는 진진.

"웅~ 결박 부적은 불로 약간 그슬리면 잘 떨어져~ 웅~"

"쳇! 역시 이 녀석은 고수야!"

긴장한 이효란 형사는 부적 뭉치를 꺼내 적절한 공격용 부적을 고르기 시작했다.

"화염 부적을 써볼까? 아냐, 체포 중에 화상을 입으면 곤란하지. 결빙 부적? 아냐, 이 녀석한테 그런 게 통할 리 없어. 최면 부적은 어떨까? 아냐, 이거 안 써도 잘 거 같애……."

진진은 연신 하품을 해대며 이 언니가 언제나 가려나 하고 기다리고, 밍밍과 소청은 커다란 여행 가방에 먹을 것을 채워 넣느라 바빴다. 봉근은 마루에서 데굴데굴 구르며 장난을 치고 있었다. 난데없이 형사의 습격을 받았지만 변함없이 평화로운 가정이었다.

이효란은 고심 끝에 고른 검은색 부적을 공중으로 날렸다. 손가락을 모아 쥐며 주문을 외우자 부적이 불꽃과 함께 허공에서 타올랐다. 활활 타오르며 공중에서 둥둥 떠다니는 부적은 흡사 공동묘지의 도깨비 불 같았다. 진진은 뒷머리를 벅벅 긁으며 불타는 부적을 쳐다봤다.

"웅~ 뭐야, 이게?"

"오호호호! 원귀(冤鬼)들을 불러내는 거다!"

진진의 눈썹을 태울 듯이 맹렬하게 타오르던 불꽃은 부적과 함께 점차 사그라들었다. 부적이 모두 불타서 없어지자 집 안에 썰렁한 기운이 감돌기 시작했다. 젖혀진 문으로 싸늘한 바람이 밀려들어 오며 진진의 등골을 오싹하게 만들고 있었다. 열심히 여행 가방을 싸던 밍밍과 소청도 주위의 으스스한 분위기에 고개를 들었다.

"캥! 뭐지, 저 우중충한 아줌마는?"

"글쎄, 옆집에 초상났나? 깜장 상복을 입고 있네."

여행을 앞두고 들떠 있던 밍밍과 소청은 이효란의 방문을 대수롭지 않게 생각하고 있었다. 하지만 조금 뒤에 들려온 진진의 비명에 둘은 뒤로 재주를 넘으며 날카로운 송곳니를 드러냈다.

"우아이악!"

진진의 두 발은 바닥에서 떨어져 공중에서 버둥대고 있었다. 놀랍게도 산발을 한 여자가 두 손으로 진진의 귀를 잡고 천장에 거꾸로 앉아 있었다. 여자는 팔을 오므렸다 폈다 하며 진진을 들었다 놓고, 진진은 귀가 아픈 건지 멀미가 나는 건지 메슥거리는 표정이었다. 소청은 이빨을 드러내며 그르릉거렸다.

"밍밍! 처녀귀신이야!"

"캥! 우중충한 아줌마가 불러냈나 봐!"

"어서 진진을 구해!"

"알았어!"

벽을 타고 천장까지 걸어 올라간 밍밍은 날카롭게 손톱을 세워서 처녀귀신에게 휘둘렀다. 스슥 하는 소리와 함께 무언가 바닥으로 툭 떨어졌다. 처녀귀신의 오른팔이었다.

"캬오오오……!"

귀신은 괴성을 지르며 팔이 잘려 나간 부위를 붙잡았다. 산발한 머리칼 사이로 썩다 만 흉측한 얼굴이 비쳤다. 진진은 바닥에 떨어져 아픈 귀를 문지르고 있었다. 늘어진 귀를 코끼리처럼 펄럭거렸다.

"아이고오, 진진이 귀는 부처님귀. 아이고오……."

밍밍의 두 눈이 홍당무처럼 붉게 충혈됐다.

"네 이년! 구천을 떠도는 귀신 주제에 어찌 살아 있는 동물을 해하려느냐! 썩 물러가지 못할까!"

"크에에엑……!"

대답 대신 긴 혀를 뱉어내는 처녀귀신이었다. 귀신의 혀는 말아놓았던 양탄자처럼 주르륵 펴지면서 밍밍을 향해 뻗어왔다. 밍밍은 몸을 틀어 혀의 공격을 피했다. 혀는 방향을 틀어 밍밍을 따라오면서 갑자기 휘릭 하고 그녀의 목을 감았다.

"캑, 입 냄새……."

밍밍은 코를 막았다. 속이 울렁거렸다. 구취의 원인은 대부분 혀에 낀 음식물 찌꺼기와 세균 때문이다(혀 열심히 닦으시길 바란다). 계속 조여오는 혀 때문에 밍밍은 숨이 막혔다. 칫솔이라도 있으면 유한락스에 찍어서 닦아주고 싶었다.

"에잇!"

밍밍의 기합 소리가 터져 나오며 그녀의 팔이 반원을 그렸다. 혀가 스르르 풀렸다.

"캬오오오……."

귀신은 뎅겅 잘라진 혀를 감싸 쥐고 비명을 지르고 있었다. 잘려져 나간 귀신의 혀가 바닥에서 뱀처럼 꿈틀대고 있었다. 비틀거리는 처녀귀신의 머리 위로 검은 그림자가 떨어지고 있었다. 콰악 하고 무언가를 찔러 넣은 그림자는 탁탁 점프하면서 밍밍의 뒤로 와서 숨었다. 밍밍이 뒤를 돌아보며 씨익 웃었다.

"소청의 장기가 터졌네. 은비녀 꽃기!"

정수리에 비녀가 박힌 처녀귀신은 소리없이 바닥에 쓰러졌다. 귀신의 몸은 구더기 끓는 시신의 모습으로 변하더니 순식간에 회색 빛 재가 되어 사라졌다. 진진은 귀신 때문에 코끼리처럼 늘어진 귀를 펄럭거리며 집 안을 날아다니고 있었다. 빙긋빙긋 웃으며 공중을 날아다니는 그의 모습이 가관이었다.

"웅~ 이것도 재밌네~"

이효란 형사는 기가 질려 온몸을 부들부들 떨고 있었다. 이해할 수 없을 만큼 기괴한 통화 위조범들이었다. 그녀는 엿가락처럼 늘어진 권총을 집어 들었다.

"도, 도대체 정체가 뭐야, 너희들은……."

진진이 커다란 귀를 펄럭거리며 날아와 이효란과 코를 맞대고 말했다.

"웅~ 집에 안 가니?"

소파 위에서 TV를 보던 커다란 팬더 한 마리가 바나나 껍질을 얼굴에 집어 던졌다. 철퍽 하고 바나나 껍질이 얼굴에 들러붙자 이효란을 드디어 이성을 잃고 말았다. 겨드랑이에 착용한 가죽 주머니에서 부적 뭉치를 있는 대로 꺼내어 허공에 집어 던졌다.

"이 자식들! 다 죽여 버리겠어! 으아아아아!"

부적 수십 장이 공중에서 펄럭거리더니 서서히 회전하기 시작했다. 부적은 바람을 만들어내고 바람은 부적을 휘젓고 바람과 부적은 회오리바람을 이루어 강렬하게 회전했다. 진진과 밍밍은 머리털이 빠질 만큼 강렬한 돌풍에 뒤뚱뒤뚱 하면서 같은 방향으로 회전하고 있었다.

"웅~ 밍밍, 소청, 조심해~ 바람에 빨려들겠어~"

"캥! 뭐야, 뭐야, 저년이 바람났나."

몸무게가 가벼운 소청은 어느새 바람을 타고 날고 있었다.

"앗싸, 좋구나~ 신난다~"

이효란은 고개를 뒤로 젖히고 크게 웃었다.

"오호호호! 이 바람은 사령(死靈)들이 한꺼번에 몰려들면서 대기가 불안정해졌기 때문에 생기는 거야! 너희들은 이제 죽은 목숨이야. 오호호호호!"

이효란의 소름 끼치는 웃음 사이로 밍밍의 자지러지는 비명이 들렸다. 머리만 있는 귀신이 그녀의 팔뚝을 늘고 물어졌다.

"아아야! 캥! 나도 물어주마!"

밍밍이 크게 입을 벌리고 귀신의 머리를 깨물었다. 송곳니가 머리 가죽을 파고들자 귀신은 얼굴을 찡그리며 떨어져 나갔다. 진진은 손이 셋 달린 외눈박이 귀신에게 붙들려 곤욕을 치르고 있었다. 소청은 온몸이 끈적거리는 슬라임에게 먹혀 꼼짝달싹 못했다. 봉근은 덩치가 산만한 씨름 선수 혼령에게 들배지기로 번쩍 들려 버둥대는 중이었다. 집 안을 가득 메운 귀신들은 마음대로 돌아다니며 가재도구를 뒤집고 어질러 놓았다. 머리에 뿔 달린 도깨비 하나가 소파에 불을 붙이고는 깍깍대며 좋아했다. 봉근의 반지하 투 룸은 마치 이승에 펼쳐진 지옥도(地獄道) 같았다. 진진은 외눈박이 귀신에게 눌려 버둥대다가 도저히 못 참겠다는 듯 소리를 질렀다.

"꾸에에엑~ 안 되겠어! 사신(四神)들을 불러내야겠어. 우웅~"

진진이 입에서 중얼중얼 주문을 쏟아내기 시작하자 귀신들이 겁을 먹고 슬금슬금 진진에게서 멀어져 갔다. 진진은 그 틈을 놓치지 않고 마무리 주문과 함께 기합을 넣었다.

"나와라, 청룡! 백호! 주작! 현무!"

동서남북 네 방향에서 사신이 튀어나오며 앞에 있는 귀신을 잡아먹었다. 사신들은 겁에 질려 있는 귀신들에게 뛰어들어 가차없이 공격했다. 몽달귀신을 꿀꺽 삼키는 청룡과 부유령 한 마리를 뜯어 먹는 백호,

지박령을 발톱과 부리로 공격하는 주작, 입에서 뜨거운 불을 내뿜으며 아기귀신을 불태우는 현무. 사신과 잡귀들이 엉켜 난전(亂戰)을 벌이는 가운데 소청이 걱정스럽게 외쳤다.

"음양의 조화가 깨지고 있어! 이러다 큰일 나겠어!"

소청의 말이 끝나기도 전에 푸파팍 하는 폭발음과 함께 밝은 빛이 순식간에 팽창했다. 강렬한 빛줄기는 봉근의 반지하 집을 뚫고 나와 하늘 높이 솟아올랐다가 금세 오그라들어 조그만 점으로 변했다. 정적이 흘렀다.

어지럽게 싸우던 사신과 귀신들은 온데간데없고 진진과 친구들, 이효란 형사는 정신을 잃고 널브러져 있었다. 집기들이 어지럽게 널려 있었으나 역겨운 귀신들의 흔적은 없었다. 한참 동안 쥐 죽은 듯한 고요함이 계속됐다.

저벅저벅.

정적을 깨고 울리는 발 소리가 들렸다. 반쯤 열린 문을 젖히고 들어오는 흙 묻은 구둣발. 최수달 형사는 껌을 짝짝 소리나게 씹으며 이효란을 내려다봤다.

"얼씨구, 이게 뭔 일이래. 이 선배가 뻗어버렸네."

최 형사는 이효란의 어깨를 잡고 흔들어보았으나 충격이 컸던지 정신을 차리지 못했다. 주위를 둘러보니 둥글둥글한 총각 한 명이 코를 골고 있고 늘씬한 여자 한 명과 나이 많은 할머니가 쓰러져 있었다. 최 형사는 커다란 팬더 인형을 넘어서 코를 고는 남자에게 다가섰다. 몸을 뒤집어본 형사는 만족스런 웃음을 흘렸다.

"몽타주에 나온 놈이로군. 잡았다."

허리춤에서 수갑을 꺼내 진진의 손목에 채우려는데 뒷머리에 지끈

하고 통증이 왔다. 뒤를 돌아봐야겠다는 생각이 들었으나 이내 의식이 흐려지면서 앞으로 고꾸라졌다.

쓰러진 최 형사 뒤로는 음양국 관리인 위진번이 주먹을 쥐고 있었다. 조말다 요원과의 합동 작전으로 추적자 송달화가 사로잡은 진진을 가로채려 했던 위씨 부자. 작전이 실패로 돌아가고 나중에 말다 요원이 다른 이를 고용해 진진을 생포하는 데 성공했다는 소식이 들리자 이들 부자는 실의에 빠져 있던 차였다. 그러나 가짜 팬더 사건이 발발하자 다시 절치부심, 진진을 추적해 왔었다.

"얘야, 너 주먹이 더 세졌구나."

"급소를 더 많이 알게 된 거뿐이에요, 아버지."

"오냐. 모름지기 무술이란 상대를 제압할 때만 의미가 있는 거란다. 화려한 초식이나 기왓장 격파 같은 건 무의미한 거지."

"아버지, 이놈들은 누구일까요?"

"누구긴 누구겠냐. 진진이를 노리는 추적자들이겠지."

"아! 팬더예요, 아버지!"

위씨 부자의 얼굴이 조명등처럼 환해졌다. 진번은 펄쩍 뛰어서 엎어져 있는 봉근에게 날아갔다. 영차 하고 혼자서 팬더를 등에 업고는 발걸음을 옮기는 진번은 힘이 드는지 얼굴이 상기되고 거친 숨을 내쉬었다.

"끙… 아버지, 이 녀석 어쩐지 덩치가 예전보다 커진 것 같지 않아요?"

"워낙 잘 먹는 녀석이니 살이 쪘나 보지."

"끄윽, 그게 아니라 골격 자체가 커진 거 같은데……."

"잔말 말고 빨리 옮겨라. 녀석들이 깨어나면 곤란해."

"쳇, 아버지가 한번 업어봐요. 이 녀석 황소처럼 무겁단 말이에요."

위진번은 팬더를 업고 비틀거리며 봉근의 반지하 투 룸을 빠져나왔다. 골목에는 위씨 부자가 몰고 온 검은색 밴이 주차해 있었다. 위씨 노인은 재빨리 출입문을 옆으로 당겼다. 진진을 위해 비워둔 공간이 악어처럼 입을 벌리고 기다리고 있었다. 진번은 정신을 잃고 추욱 늘어진 팬더를 짐짝처럼 구겨 넣었다.

"자, 출발하자!"

"네, 아버지!"

두 부자는 다시 새로운 꿈에 부풀었다. 그동안 고생했던 세월도 보상받고 음양국 관리로서의 긍지도 드높이고 싶었다. 맵고 짠 한국 음식과도 결별하고 그리운 고향 요리를 맛보고 싶었다. 진번은 시내 속도 제한 규정도 잊어버리고 힘껏 가속 페달을 밟았다. 자신이 좋아하는 핑클의 댄스곡을 크게 틀었다.

"아후~ 기분 업!"

공중 전화 박스에서 딸과 통화를 하던 중년의 아줌마는 뒤통수가 따끔따끔해서 얼른 전화를 끊었다. 뒤에 줄을 선 거구의 남자가 무섭게 노려보고 있었기 때문이다. 무표정한 얼굴은 검은 색안경으로 인해 더욱 차갑고 무섭게 느껴졌다. 낡은 청바지에 커다란 항공 자켓을 걸친 모습이 무척 불량스러워 보였다. 아줌마는 전화 박스에 들어서는 남자를 힐끔힐끔 쳐다봤다. 남자는 전화 번호부를 뒤지더니 한 페이지를 주욱 하고 찢었다. 겁에 질려 달아나는 아줌마를 본체만체하는 남자. 그는 바로 경찰서 습격 사건과 '전진' 연쇄 살인 사건의 주인공, 터미네이터였다. 터미네이터는 초등학생을 위협해 받아낸 '진진'이라는 글씨와 찢어낸 페이지의 이름을 비교 대조했다.

"이번에는 제대로 죽인다, 진진."

가죽 장갑을 낀 주먹을 불끈 쥐는데 소매 사이에서 허연 연기가 스멀거리며 올라왔다. 연기는 뭉글뭉글 모여 일정한 형체를 이루더니 이내 사람의 얼굴이었다. 바로 담배 피우는 남자 대웅이었다.

"터미네이터, 난 너의 주인이다!"

"주… 인… 님……."

"음양국 관리들이 진진을 잡았다는 첩보가 입수됐다. 지금쯤 접선 장소로 달려가고 있을 테니까 미리 가서 대기하고 있다가 모두 없애버려."

"알겠습니다……."

"차량 번호를 불러줄 테니 잘 기억해둬. 서울 마에 사오……."

터미네이터는 눈앞에 쏜살같이 지나가는 검은색 밴을 힐끔 쳐다보더니 연기를 향해 말했다.

"찾았습니다."

"뭐라고? 잘 들어. 접선 장소는……."

터미네이터는 손을 휘저어 연기 뭉치를 흩어버렸다. 흩어지는 연기와 함께 대웅의 목소리도 공중에서 분해되어 사라졌다. 천천히 자신이 훔친 오토바이에 다가서는 그의 모습에서 살기가 느껴졌다.

　위씨 노인은 아까부터 백미러를 유심히 들여다보는 중이었다. 다혈질인 아들에 비해 꼬장꼬장한 성격의 노인은 진진의 행적을 추적하고 자료를 모으는 세밀한 작업들을 해왔다. 당장 덮쳐서 잡아가자는 진번의 주장을 억누르며 마법에 능한 진진의 힘이 약해지는 주기를 기다리자고 달랬던 노인이었다. 그런 그가 아까부터 계속 뒤에서 따라오는 오토바이를 주시하고 있었다.

　"얘야, 오토바이 한 대가 계속 우릴 따라오는구나."

　"오토바이요? 어디 봐요."

　"일곱 시 방향에 바짝 따라오는 커다랗고 시커먼 오토바이 말이다."

　후사경을 힐끔 쳐다본 진번은 낮은 신음 소리를 내었다.

　"할리 데이비슨 아냐. 새끼, 좋겠다. 뽀다구 죽이게 나는구나."

　위씨 노인이 아들의 뒤통수를 후려갈겼다.

"아야, 왜 때려요!"

"우릴 계속 미행하고 있단 말이야! 이 답답한 녀석아!"

"우씨! 아버지가 저런 오토바이 한번 사줘봤어요!"

"닥치고 어서 저놈을 따돌려!"

"할리 데이비슨을 어떻게 따돌려요! 배기량이 천오백 씨씨나 된단 말이에요!"

부자가 다투는 중에 퍼억 하는 소리와 함께 차량 유리창에 구멍이 났다. 노인이 놀라서 구멍난 유리창에 손가락을 집어넣었다.

"우박인가……."

"우아악! 아부지! 저 녀석이 총을 쐈어요!"

터미네이터의 라이플이 위진번의 운전석을 향하고 있었다. 쾅 하는 격발음이 울렸다. 라이플에서 박카스 약병만한 탄피가 튀어나왔다. 탄알은 유리창을 뚫고 진번의 이마를 스치고 지나갔다.

"우엑! 뭐야, 저 자식! 탈영병인가! 아부지! 운전대 좀 잡아봐요!"

"뭐 하려고!"

"설득을 해보려구요!"

진번은 차창을 내리고 고개를 내밀어 검은 색안경의 사내를 쳐다봤다.

"야, 애인이 고무신 거꾸로 신었냐! 이 형아가 이쁜 냄비 구해줄게!"

사내는 대답 대신 방아쇠를 당겼다. 살짝 빗나간 탄도는 진번의 귓볼을 스쳤다. 진번은 피가 철철 나는 귀를 싸매고 좌석으로 돌아왔다.

"고참이 갈궜나 보군. 아니면 스티브 유 때문에 열받았거나."

또 한 발의 총성이 들리더니 차가 방향을 잃고 헤매기 시작했다. 진번은 창문에 머리를 부딪쳤다. 두드드드 하는 진동이 느껴졌다.

"우아악! 아버지! 운전 똑바로 해요! 1종 대형 맞아요?"

"시꺼! 바퀴에 맞은 거 같애! 아무래도 차를 버리고 탈출해야겠다!"

"뭘 버리고 탈출해요! 이게 무슨 타이타닉인지 알아요!"

"진번아!"

"네!"

"꽉 잡아."

노인의 말이 끝나자마자 차가 붕 뜨더니 전복됐다. 와장창 앞 유리가 박살나면서 잘게 부서진 유리 조각이 좌르르 차 안으로 쏟아져 들어왔다. 매캐한 배기가스가 안으로 역류했다. 위씨 부자가 거꾸로 매달린 채 콜록거리고 있는데 차문이 우두둑 하면서 뜯겨져 나갔다.

"고맙습니다, 구조대 아저씨……."

진번은 차 밖으로 엉금엉금 기어나와 큰 대자로 뻗어버렸다. 위씨 노인은 콜록거리며 아들을 따라 나왔다가 흠칫 하고 놀랐다. 눈앞에 커다란 오토바이 앞바퀴가 보였기 때문이다. 라이플을 든 덩치 큰 사내가 진번을 내려다보고 있었다. 한쪽 손에는 뜯어낸 차문을 가뿐하게 들고 있었다.

"진번아, 도망쳐!"

노인의 외마디 비명이 울려 퍼지는 때와 동시와 터미네이터의 손가락이 방아쇠를 당겼다. 철컥 하고 공이 치는 소리가 들렸다.

"총알이 없군……."

진번이 손가락 관절을 뚜둑 하고 꺾으면서 일어섰다. 고대 중국의 무예를 두루 섭렵한 진번으로서는 살상 무기가 없는 맨손의 남자를 상대하는 데 하등의 두려움도 없었다. 진번은 손가락을 세우며 몸을 옆으로 틀었다. 위씨 노인은 고개를 갸웃했다.

"아니, 처음 보는 초식이로군……."

진번은 번개같이 손을 날렸다. 터미네이터의 목 주위를 한번 쿡 찌르고는 다시 손을 되돌리는 진번. 위씨 노인은 알 수가 없었다. 마치 애들 장난치는 듯한 공격이었다.

"뭐 하는 거냐! 정권으로 후려치거라!"

"아버지, 제가 오늘 무적의 암살 권법을 보여 드리겠습니다."

순간 진번의 손이 엄청난 속도로 터미네이터를 공격하기 시작했다. 마치 부라더 미싱이 재봉하듯, 번개처럼 넣었다 빼는 손 공격은 그야말로 예술의 경지였다.

"와다다다다다다! 와다다다다다다!"

발정한 고양이 같은 괴성을 지르며 혈도를 짚어 나가는 진번의 모습은 지옥에서 온 야차의 모습이었다. 위씨 노인은 아들의 고강한 무공에 탄성을 터뜨렸다.

"오옷! 저것은 단 한 사람에게만 전수된다는 고대의 암살 비급 북두신권! 우리 아들이 어찌 저런 비급을 손에 넣었단 말인가!"

북두신권. 인체의 중요한 급소만을 공격해 내장을 파열시켜 죽이는 무시무시한 고대 중국의 암살 권법으로 철저히 베일에 가려진 신비의 무예였다. 만화나 애니메이션을 통해서만 간간이 일반인들에게 선보이던 무예를 자신의 아들이 익혔나 네 위씨 노인은 경이로움을 넘어서 뿌듯한 자부심마저 느끼게 되는 것이었다.

"오와차!"

부라더 미싱 재봉틀 공격이 끝나면서 마지막 일격을 가하는 진번. 상대는 멀쩡한 모습으로 서 있었지만 이제 그는 죽은 목숨이나 다름없었다.

"크흐흑……."

진번은 눈물을 주르륵 흘리며 위씨 노인에게 다가왔다. 노인이 걱정스런 얼굴로 물었다.

"왜 그러냐, 진번아? 왜 우느냐? 양심의 가책이라도 느끼느냐?"

"아부지, 손가락 부러졌어요. 아흐……."

진번은 뒤로 젖혀진 검지손가락을 내밀며 콧물 섞인 눈물을 뚝뚝 떨어뜨렸다.

"어이구우~ 잘했다! 이 붕신아!"

"아부지이~ 으흐흐, 더럽게 아파요. 아흐……."

"진번아! 아무리 고통스러워도 상대에게 질리면 안 돼! 가서 기를 죽여라!"

진번은 옷소매로 눈물을 닦고는 터미네이터에게 씩씩하게 다가섰다. 제껴진 손가락으로 상대를 가리키며 멋진 목소리로 말하는 진번.

"넌 10초 후면 죽어."

진번이 말한 뒤 정확히 10초 후에 천지를 진동시키는 비명 소리가 들렸다. 터미네이터가 진번의 부러진 손가락을 꽉 잡고 좌우로 잡아 흔들고 있었다. 괴성을 지르는 진번의 콧구멍에서 점도 높은 액체가 대롱대롱 흔들렸다. 눈물은 콧물과 섞여서 계속 입으로 들어가는 중이었다. 천 년 동안 패한 적이 없는 북두신권에 먹칠을 하는 치욕적인 광경이었다.

"진진… 내놔… 진진… 내놔……."

"아야야야! 아야야야! 주, 줄게, 줄게, 줄게! 진진 녀석, 아직 차 안에 있어!"

터미네이터는 진번을 내려놓고 반쯤 부서진 차량에 접근했다. 슬라이딩 도어를 가볍게 뜯어내는 터미네이터. 안에는 아직 깨어나지 못한 팬더 한 마리가 드르렁거리며 자고 있었다. 무지막지한 팔뚝이 팬더의 뒷다리를 잡고 끌어내기 시작했다. 봉근은 잔인하기 이를 데 없는 진시황릉 토기 병사의 손에 푸줏간 고기처럼 끌려나오고 있었다.

억지로 끌려나오다 차체에 머리를 부딪친 봉근은 겨우 정신을 차리고 반쯤 뜬 눈으로 터미네이터를 바라보았다. 터미네이터는 항공 자켓에서 장난감처럼 작은 칼을 꺼내어 손바닥에 올려놓았다. 그는 초점 없는 눈으로 봉근을 바라보며 짧은 주문을 외웠다.

"발기."

조그만 칼이 갑자기 수십 배로 팽창하며 거대한 전투용 도검이 되어 그의 손에 잡혀 있었다. 도검이 그의 머리 뒤로 한껏 치켜 올려졌다. 여전히 무표정한 얼굴로 자신의 임무만을 되뇌이는 터미네이터.

"진진… 죽인다… 진진… 죽인다……"

팬더는 고개를 도리도리 저으며 눈물을 펑펑 흘렸다. 앞발을 모아 싹싹 비는 팬더.

"꾸에엑(전 진진이 아니에요)~"

"죽인다… 진진… 죽인다… 진진……"

"꾸엑. 꾸엑꾸엑(살려줘. 난 진진이 아니야)!"

"죽어라… 진진… 죽어라… 진진……"

"꾸에에엑… 꾸엑(그래, 맘대로 해라, 시벌 놈아)……!"

휘익 하고 공기를 가르며 도검이 봉근의 정수리로 내려오고 있었다. 봉근은 두 눈을 질끈 하고 감았다. 이제 죽는 건가… 후회는 없다! 짧은 다리로 가부좌를 틀고 의연한 포즈를 취하고 있는데 한 발의 총성이 울렸다. 터미네이터의 도검이 휘리릭 회전하며 공중을 날고 있었다. 경찰 제복을 입은 남자의 손에는 연기나는 권총이 쥐어져 있었다. 잘했어. 역시 특등사수다워라는 칭찬이 어디선가 들렸다. 순찰차 뒤에 선 한 경관이 확성기를 입에 대고 말했다.

"어이, 거기 개폼 잡는 양아치. 두 손 머리 위로 올려봐. 너를 동물 보호법 제6조에 의거해 동물 학대죄로 체포한다."

봉근은 짧은 네 다리로 열심히 달려서 경찰 아저씨들의 등 뒤로 숨었다. 터미네이터는 봉근이 달아난 방향으로 몸을 틀어 척척 걸어왔다. 확성기에서 다시 한 번 경고하는 소리가 울렸다.

"야, 짜샤. 내 말 안 들려? 손 머리 위! 손 안 올려? 아쭈구리~"

경관은 확성기를 집어 던지고 터미네이터에게 날라차기를 시도했다. 하지만 턱 하고 발목을 잡힌 경관은 터미네이터의 머리 위에서 빙빙 회전목마를 타다가 관성의 법칙에 의해 저 멀리 대포알 인간이 되어 날아갔다. 얼굴이 파랗게 질린 나머지 경관들은 모두 손에 손에 진압봉을 꺼내 들었다.

"겨, 경찰 구타죄 추가!'

간 큰 경관 한 명이 진압봉을 터미네이터의 이마 위로 내려쳤다. 그는 눈도 꿈쩍 안 하고 계속 달아나는 팬더를 쫓고 있었다. 저 녀석 잡으라고 누군가가 소리쳤다. 덩치 큰 경관 한 명이 등 뒤로 매달려 진압봉으로 목을 졸랐다. 하지만 잠시 후 바닥에 패대기쳐지는 경관. 등뼈가 부러진 경관은 고통스러운 신음을 내뱉고 격분한 동료 경관은 순찰차에 몸을 실었다. 터미네이터를 향해 곧바로 질주하는 순찰차. 놀랍게도 한 손으로 순찰차를 막아내는 터미네이터. 콰드드득 본넷을 뚫고 들어간 주먹은 엔진을 와드득 하고 뜯어냈다. 입을 떡 벌린 운전자의 입에서 힘없이 새어 나오는 체면치레.

"공무 집행 방해죄, 공공기물 파손죄. 너 잡히면 죽었어……."

이를 지켜보던 경관 한 명이 다급하게 지원 요청을 넣었다. 터미네이터는 순찰차의 바퀴 하나를 뽑더니 열심히 도망치고 있는 팬더를 향해 힘껏 던졌다. 퍼억! 순찰차 타이어에 얻어맞은 팬더는 데굴데굴 굴러서 철퍼덕 엎어지고 터미네이터는 길 옆에 떨어진 도검을 주워 들었다.

최수달 형사는 머리가 지끈지끈 아팠다. 어떤 놈이 용의자를 체포하는 순간 뒤통수를 때렸던 기억이 났다. 얼굴을 보지 못하고 기절한 것이 분했다. 그는 배를 꿈틀거리며 기어서 이효란 형사에게 접근했다.

"이 선배, 어서 그놈들을 잡으러 가야죠."

"누군 잡기 싫은 줄 알아! 꼼짝도 못하는데 뭘 어쩌란 말야!"

이 형사가 소리를 빽 지를 때는 귀를 잘 막아야 한다. 고막이 상할 수 있기 때문이다. 하지만 최 형사는 포크로 쇠쟁반 긁는 소리를 꾹 참아야만 했다. 두 손과 두발이 모두 뒤로 묶여지고 서로 당겨져 있었던 것이다. 여행 가방도 같이 없어진 걸로 봐서 놈들은 해외로 도주할 계획이 틀림없었다. 최 형사는 뿌드득 이빨을 갈았다.

진진은 김이 무럭무럭 나는 순대 한 줄을 통째로 입에 집어 넣었다. 우물우물 맛있게 씹는 진진을 보고 소청이 한마디 했다.

"진진이, 너 식성 많이 변했다. 안 먹던 순대를 다 먹고."

"웅~ 나라고 맨날 대나무만 먹는 줄 아니. 원래 둔갑 팬더들은 잡식성이라구."

"근데 봉근이를 빨리 찾아야 할 텐데. 도대체 누가 데려간 걸까?"

"웅~ 글쎄, 내가 아까 관심법을 써보니까 그 형사들은 모르더라구. 하지만 걱정 마. 밍밍이 열심히 찾고 있으니까."

밍밍은 주문했던 짬뽕 라면은 불어 터질 때까지 손도 안 대고 수정 구슬만 들여다보고 있었다. 구슬을 한참 동안 비벼대고 눌러대던 밍밍은 마침내 울음을 터뜨렸다. 다섯 번째 순대를 입에 집어넣던 진진이 놀라서 눈을 껌뻑거렸다. 밍밍은 수정 구슬을 다시 입에 집어넣고 꿀꺽 삼켰다. 소청은 딱하다는 얼굴로 쯧쯧 혀를 차다가 라면을 후룩거렸다. 안 되기도 했지만 약간 고소하다는 생각도 드는 소청이었다. 하지만 진진은 궁둥이를 들썩거리며 다가와 밍밍의 등을 토닥토닥 두드렸다.

"웅~ 밍밍, 왜 그래. 봉근이를 못 찾았니?"

"흑흑, 오빠가 팬더가 되고부터는 파동이 달라졌어. 구슬이 오빠를 못 찾는 거 같애."

"웅~ 걱정 마. 봉근인 워낙 억세고 질긴 녀석이라 꼬옥 살아남을 거야……."

"흑, 정말?"

"그럼. 내가 부리는 사신(四神)들도 꼼짝 못하는 녀석인걸. 저번에 봤잖아. 용신 앞에서도 당당한 그 기개를……."

라면을 먹던 소청이 콧방귀를 킁 하고 뀌었다.

"그건 기개(氣槪)가 아니라 객기(客氣)라는 거지. 무지막지한 녀석이야. 봉근이란 놈은……."

진진은 불어 터진 짬뽕 라면을 대신 먹어주고 밍밍이 좋아하는 쫄면을 한 그릇 시켜줬다. 하지만 그녀는 입에 대지도 않았다.

"웅~ 뭘 좀 먹지 그래. 힘이 나야 봉근이도 찾으러 가지……."

"왠지 입맛이 없어. 인간들의 음식이란··· 불순물이 너무 많이 섞여 서··· 지금처럼 기가 떨어졌을 때는 먹기가 싫어······."

"웅~ 내가 쥐 한 마리 잡아다 줄까?"

"그래 줄래? 나, 너무 기운이 없거든······."

진진은 순대를 우물거리며 자리에서 일어났다. 궁둥이를 실룩거리며 분식집을 나서는 총각을 가게 주인은 아무 생각 없이 물끄러미 바라보았다.

잠시 후 모란 분식의 주인은 에그머니나 하고 기겁을 해서 자리에서 일어섰다. 떡볶이를 먹던 여고생들도 날카로운 비명을 질러댔다. 신문을 읽던 아저씨는 물컵을 쏟았다. 진진은 사람들의 반응에 아랑곳하지 않고 커다란 시궁쥐를 밍밍의 손에 슬쩍 쥐어주었다.

"고마워. 나 배고팠어. 사실······."

밍밍은 꿈틀거리는 시궁쥐를 입에 넣고 우물거렸다. 분식점 손님들은 오도독 오도독 뼈까지 씹으며 맛있게 쥐를 탐식하는 처녀를 공포에 질린 눈으로 쳐다보았다. 작은 입술 밖으로 비어져 나왔던 쥐꼬리까지 밍밍이 남김없이 먹어치우자, 손님들은 허둥지둥 자리를 피했다. 피 묻은 입으로 꺼억~ 트림까지 하자 주인은 대경실색하여 방으로 들어가 버렸다.

"에궁~ 심심한데 뉴스나 볼까나······."

소청은 계산대 위에 놓여진 리모콘을 들고 와 홀 안에 있는 작은 TV를 켰다. 9시 뉴스 타이틀 송이 흘러나오는 중이었다. 첫 번째 뉴스는 항공 자켓을 입은 한 남자의 무표정한 얼굴이 클로즈업되면서 시작되었다.

— '전진' 연쇄 살인 사건의 용의자가 오늘 오후 경찰에 체포됐습니다. 순찰차를 맨손으로 대파시킨 괴력의 용의자는 전투 경찰과 수방사까지 출동한 뒤에야 간신히 생포됐습니다. 그는 자신의 이름을 '터미네이터'라고 밝히고 그 밖의 모든 사항에 대해서는 침묵으로 일관하고 있습니다. 담당 형사는 용의자가 체포 당시 신분을 증명할 만한 어떤 증서도 지니고 있지 않았으며 아직까지 그를 아는 사람도 나타나고 있지 않다고 밝혔습니다. 용의자 터미네이터는 대로변에서 팬더 한 마리를 살해하려다 신고를 받고 출동한 경찰에 체포됐습니다. 팬더는 현재 강남 경찰서에서 보호 중이며 빠른 시일 내에 적절한 보호 시설에 입사시키기로 했습니다. 한편 댄스 그룹 신나의 전진 씨는 '다시는 기억하고 싶지 않다. 악몽 같은 일이었다'며 인터뷰를 거절했습니다. 에스이에스 뉴스 김형렬입니다.

뉴스를 지켜보던 밍밍이 자리에서 일어났다.
"봉근 오빠다!"
"웅~ 진짜 봉근이네. 저 녀석 왜 저기 가 있지?"
"진진, 어서 가자! 봉근 오빠를 구하러!"
"웅~ 순대나 마저 먹고……."

경찰서장은 초코파이를 맛있게 먹는 봉근을 신기한 듯 쳐다봤다. 팬더라는 동물도 처음 보거니와 과자니 밥이니 주는 대로 넙죽넙죽 받아먹는 행동이 너무 귀엽고 우스웠다. 물론 이 녀석에 대해서는 의문투성이였다. 부하들 말로는 팬더는 아주 보기 힘든 희귀 동물이란다. 동물원에서도 팬더가 탈출한 적은 없다고 했다. 이런 녀석을 왜 연쇄 살인범이 해치려 했는지, 어떻게 해서 여기까지 오게 된 건지 알 수가 없었다. 하지만 아무래도 좋았다. 당분간 경찰서에 머물도록 하면서 애완 동물처럼 키우면 좋을 듯싶었다. 이제 중학교 다니는 막내딸에게 보여주면 좋아할 것이다. 팬더를 어떻게 처결하라는 상부의 지시도 아직 없었다. 지금 관심의 초점은 11명의 전진을 살해하고 영등포 서를 초토화시킨 정체 불명의 남자에게 쏠려 있었다.

초코파이 하나를 다 먹고 나서 입맛을 다시며 올려다보는 녀석에게 알사탕 몇 개를 집어주었다. 사탕을 두 발로 모아 잡아서 입에 집어넣는 팬더. 서장은 팬더의 머리를 쓰다듬다가 시끄럽게 울리는 전화기를 들었다. 순간 그는 자세를 똑바로 하고 얼굴이 경직되었다.

"예! …예! …아, 네… 알겠습니다."

그는 수화기를 내려놓은 뒤 식은땀이 흐르는 이마를 닦았다. 알사탕을 우물거리는 팬더를 주시하며 낮은 한숨을 내쉬었다.

'도대체 저 녀석에게 무슨 비밀이 있는 거지……'

서장은 4자리로 된 구내 번호를 눌러 부하를 호출했다.

"응, 난데. 이 팬더를 호송하라는 명령이야. 그래. 빨리 올라와 봐."

잠시 후 봉근을 실은 호송용 봉고차가 경찰서 정문을 빠져나와 어딘가로 쏜살같이 달려갔다. 그 안에 팬더가 있다는 사실에 대해서는 서장과 몇몇 측근을 제외하고는 아무도 알지 못했다. 경찰 출입 기자들은 모두 희대의 살인마를 취재하는 중이었다.

모란 분식에는 진진 일행을 제외하고는 이제 손님이 없었다. 주인은 밍밍의 엽기적인 식사에 질려 방으로 들어가 버린 뒤였다. 주위를 둘

러본 진진은 인터넷에서 다운로드받은 경찰 고위 간부의 사진을 뚫어
지게 바라보았다. 서장을 만나 봉근을 넘겨받으려면 아무래도 이 방법
이 제일 나을 거라고 생각했다. 진진의 얼굴이 잠시 팬더로 변하더니
다시 경찰 간부의 얼굴로 스르륵 바뀌어갔다. 진진이 입고 있는 누런
잠바와 낡은 청바지도 먼지 하나 없이 깔끔한 제복으로 변해 있었다.

"진진~ 봉근 오빠 꼭 찾아와야 돼."

"웅~ 걱정 마, 밍밍. 배고프면 시궁쥐 몇 마리 더 먹어. 하수구에
찾아보면 많아."

"웅, 어서 다녀와."

"웅~ 그럼 간다~"

분식점 문을 나서는 경찰 간부의 모습에 사람들이 놀라서 힐끔힐끔
쳐다봤다. 진진은 자못 근엄한 표정으로 발걸음을 옮겼다. 봉근에게
인간의 생활을 찾아주고픈 게 현재 진진의 첫째 소망이었다. 야욕에
눈이 먼 팬더들에 대항해서 싸운다거나 지구의 미래를 놓고 결전을 벌
인다거나 하는 것은 아직 진진의 마음속에는 없었다. 하지만 진진은
인류를 구원할 메시아였으며 둔갑 팬더들에게는 적(敵) 그리스도였다.
자신의 깊숙한 곳에 내재한 운명을 아직 깨닫지 못한 진진은 기어코
전철역 앞 노점에서 걸음을 멈추고 오뎅 두 개를 사서 우물거렸다.

"뭐야? 봉근 오빠가 없었다구?"

"웅~ 다른 곳으로 호송되었대."

진진은 걱정스러운 얼굴을 하는 밍밍에게 괜히 미안해져서 뒷머리
를 긁었다. 물론 구해낼 자신은 있었지만.

"힝, 어디로 보내졌는데?"

"웅~ 서장이 알려줬는데… 바로 여기야."

진진은 만년필로 주소를 흘려 쓴 노란 포스트잇 용지를 보여주었다.

"여기가 어디인데?"

"웅~ 일반인들은 잘 알지 못하는 비밀 장소지. 나도 서장 말 듣고 깜짝 놀랐어."

"깜짝 놀라다니, 왜?"

밍밍이 꼬치꼬치 캐묻자 진진은 팔짱을 끼고 잠시 무언가를 생각하더니 천천히 입을 열었다.

"한국에도 둔갑 팬더들이 많이 살고 있다는 이야기는 내가 안 했지?"

"그래? 정말이야? 금시초문인걸."

"나도… 너구리들은 많다고 들었는데……."

밍밍과 소청은 새롭게 알게 된 사실에 귀를 쫑긋 세웠다. 진진은 잠이 오는지 연신 하품을 하면서 계속 이야기를 해 나갔다.

"웅~ 사실은 한 십 년 전부터 한국에도 둔갑 팬더들이 뿌리를 내리기 시작했어. 처음에는 중국 요리집이나 무역 등을 하면서 돈을 모았는데 지금은 이름만 대면 알 수 있는 상당한 재력가들이 많아. 그들은 중국의 파워 엘리트 팬더들의 도움으로 한국의 고위층과 연결이 되어 있지. 지금은 독자적으로 정관계에 많은 인물들을 배출해서 비밀리에 팬더들의 힘을 확장하고 있어."

"흠, 그럼 봉근이 잡혀간 곳은 팬더들의 비밀 아지트?"

"웅~ 그렇다고 할 수 있지. 한국 내 팬더들은 아마 내 얼굴을 잘 모를 거야. 봉근이 나인 줄 알고 중국 본부에서 연락이 올 때까지 잡아두고 있겠지."

"캥! 그럼 봉근 오빠가 위험하잖아! 어서 가서 구해야지!"

"웅~ 거기는 무장 병력이 배치돼 있어. 이쪽에서도 충분히 준비를 해야 해."

"진진, 난 마음의 준비는 다 되어 있어."

"알았어. 밍밍은 나와 같이 간다. 소청은 미리 공항에 가서 기다리고 있어. 우리가 봉근이를 구해서 갈 테니……."

"웅. 조심해들."

"웅~ 걱정 마. 근데 너무 졸려서 잠깐 눈 좀 붙이고 가야겠다……."

진진은 의자를 연결해 누워서는 잠을 청하고, 소청은 여행 가방을 끌고 공항으로 향했다. 밍밍은 손톱을 뜯으면서 잠꾸러기가 깨어나기를 기다리기 시작했다. 어차피 푹 자두지 않으면 맥을 못 추는 녀석이었다.

두공리 주민들은 논밭 한가운데 우뚝 솟아 있는 5층짜리 대리석 건물의 용도를 알지 못했다. 도로 포장도 제대로 되어 있지 않은 이곳에 웬 사무용 빌딩인가 싶었다. 군용 트럭과 검은 세단이 들락날락하는 곳이기는 했지만, 그 안에서 무슨 일이 벌어지는지는 아무도 알지 못했다. 단지 경비들이 주민들의 접근을 철저히 막고 있는 걸로 봐서는 무언가 중요하고 비밀스러운 일이 이루어지는 곳일 것이라고 수근댈 뿐이었다.

제5장
봉순이 우울 사전

허리에 권총과 경찰봉을 차고 있는 삭막한 표정의 경비는 입구를 들어서는 두 남녀의 모습을 보고 입을 벌렸다. 가끔 정신 나간 두공리 주민이나 잡상인들이 용케 외곽 경비들의 눈을 피해 들어오는 적은 있었다. 하지만 전혀 예상치 못한 복장을 한 젊은 남녀의 출현에는 저으기 놀랄 수밖에 없었다. 남자는 둥그런 얼굴에 레이밴 선글라스를 끼고 바닥에 끌릴 듯한 검정 롱 코트를 입고 있었다. 바지도 검은색, 코트 안에 받쳐 입은 셔츠도 검은색이었다. 여자는 가죽으로 된 검정 나시에 검정 미니스커트를 입고 역시 검은 선글라스를 꼈다. 두 사람 모두 양손에 커다란 검정 스포츠백을 들고 있었다.

"뭐야, 쟤네들?"

"그러게. 여기가 어딘 줄 알고……."

경비 두 사람은 서로의 얼굴을 쳐다보며 어처구니없다는 미소를 지

었다. 두 남녀는 스포츠백을 동시에 좌악 하고 열었다. 놀랍게도 안에
는 자르지 않은 순대와 김밥이 수백 줄씩 가득 들어 있었다.

"김밥 장수들인가?"

"어이~ 우리 점심 먹었으니까 가지구 나가라구, 당신들……"

배불뚝이 경비가 나가라는 손짓을 하자 커다란 순대 하나가 휘리릭
하고 날아왔다. 철퍽 하고 얼굴을 순대에 강타당한 경비는 의자와 함
께 뒤로 넘어졌다. 입에서 피가 주르르 흘렀다. 경비는 순대를 쥐고 일
어나더니 동료를 쳐다봤다.

"크윽. 이빨이 부러졌어……"

"뭐야? 이런! 습격이다!"

말라깽이 경비가 비상벨을 울리고 허리춤에 있는 권총에 손을 대었
다. 하지만 그는 권총을 뽑아보기도 전에 검은 코트의 청년이 휘두르
는 김밥줄에 맞아 바닥에 쓰러졌다.

"윽, 누구냐. 너희들은?"

"기억해 둬. 진진과 밍밍이다."

진진은 경비를 후려쳤던 김밥을 한 입 베어 물고 우물거렸다. 땡 하
고 종이 치더니 엘리베이터 문이 열렸다. 엘리베이터에서 쏟아져 나오
는 군인들은 모두 손에 자동 소총을 들고 있었다. 좌우로 산개하며 사
격을 개시하는 군인들. 진진은 총알을 피해 기둥 뒤로 숨었다. 밍밍은
검정 미니스커트 아래로 쭉 뻗은 각선미를 과시하며 벽을 타고 날아다
녔다. 병사들이 탄성을 질렀다.

"우와~ 저 여자 몸매 죽인다……"

"야, 쏘지 마~ 이쁜 다리에 구멍날라."

하지만 진진을 향해서는 가차없이 무차별 사격이 계속되었다.

M-16에서 뿜어져 나오는 총알들이 진진이 숨어 있는 대리석 기둥을 벌집으로 만들고 있었다. 돌 조각이 사방에 튀며 기둥은 쥐가 파먹은 치즈처럼 변해가고 있었다. 진진은 순대 한 입을 베어 문 뒤 휘리릭 옆으로 회전하며 양손의 순대를 던졌다. 순대는 정확히 두 병사의 얼굴을 때렸다. 한 명은 턱이 빠졌고 한 명은 목뼈가 어긋나 더 이상 총을 쏠 수 없었다. 계속해서 진진을 향해 총알이 빗발쳤다. 진진은 총알을 삭삭 피하면서 스포츠백에서 순대와 김밥 열 줄씩을 집어서 벽을 타고 달렸다. 휘릭 휘릭 휘릭~ 마치 닌자가 수리검 던지듯 순대와 김밥을 집어 던지는 진진. 병사들은 엄청난 속도로 날아오는 순대와 김밥에 맞아 팔이 부러지고 갈비뼈에 금이 갔다. 두터운 방탄복도 힘을 싣고 날아오는 간식의 타격을 줄여주지는 못했다.

총알이 다 떨어진 한 병사가 권총을 뽑아 들려는데 밍밍이 탁탁탁 뛰어가 그의 바로 앞에서 뛰어올랐다. 양팔을 벌리고 한쪽 다리를 들어 올린 밍밍은 마치 한 마리의 학과 같은 모습으로 점프한 채 공중에서 잠시 정지해 있었다. 병사는 눈앞의 밍밍을 바라보며 주르르 침을 흘렸다.

"아가씨, 팬티 보여……."

"변태!"

쭉 뻗은 다리가 병사의 목을 걸어찼다. 병사는 10미터가량 그대로 날아가 벽에 강하게 충돌했다. 병사가 바닥에 떨어지자 충돌된 부위의 벽에서 대리석 조각이 우수수 떨어졌다.

진진과 밍밍은 자신들이 병사들을 모두 무력화시켰다는 것을 깨닫고 순대와 김밥을 거두었다. 바닥에 쓰러진 한 병사는 여기저기 널브러진 옆구리 터진 김밥을 보고 질끈 눈을 감았다. 차마 눈 뜨고는 볼 수 없는 참혹한 광경이었다.

"크윽, 순대랑 김밥이랑 내장들이 다 나왔어. 제길⋯⋯."

"먹는 음식 가지고 이게 무슨 짓이야. 저 녀석들 벌받을 거야. 쿨럭⋯⋯."

밍밍은 쓰러진 한 병사의 목줄기를 하이힐로 누르며 물었다.

"팬더는 어디 있지? 어서 불어!"

"크윽, 5층에⋯⋯."

진진은 롱 코트를 벗어서 밍밍에게 건네주었다.

"내가 다녀올게. 넌 여기서 이놈들을 감시해."

"알았어. 조심해, 진진."

"걱정 마. 이래 봬도 아직 싸움에서 져본 적이 없는 무적의 팬더라구."

"캥, 봉근 오빠한테는 꼼짝 못하면서⋯⋯."

진진은 옷을 벗고 노란 체육복으로 갈아입었다. 손에는 일전에 조폭들과 싸울 때 썼던 쌍절곤이 들려 있었다. 엘리베이터의 문이 닫힐 때 엄지손가락을 내밀어 보이는 진진을 보고 밍밍은 씨익 웃어주었다. 잘 해낼 거야, 진진은⋯ 봉근 오빠를 반드시 구해 오리라는 믿음이 밍밍의 마음속에 있었기에 그녀는 태연할 수 있었다.

엘리베이터는 2층에서 땡 소리를 내며 멈추더니 이내 출입문이 스르르 열렸다. 연신 개폐 단추를 누르던 진진은 엘리베이터가 아예 멈춰 버린 것을 깨달았다. 약간 썰렁한 한기가 감돌고 있었다. 조심스럽게 한 발을 내디뎠다. 건물 내부는 군데군데 기둥이 많아 전체적인 모습을 보기가 힘들었다. 대체로 어두운 실내는 대부분 간접 조명이 되어 있어 무언가 탐욕스럽고 비밀스러운 느낌을 주는 곳이었다. 두리번거리던 진진은 저 멀리 서 있는 기둥이 실은 나선 계단이라는 것을 알아냈다.

'웅~ 저곳으로 올라가면 되겠군…….'

나선 계단까지 한 절반쯤 왔을 때, 정적을 깨는 소리가 들렸다. 딱다닥닥! 딱딱. 진진은 소리가 나는 쪽으로 고개를 돌렸다. 딱다닥닥! 딱딱. 딱다닥닥! 딱딱. 두루마기를 입은 깡마른 사내가 팔뚝만한 장작을 바닥에 치면서 장단을 맞추고 있었다. 진진은 침을 꿀딱 삼켰다. 사내의 눈에서 섬뜩한 기운이 느껴지는 데다 허리에는 기다란 일본도를 차고 있었기 때문이다.

"5층까지 가고 싶으면……."

사내의 입에서 걸쭉한 목소리가 흘러나오기 시작했다.

"…나를 꺾어야 돼……."

진진은 긴장된 얼굴로 쌍절곤을 돌리기 시작했다. 사내는 공중으로 장작을 던지더니 번개같이 칼을 뽑아서 공중에서 휘둘렀다. 뭐가 뭔지 알 수도 없을 만치 빠른 동작이었다. 투두둑 하고 바닥에 떨어진 장작은 놀랍게도 거의 같은 크기로 네 조각이 나 있었다. 사내는 나뭇조각을 들어 올리며 진진을 향해 씨익 웃었다.

"…승부는 윷놀이로 낸다……."

"꾸에엑……."

진진은 순간 어처구니가 없어 뒤로 넘어질 뻔했다. 가까스로 정신을 차려 균형을 잡아보니 사내는 벌써 윷짝 네 개를 정성을 다해 가지런히 모아쥐고 있었다. 얼굴에는 비장함마저 감돌았다.

"구차하게 말판 같은 건 그리지 말자. 단번에 승부를 내자……."

"웅~ 그렇게 하지… 요."

휘리릭 윷짝들이 수면 위로 솟아난 수중 발레리나의 다리처럼 요동을 치며 하늘로 치솟았다. 후두두둑 소리를 내며 바닥에 떨어진 윷짝들은 사이좋게 반듯한 배를 내밀고 누워 있었다. 사내는 의미심장한 미소를 짓고 진진은 낮은 신음 소리를 토했다.

"허억, 유, 윷……."

사내는 칼을 빼 들고 뺨에다 부비며 소름 돋는 얼굴로 중얼거렸다.

"…네놈의 명줄이 어디까지더냐. 후후후……."

진진은 부들부들 떨리는 손으로 윷짝을 그러모았다. 승부는 단번에 난다. 삶과 죽음의 기로에 선 진진. 눈을 질끈 감고 윷을 던졌다. 후두두둑 운명을 결정짓는 소리가 들렸다. 진진은 살며시 한쪽 눈을 떴다.

"웅~ 이것은……."

"으음!"

진진도 사내도 경탄해 마지않았다. 윷짝 세 개가 엎어져 있고 한 개는 세로로 직립해 있었다. 직립한 윷짝은 금방이라도 쓰러질 듯이 위태위태한 모습이었다. 두루마기의 사내는 이에 적합한 옛 성현의 말씀을 읊었다.

"모 아니면 도……."

진진이 쿵 하고 직립한 윷짝을 향해 코를 풀었다. 콧바람에 쓰러지는 작은 거목(巨木). 다행히도 나머지 세 친구와 같은 모양으로 사이좋게 엎드리는 윷짝이었다. 진진이 주먹을 불끈 쥐며 기뻐했다.

"모!"

"크윽, 졌다……."

진진은 의기양양하게 노란 체육복을 나풀거리며 계단으로 걸어갔다. 변명의 여지가 없는 깨끗한 압승이었다.

계단을 한 걸음씩 올라가는데 귀를 찢는 듯한 비명 소리가 들렸다. 사내가 거꾸로 칼을 잡고 할복 자살하는 소리였다. 진진은 3층으로 올라가며 사내에게 한마디 충고를 던졌다.

"배를 가르더라도 창자를 주워 담는 구차함은 보이지 말거라⋯⋯."

배에서 피를 쏟아내며 쓰러지는 사내를 뒤로하고 3층으로 올라간 진진, 건물이 무너질 듯한 진동에 균형을 잃고 쓰러졌다. 짧은 다리를 바둥대며 일어나니 또다시 엄청난 굉음과 함께 바닥이 들썩거렸다. 전방을 응시해 보니 저고리 사이로 가슴이 비죽이 삐져 나온 웬 여인네가 커다란 절구에다 방아를 찧고 있었다. 진진, 자세를 가다듬고 목소리를 짐짓 점잖게 깔면서 물었다.

"낭자, 낭자는 뉘시길래 그리 험하게 떡방아질을 하시는 게요?"

"낭자라니오. 젊은 나이에 서방을 잃은 과부라오."

여인은 진진을 힐끔 한번 쳐다보더니 방아를 머리 위로 붕붕 돌리기 시작했다. 방아는 점점 빠르게 회전하더니 헬리콥터의 프로펠러처럼 강한 바람을 만들어냈다. 바람이 어찌나 강한지 진진은 머리털이 빠질 지경이었다.

"우오오―"

바람에 휩쓸린 진진은 공기의 흐름에 따라 빙빙 돌다가 건물 내 기둥에 쿵 하고 부딪쳤다. 코에서 찌르륵 하고 피가 흘렀다.

"으라차차차차!"

여인은 회전시키던 방아를 힘껏 절구에 내리꽂았다. 콰광! 하는 굉음과 함께 건물 전체가 들썩거렸다. 진진은 천장까지 튀어 올라 등뼈를 강하게 부딪치고 바닥에 떨어졌다. 온몸에 찌르르한 고통이 전해져 왔다. 눈앞이 흐려지고 정신이 혼미해졌다. 여인의 색기 가득한 눈이 진진을 쏘아보고 있었다.

"내 과부 생활 삼 년에 남은 것은 축적된 음기와 한 맺힌 떡방아질뿐이외다. 4층으로 가려거든 날 잡아드시오!"

"크응, 강적이로다⋯⋯."

양기의 부족으로 인한 극도의 히스테리 파동이 온몸에서 뿜어져 나오는 떡방아 여인. 진진은 힘으로 뚫고 나가는 수밖에 없다고 판단하고 쌍절곤을 다잡았다. 없는 근육 모아서 뽈록 힘을 주고 재빨리 쌍절곤을 돌리기 시작했다.

"아뵤오오~"

여인의 이마 부위를 내려쳐 기절시키려고 마음먹은 진진은 정신없이 쌍절곤으로 몸을 감다가 휘릭~ 하고 곤을 날렸다. 하지만 과부생활 삼 년에 뼛속까지 강인하게 단련된 여인이었다. 무거운 떡방아로 상단을 방어하는 여인네. 쌍절곤은 떡방아의 손잡이 부근에 철커덕 하고 감겨 버리고 말았다.

"아녀자에게 흉기를 휘두르다니. 이 어찌 막되 먹은 짓이오?"

"웅~ 아줌마를 쓰러뜨리지 않으면 내가 그 방아에 쓰러지겠수⋯⋯."

"총각, 나를 품어주시오. 그럼 보내 드리리다⋯⋯."

"허걱⋯⋯."

진진은 고개를 옆으로 세차게 저었다.

"싫어? 그럼 할 수 없지. 방아질에 죽던가 나를 품어주던가 양자택일하시오! 으라차차차!"

여인은 방아를 머리 위에서 붕붕 돌렸다. 진진의 쌍절곤이 멀리 퉁겨져 나갔다. 여인은 방아를 회전시키며 훌쩍 점프했다. 하얀 고쟁이와 속곳이 흰히 드러났다. 치마를 펄럭거리며 내려와 절구에 방아를 내리꽂는 여인.

"우와아아아아—"

강렬한 충격파가 생성되며 진진을 벽까지 날려 보냈다. 파리채에 눌린 벌레처럼 벽에 붙어 있던 진진은 충격파가 소멸되자 피를 토하며 바닥에 엎어졌다.

"쿨럭, 죽으면 죽었지 그렇겐 못해요……."

"후후, 어쩔 수 없군. 방아질에 희생된 수많은 남정네를 따라서 저승으로 가는 수밖에……."

여인의 얼굴에 살기가 감돌았다. 방아를 쥔 손에 힘이 들어가고 있었다. 한 맺힌 과부는 자신을 거부한 또 한 명의 남자를 저 세상으로 보내기 위한 떡방아질 필살기를 준비했다.

"으라차차차차!"

방아를 들어 올리는 여인의 얼굴에 핏발이 섰다. 이마에 땀이 삐질삐질 나고 코에서 더운 김이 나왔다. 여인은 커다란 눈을 희번덕거리며 씩씩거렸다. 일이 분가량 용을 쓰더니 제풀에 지쳐 헐떡거렸다.

"헉헉, 이거 왜 이리 무거워? 내가 힘이 빠졌나?"

진진은 힘쓰는 여인네 앞에서 방긋방긋 웃으며 약을 올렸다.

"웅~ 사실은 내가 아까 절구에 본드 발라났어요~"

여인의 얼굴이 순식간에 험하게 일그러졌다. 누군가를 유혹하듯이 헤벌어졌던 입이 꼭 앙다물어지고 약간 밑으로 처졌던 눈꼬리가 위로 치켜 올라갔다. 표독스러운 얼굴로 이를 부드득 부드득 가는 여인에게서 싸늘한 한기가 쏟아져 나왔다.

"나의 절구는 지금까지 찰떡 이외의 잡것을 담아본 적이 없거늘… 감히 냄새 나는 화공 물질을 처발라? 용서 못해. 절대로 용서 못해!"

여인은 진진에게 다가오며 서서히 저고리 고름을 풀었다.

"각오해라. 너를……."

풀어헤친 저고리 사이로 불룩한 젖살이 삐져 나왔다.

"…겁탈하겠다……."

"꾸에엑! 안 돼요, 아줌마! 살려주~"

뒤돌아 도망치던 진진을 붙잡은 여인은 바둥대는 진진을 깔고 앉아 바지를 벗겼다. 통통하고 하얀 다리와 아기 곰 푸우가 그려진 팬티가 여인을 자극시켰다. 여인의 침이 다리 위로 뚝뚝 떨어지는 것을 느낀 진진은 온몸에 소름이 돋았다. 진진의 깨끗한 영혼이 여인의 욕망에 희생되려는 순간이었다.

"진진이를 놔줘! 이 못된 과부!"

카랑카랑한 목소리가 떡방아 여인을 호령했다. 여인은 흐르는 침을 닦고 자신을 꾸짖은 젊은 여자를 노려봤다. 검은 나시와 짧은 스커트의 여자는 쭉쭉빵빵 미인이었다. 은근히 질투심이 일었다.

"넌 누구냐?"

"캥! 진진의 친구, 밍밍이다!"

"진진? 오라, 이 총각 이름이 진진이냐? 안됐지만 지금 이 몸이 맛나게 드시려던 참이다. 오호호호호!"

"캥, 너같이 밝히는 년한테 필요한 잡귀가 있지!"

밍밍은 주머니에서 작은 호리병을 꺼냈다. 하얗고 뽀얀 도자기 병으로 밍밍의 작은 손에 쏘옥 들어갈 만큼 컴팩트한 크기였다. 밍밍은 호리병 입구를 틀어막고 있는 코르크 마개를 뽑았다. 퐁 하는 경쾌한 소리와 함께 개봉된 호리병에서는 누리끼리한 연기가 피어났다.

"나와라, 몽달귀!"

황색 연기는 뭉글뭉글 확산되면서 어른 키만큼 솟아오르자 점차 사람의 형태를 띠어갔다.

'뭐지, 저게?'

진진의 노란 체육복을 이빨로 찢던 떡방아 여인은 누런 연기를 호기심 어린 눈으로 쳐다봤다. 뭉글뭉글한 연기는 울룩불룩한 사람의 근육으로 뭉치면서 건장한 남자의 형상으로 화했다. 양반집 머슴 복장을 한 사내는 바둑판처럼 넙적한 얼굴에 경복궁 기둥처럼 두터운 종아리를 소유한 듬직한 사내였다.

"마님!"

"도, 돌쇠냐?"

서로를 부르는 몽달귀와 떡방아 여인. 밍밍은 놀라서 둘을 번갈아 쳐다보았다.

"캥, 뭐야, 당신들 서로 아는 사이였어?"

몽달귀는 여인에게 달려가 넙죽 큰절을 올렸다.

"마님! 절 받으서유."

"오냐. 흑, 네가 죽은 줄로만 알았는데 이게 웬일이냐……."

"아닌 게 아니라 증말로 죽었슈……."

"아니, 그럼 네가 귀신이란 말이냐? 아이고오~ 불쌍한 것. 장가도 못 가보고……."

여인은 사내의 손을 잡고 가엾다는 듯이 쓰다듬어 주었다.

"마님! 배고파유! 밥 줘유!"

"배고프다고? 죽은 놈이 뭐가 배가 고프다니?"

"누가 저 같은 놈한테 제사를 지내주남유. 마님, 밥 줘유!"

"얘, 돌쇠야. 배가 고프면 밥값을 하려무나."

"……."

"힘 좀 써봐라."

"에, 마님……."

여인과 몽달귀가 부둥켜안고 바닥을 구르는 동안 밍밍과 진진은 서둘러 4층으로 올라갔다. 떡방아 여인과의 사투로 내상(內傷)을 입은 진진은 밍밍의 부축을 받으며 겨우 걸을 수 있었다.

"조금만 참아, 진진. 이제 한 층만 더 올라가면 봉근 오빠를……"

밍밍은 말을 멈추고 전방을 응시했다. 진진 역시 얼어붙은 듯이 꼼짝을 않고 서서 멍하니 입을 벌렸다. 그것은 분명히 거미였다. 바둑알처럼 생긴 여덟 개의 홑눈이 번질번질 빛나고 털투성이의 징그런 다리가 여덟 개나 달려 있는 모습으로 봐서는 분명 거미였다. 하지만 지구상에 그렇게 큰 거미는 존재하지 않았다. 다리의 길이는 2미터를 넘고 백화점 애드벌룬만한 배에서는 끈적한 실을 뽑아내고 있었다. 앞을 막아선 거대한 요괴의 위세 앞에 그들은 아무런 말도 할 수 없었다. 꿀꺽침을 삼키면서 먼저 공격당하지 않기를 바랄 뿐이었다. 밍밍은 진진의 팔을 꼭 잡은 채 부들부들 떨고 있었다. 웬만한 잡귀 따위는 눈도 깜짝하지 않는 그녀였지만 이번만큼은 달랐다.

"굉장한 요괴야… 저 엄청난 체구, 온몸에서 뿜어져 나오는 요기(妖氣)… 우리 둘이 달려들어도 소용없겠어, 진진……"

"웅~ 근데 좀 이상한걸. 가까이 가서 살펴봐야겠어……"

"앗, 그만둬, 진진! 위험해!"

진진은 밍밍의 만류에도 불구하고 거미 요괴에게 조금씩 다가갔다. 요괴는 미동도 하지 않은 채 그저 여덟 개의 눈을 번뜩이고만 있었다. 밍밍은 이빨이 딱딱 부딪칠 정도로 공포를 느꼈다. 지금 진진의 무모한 행동이 도저히 이해되지 않는 그녀였다.

"진진, 제발! 녀석에게서 뿜어져 나오는 이 불길한 기운! 네 마법력으로는 무리야! 정면으로 맞붙다가는 끈적한 거미줄에 감겨 통째로 잡혀먹고 말 거야! 내 말 들어, 진진!"

그녀가 소리를 지르거나 말거나 진진은 벌써 거미 요괴의 털투성이 다리를 만져 보고 있었다. 그 다음은 배를 한번 쓰다듬어 보고, 정면으로 돌아가 서로 눈을 마주 보았다. 밍밍은 발광하기 일보 직전이었다.

"진진, 뭐 하는 거야! 젊은 나이에 죽고 싶어!"

"웅~ 젊다니… 더 이상 나이를 헤아리지 않은 게 벌써 몇백 년인데……."

"그래도! 제명에 못 살고 죽고 싶은 게야! 어서 요괴에게서 물러서!"

"웅~ 이 녀석 모형이야."

"캥? 지금 뭐라고 했어? 모형이라고 했어?"

"와서 만져 봐. 플라스틱이야."

그녀는 못 믿겠다는 듯 고개를 저으며 섰다가 진진이 거미 다리에 오줌을 누자 그제야 경계를 풀고 다가왔다. 하나씩 하나씩 건드려 보고 만져 보고… 정말로 모형이었다. 그동안 두려움에 질려 있었던 자신이 한심하고 우스웠다. 진진은 지퍼를 올리고 빙글빙글 웃었다.

"몸 전체가 합성수지로 되어 있어. 몸통은 PVC고, 거미줄은 나일론이고, 다리의 털은 광섬유고……."

"정말 그렇네. 괜히 놀랐잖아. 캥, 이 징그러운 걸 왜 만든 거야!"

스팟— 왼쪽 벽면에서 밝은 불빛이 확 쏟아져 나왔다. 진진과 밍밍은 팔뚝을 들어 어둠에 익숙해 있던 눈을 보호했다.

"새로 출범할 프로 농구단의 마스코트라네."

둘은 한쪽 벽이 커다란 멀티비전이라는 사실을 알았다. 화면을 가득 채운 흰머리의 노인은 매스컴에 자주 등장하는 인물이었다.

"저 사람… 대기업 총수 아냐?"

"웅~ 미륭 그룹 오지만 회장이로군……."

화면 속의 노인이 크게 웃었다.

"음하하하! 바로 맞췄어. 너희들 앞에 있는 거미 모형은 미륭 스파이더스의 마스코트로 채택된 모델이다. 좀 징그럽지? 뭐, 상관없어. 어차피 인기를 끌자고 만든 농구단도 아니니까. 인간들에게 우리 미륭 그룹의 힘을 보여주고 공포심을 심어주기 위함이야. 음하하하하."

"웅~ 기업 이미지가 나빠지면 사업하기도 안 좋을 텐데……."

"음하하하하! 상관없어. 어차피 미륭 그룹은 돈을 쓰기 위한 단체니까. 자금은 중국의 우량 기업들로부터 흘러들어 온다. 우리는 그 자금을 바탕으로 팬더이즘을 한반도에 실현할 것이야."

"웅~ 설마 너도 둔갑 팬더?"

"음하하하하! 진실을 알았으니 살려둘 수 없겠는걸. 음하하하!"

오 회장의 헤픈 웃음에 밍밍이 발끈했다.

"그만 좀 웃어, 이 영감탱이야! 웃을 때마다 틀니가 보이니까 짜증나잖아!"

"음하하하하! 건방진 녀석이군. 하지만 몸매는 쓸 만해. 어때, 내 개인 비서로 일해보는 게? 연봉은 원하는 만큼 주겠다."

"캥, 닥쳐! 숨어 있지만 말고 어서 나와라! 숨통을 끊어주마!"

"음하하하하! 나 5층에 있어. 계단으로 올라와."

약이 바짝 오른 밍밍은 씩씩거리며 계단을 뛰어 올라가고 슬슬 졸리기 시작한 진진은 반쯤 눈을 감은 채 터벅거리며 밍밍을 따라갔다. 고급 양복을 입은 오 회장은 가죽 의자에 다리를 포개고 앉아 있고 그 옆에 봉근을 가둔 쇠창살 우리가 자리 잡고 있었다. 밍밍은 울컥 치밀어 오르는 감정을 누르며 오 회장에게 말했다.

"어이, 할아버지. 그 팬더 풀어주지 않으면 내가 가만 안 두겠어……."

밍밍의 손톱이 쑥쑥 자라고 있었다. 눈동자는 새빨갛게 충혈되어 오 회장을 잡아먹을 듯이 바라보았다. 하지만 오지만 회장은 전혀 겁먹는 눈치가 아니었다. 주위에 경호원 하나 배치하지 않은 상태에서도 여유작작. 국내 굴지의 기업들을 지휘하는 총수다웠다.

"웅~ 그 녀석은 진진이 아니야. 놔주는 게 좋을 거야……."

뒤따라온 진진이 밍밍의 어깨 위로 고개를 내밀었다.

"음하하하! 그 정도는 한눈에 알아봤지. 생김새도 영 다른 데다 이 녀석은 말도 못하고 지능도 낮은 보통 팬더더군. 물론 둔갑 팬더였다면 어떻게든 그 경찰서에서 빠져나왔겠지만 말이야……."

"웅~ 그려그려. 아무것도 모르는 순진한 야생 팬더라구. 그냥 놔주면 우리가 데려갈게……."

"음하하하! 그거야 어렵지 않지. 하지만 네 녀석들은 누구지? 둔갑 팬더에 대해 알고 있는 걸 보면 평범한 인간들은 아닌 것 같은데… APG 멤버들이냐? 아니면 PLO 쪽인가?"

처음 듣는 생소한 용어에 밍밍은 쿡 하고 진진의 옆구리를 찌르며 물었다.

"에이피지가 뭐야? 피엘오는 또 뭐구?"

"웅~ APG는 Anti-Panda Group, 즉 둔갑 팬더들의 세계 지배를 막으려는 저항 단체야. PLO는 People Liberation Organization, 즉 인민해방기구로 팬더들에게 지배당하는 인간들을 해방시키자는 중국 내 레지스탕스를 일컫는 거지……."

오 회장은 양복 안주머니에서 베레타 권총을 꺼내며 씩 웃었다.

"APG든 PLO든 일단 이곳에 들어온 이상 살아서 나갈 생각은 마라. 음하하하하!"

"웅~ 사실은 나도 둔갑 팬더야……."

진진은 스르르 둔갑을 풀어 자신의 본모습을 드러냈다. 이를 본 오지만 회장은 크게 놀라는 듯하더니 이내 반가운 표정으로 크게 웃었다.

"음하하하하! 진진, 이게 얼마 만이야! 너무한데! 친구를 몰라보다니!"

"웅? 당신은 누구지? 내가 알고 있는 팬더인가?"

오 회장은 껄껄 웃으며 자신의 귀를 잡아당겼다. 우두둑 하는 소리와 함께 팔다리가 늘어나고 불룩 나온 아랫배가 더 크게 팽창했다. 체형이 팬더처럼 변하자 금세 털이 솟아나면서 완전한 한 마리의 자이언트 팬더가 되었다. 진진 체구의 두 배는 됨 직한 엄청난 크기의 팬더였다. 이를 본 진진의 입에서 탄성이 터져 나왔다.

"웅! 너는 바오룽! 바오룽이 틀림없군!"

"음하하하하! 진짜 오랜만이군, 진진. 마법학교를 졸업한 뒤 그렇게 소식도 없이 사라지더니… 그래, 어째 요새 재미가 좋으신가? 동족의 배신자 양반."

"웅~ 누가 배신을 했다는 거야. 난 그저 나 살고 싶은 대로 살 뿐인데……."

"음하하하! 본부의 지시를 받고 한참 망설였다네. 옛 친구를 잡아서 넘거주어야 할지, 그대로 놓아주어야 할지. 근데 눈으로 학인해 보니 그냥 야생 팬더더군. 다행이라고 생각하면서도 조금 실망했었어. 널 한번 만나고 싶었거든."

"웅~ 만나서 반가워, 바오룽. 근데 우리들은 그냥 놔줄 건가? 아니면……."

"음하하하하! 글쎄, 어쩔까? 호구와투(虎狗蛙鬪) 마법학교의 추억을 생각하면 널 놔주고 싶고, 조직에서의 내 위치와 임무를 생각하면 널 중국에 보내야 할 거 같고. 음하하하! 이거 고민되는걸."

진진은 호구와투라는 이름을 듣자 감회가 새로웠다. 고대 중국 역사에 큰 획을 남긴 유명한 마법사들을 줄줄이 배출한 호구와투 마법학교. 호랑이와 들개와 개구리가 숲의 패권을 놓고 다투다 나이가 들어 싸움의 허망함을 깨닫고 후학들을 양성하기 위해 세웠다는 명문 아카데미. 진진 역시 이 학교를 거쳐 간 수많은 천재 마법사들 중의 하나였다.

"음하하하! 어때 진진, 우리 옛 추억을 되살리며 귀대취(鬼大醉) 게임이나 한판 하는 것이? 만일 나에게 이기면 이 팬더와 함께 너희들은 놓아주마."

귀대취 게임은 호구와투 마법학교의 명물로 비행 가마를 타고 날아다니며 술 취한 귀신을 호리병에 가두는 전통 놀이다. 매년 봄이면 기숙사 대항 귀대취 경기가 개최되었는데 진진과 바오룽은 항상 결승전에서 우승열패를 다투는 라이벌이었다.

"웅~ 거참, 옛날 생각이 새록새록 떠오르는군. 하지만 비행 가마가 없잖아. 그게 없으면 어떻게 제멋대로 날아다니는 귀신을 잡겠어?"

"음하하하! 난 요새도 동창회에 가면 친구들과 귀대취를 즐긴다구. 마침 여기에 림부수(林釜樹) 2000이 두 대 있으니 그걸 타고 하면 돼."

"림부수(林釜樹) 2000! 그거 롤스로이스에서 만든 최신형 비행 가마 잖아!"

그리하여 옛 친구였던 두 팬더는 밍밍과 봉근이 지켜보는 가운데 귀대취 게임의 승부를 가리게 되었다. 진진이 먼저 향나무 냄새가 향긋한 신품 림부수 2000에 몸을 실었다. 가마는 오르락내리락하면서 진진의 몸무게를 가늠하기 시작했다. 바오룽도 익숙한 몸놀림으로 림부수에 훌쩍 뛰어오르더니 호리병을 꺼냈다.

"음하하하! 자, 그럼 시작해 볼까. 오늘 잡아야 할 공은 한 달 동안 고량주에 절인 처녀귀신이다. 재밌는 귀대취 경기가 되기를!"

호리병의 마개를 뽑자 산발을 한 처녀가 술 냄새를 풍기며 튀어나왔다.

"딸꾹, 드디어 해방이군. 오호호호~"

처녀귀신은 그동안 답답했던지 개방된 공간에서 마음껏 날아다니기 시작했다. 그러나 술에 취해서 아예 도망가지는 못하고 이리저리 헤매기만 할 뿐이었다. 바오룽이 가마 손잡이에 달린 노란 끈을 힘껏 당기자 림부수 2000은 총알같이 푸른 창공으로 날아올랐다.

"웅~ 기다려, 바오룽! 나도 간다!"

바오룽을 뒤따라 건물 옥상을 박차고 날아오르는 진진의 림부수. 처녀귀신을 쫓아 엎치락뒤치락하는 비행 가마의 모습은 한폭의 그림 같았다. 손에 땀을 쥐게 하는 창공의 승부였으나 이를 지켜보는 밍밍은 별 감흥을 느끼지 못했다.

"캥, 뭐 저런 걸 한담. 정말 하릴없는 녀석들이야……."

경기의 흐름은 대체로 바오룽 쪽의 우세함으로 기울고 있었다. 바오룽이 재빠른 조작으로 처녀귀신을 바짝 추적하고 있는 반면에 진진은 림부수 2000에 적응하지 못하고 뒤따라가는 데에만 급급했다. 바오룽은 몇 번인가 귀신을 낚아챌 정도로 근접한 기회를 만들어냈으나 진진의 가마는 계속 헛다리만 짚고 있었다.

"음하하하! 어찌 된 거야, 진진! 예전 모습이 아닌데!"

"응~ 하도 오랜만에 해봐서 그래. 그리고 림부수 2000은 정말 예민하고 빠른데! 옛날에 타던 오동나무 가마랑 확실히 다르군."

"음하하하하! 분발하라구! 나한테 지면 끝장이야!"

"응~ 질 수야 없지. 게 섰거라, 술 취한 귀신아!"

"음하하하하! 기분 째진다. 음하하하하!"

가마에 계속 쫓기던 귀신은 도망칠 곳을 찾아 두리번거리다가 밍밍을 발견하고 쏜살같이 날아들었다. 바오룽은 급히 하강하며 밍밍에게 소리를 질렀다.

"아앗, 거기서 비켜요, 아가씨! 당신 육신을 노리고 있어요!"

"캥?"

우리 속으로 손을 넣어 봉근을 쓰다듬던 밍밍은 바오룽의 경고에 고개를 돌렸다.

"까아악!"

밍밍의 비명과 동시에 날아든 처녀귀신의 혼백은 순식간에 그녀의 육체에 스며들었다. 밍밍의 두 눈이 살며시 감겼다가 다시 떠졌다. 초점 풀린 시선에 계속되는 딸꾹질이 귀신에 빙의되었음을 보여주고 있었다.

"딸꾹~ 이 몸두 괜찮은데, 딸꾹~ 이쁘고 잘빠졌네. 오호호……."

"어라, 큰일 났네. 이거 참……."

처녀귀신에 빙의된 밍밍을 보며 걱정스런 표정을 짓는 바오룽. 가마를 그녀의 옆에 주차시키고 난처한 상황에 어쩔 줄 몰라 뒷머리를 벅벅 긁고 있었다. 뒤따라온 진진. 전혀 걱정없다는 얼굴로 하품을 쩍쩍 해댔다.

"웅~ 괜찮아. 밍밍은 뛰어난 영능자라서 잡귀에 빙의되는 일은 없어."

"엥? 그럼 저게 쇼하는 거 아냐?"

"웅~ 그건 아니고. 좀 참고 있던 거지, 내가 올 때까지."

진진은 밍밍을 향해 윙크를 하면서 호리병을 내밀었다. 밍밍의 얼굴 표정이 순식간에 바뀌면서 앙칼진 목소리가 터져 나왔다.

"캥! 내 몸에서 어서 나가, 이 술 취한 년아!"

밍밍의 대갈일성에 놀란 귀신이 튀어나오면서 앞에서 기다리고 있던 진진의 호리병에 빨려 들어갔다. 얼른 병마개로 병 입구를 틀어막은 진진은 바오룽을 힐끔 쳐다보며 씩 웃었다.

"웅~ 미안하군, 바오룽. 내가 이겼어."

"음하하하하! 이 녀석, 반칙 아냐? 음하하하, 어쨌든 네가 이겼으니 약속은 지켜야지."

바오룽은 패배를 깨끗하게 인정할 줄 아는 호탕한 팬더였다. 어느새 다시 백발의 노신사로 둔갑한 그는 진진에게 악수를 청했다.

"잘 가게, 친구. 또 만날 일이 있을 거야. 상부에는 APG 테러리스트가 침입했다고 보고할게."

"웅~ 고마워. 다음번에는 적으로 만나지 않으면 좋겠군."

"음하하하, 그럴 수 있을까. 네 녀석은 워낙 고집불통이라서… 아래층엔 군인들이 기다리고 있을 테니 림부수 2000을 타고 가라구. 한 대

빌려줄 테니."

"웅~ 아냐. 주작을 불러내서 타고 가면 돼. 잘 있어, 바오룽."

군용 트럭에서 뛰어내리던 병사들은 건물 옥상에서 날아오르는 거대한 새를 목격했다.

"오옷! 뭐야, 저거?"

"독수리 아냐?"

"독수리가 저렇게 크냐? 항공기 수준인데."

"근데 발에 주렁주렁 달려 있는 건 뭐냐?"

"글쎄, 아앗, 팬더다! 저 녀석들이 팬더를 데려가는데?"

괴조(怪鳥) 주작(朱雀)은 진진 일행을 매달고 인천 국제공항을 향해 힘찬 날갯짓을 계속했다. 바람에 긴 머리를 펄럭거리던 밍밍이 진진에게 물었다.

"우리 그냥 이거 타고 태국까지 가버릴까?"

"웅~ 안 돼. 주작 녀석, 체력에 한계가 있거든. 그리고 소청이가 공항에서 기다리잖아."

"아참, 그 애를 잊고 있었네."

태국에서는 또 어떤 모험이 기다리고 있을 것인가. 진진은 가슴 가득히 설레임을 안고 잠을 청했다. 공항에 도착하면 깨워달라는 부탁과 함께.

제16장

홍콩 수호군

홍콩 구룡반도의 침사추이는 밤이 되면 낮과는 또 다른 모습으로 태어나는 곳이다. 동양과 서양의 이미지가 혼란스럽게 섞여 있는 상업과 환락의 지역. 욕망과 돈과 범죄와 음모가 넘실대는 이곳에는 지금 야경을 즐기려는 관광객들과 쇼핑객들로 넘쳐 나고 있었다.

출고한 지 얼마 안 되어 보이는 붉은색 페라리 스포츠카는 사뿐하게 정차했다. 차에서 내리는 운전자는 뜻밖에도 중년의 신사. 기름을 발라 단정하게 넘긴 머리와 부드러운 미소는 전형적인 사업가의 모습이었다. 걸음걸이 또한 기품이 서려 있었다. 하지만 스모 선수를 연상케하는 덩어리들이 달려와 고개를 숙여 인사하는 풍경이 그의 이미지와묘한 부조화를 이룬다. 신사처럼 보이는 이 남자는 실상 홍콩 암흑가를 주름잡는 최대의 범죄 조직 비룡회의 우두머리였다.

"주 신생, 당신이 오기를 목 빠지게 기다리고 있었소. 어서 드십시다."

최근 비룡회를 위협할 정도로 급성장한 신흥 조직 '죽림칠현(竹林七賢)' 의 수장인 모상이 능글맞게 웃으며 그를 맞이했다. 신사는 별로 탐탁지 않은 표정이다. 앞에서 웃고 뒤에서 칼침 놓는 믿지 못할 자가 바로 모상이었다. 자신에게 한없는 존경과 의리를 맹약하면서도 야금야금 사업 영역을 침범해 오는 그를 쳐버리자고 부하들이 수차례 건의했었다. 처음에는 명분이 없어 거절했지만 이제는 힘이 부쳐서 어쩌지 못하는 상대가 바로 죽림칠현이었다.

"참석자는?"

별로 기분이 좋지 못한 신사는 대답 대신 짧게 물었다.

"소응, 소화, 류정, 박화, 교진, 이정, 진련. 내가 아끼는 부하들이 모두 모였소."

"흥, 정작 칠현(七賢) 중 나머지 여섯 명이 모이지 않았잖소! 이런 모임이 무슨 의미가 있소이까!"

죽림칠현은 일곱 명의 형제들이 창설한 단체로 하부 조직원이 수천 명을 헤아리는 지금의 규모로 성장한 뒤에도 이들 형제에 의해 좌지우지되고 있었다. 모상은 그들 중 맏형으로 보스 행세를 하고 있었지만 중대한 결정은 이들 칠형제의 합의에 의해 내려지므로 실상 조직의 권력은 이들 형제에게 골고루 나누어져 있다고 할 수 있다.

"아우들은 지금 새로 벌인 도박 장사업으로 매우 바쁩니다. 오늘 이 자리는 비즈니스가 아니라 친목을 도모하기 위한 자리가 아닙니까? 맏이인 제가 아끼는 부하들을 데리고 왔으니 충분히 격이 맞는다고 생각됩니다만……."

"언제는 나한테 충성을 다 바치겠다더니 이제는 격이 맞는다고? 모상, 당신 세가 불어날수록 점점 더 오만해지는구려……."

"허허허, 관대한 주 대인께서 오늘은 말씀에 가시가 들어 있습니다 그려. 허허허……."

신사를 수행하는 덩어리들은 두 우두머리 사이에 오가는 대화 내용에 바짝바짝 긴장하고 있었다. 홍콩 내 최대 조직의 일원이라고는 하나 지금은 적진 한가운데였다. 두 사람 사이에 혹시 언쟁이라도 붙는다면 자신들은 목숨을 부지하기 힘들 터였다. 커다란 테이블이 있는 방으로 들어간 보스들은 수행원들을 모두 내보내고 간부들끼리 자리를 맞춰 앉았다. 모상이 먼저 브랜디 한 잔을 권했다.

"주 선생, 오늘 밤은 서운한 일 모두 잊고 마음껏 마십시다."

"쩝, 모상, 당신 정말 많이 컸소. 많이 컸어……."

"자자, 모두들 잔을 들고 건배합시다, 건배!"

술잔이 몇 순배가 돌고나자 분위기는 좀 더 부드러워졌지만 간간이 취중에 언쟁이 있었다. 부두목 한 명이 벌떡 일어나 웃통을 벗어젖혔지만 그 정도 일은 일상적으로 벌어지는 세계인지라 그다지 민감하게 반응하는 사람은 없었다. 결국 모두 알콜에 나가떨어져 헤롱대는 지경에까지 이르렀을 때, 신사는 소변을 보고 싶어 화장실로 비척대고 걸어갔다. 오줌발이 변기를 때리는 소리를 들으며 신사는 가슴속에 묻어두었던 말을 내뱉었다.

"모상, 더 크기 전에 없애야겠어……."

"후후후, 그전에 네가 먼저 당하지 않을까?"

"누, 누구냐!"

뒤를 돌아보던 신사는 홱 하고 팔이 꺾이는 느낌을 받았다. 저항하려 했지만 이미 만취한 상태여서 어쩌지도 못한 채 바닥에 엎어지고 말았다. 손목에 느껴지는 차가운 금속의 질감. 십 년 전에 마약 거래 현장에서 느꼈던 그 촉감 그대로였다.

"네 녀석, 형사로군. 죄목은 뭐지?"

"후후후, 살인 교사, 불법 도박장 운영, 탈세, 폭행 치사, 마약 유통… 열거하자면 끝이 없다. 네 녀석은 이제 끝났어. 남은 여생은 감옥에서 보내야 할 거다."

"증거는 확보했나? 영장도 없이 다짜고짜 이러면 곤란해. 난 힘있는 사람을 많이 알고 있어. 네 녀석 옷 벗게 하는 것쯤 식은 죽 먹기지."

"후후후, 네놈 똘마니가 다 불었어. 재판에서 증언도 해줄 거다."

"누구냐! 어떤 놈이냐!"

"곧 알게 될 거다. 어서 걸어!"

형사를 따라 술집 밖으로 나온 신사는 모상과 그 부하들, 자신의 수행원들까지 줄줄이 호송차에 실려 있는 것을 보았다. 고개를 떨구며 탄식하는 신사의 모습이 왠지 초라하게 느껴졌다.

"으흐흑, 내일이면 내 동생이 아프리카에서 돌아올 텐데. 흑……."

검은색 리무진 택시 한 대가 첵랍콕 국제공항을 신속하게 빠져나오고 있었다. 운전사는 뒷자리에 앉은 손님을 자꾸 힐끔힐끔 쳐다봤다. 말끔한 올백 머리에 커다란 선글라스, 고급 버버리 트렌치 코트에 감색 양복. 분명 도회풍 신사의 차림이었으나 그에게서는 어울리지 않는 냄새가 풍겼다. 밭에 주는 거름 냄새 같기도 하고 쇠똥 냄새 같기도 한 구린 냄새. 홍콩으로 넘어오기 전 본토 내륙 깊숙한 농촌에서 자랐던 그로서는 매우 익숙한 냄새였지만 저런 신사 분에게서 어찌 이런 냄새가 나는지 의문이었다. 그는 차창을 약간 열어 환기를 시키면서 손님에게 들으라는 듯 혼잣말을 중얼거렸다.

"어이~ 차 안에서 왜 이리 구린내가 난담. 손님 불편하시게……."

뒷자리에서 말없이 창밖을 응시하던 손님이 싱긋 웃더니 좌석 옆으로 고개를 내밀었다.

"나한테서 나는 냄새요."

"네? 손님한테서요?"

그는 구두를 벗어 바닥을 보여주며 말했다.

"코끼리 똥을 밟았다오."

"코, 코끼리요?"

"그렇소. 나 지금 아프리카에서 오는 길이거든."

"하하, 아주 먼 데를 다녀오셨군요, 손님."

"흠, 침사추이라. 오랜만이야. 후후……."

남자는 감회 어린 표정으로 성냥개비를 질겅질겅 씹었다. 운전사는 후사경을 통해 손님을 쳐다보며 속으로 생각했다.

'폼은 있는 대로 잡는군. 똥 냄새 풍기는 놈이…….'

리무진 택시는 침사추이 뒷골목에 위치한 허름한 바에 손님을 떨구었다. 그는 코딱지만큼의 팁을 얹어주고는 헛기침을 하며 바의 출입문을 열었다. 어두운 실내에는 나이 든 남자 몇 명이 독한 양주를 얼음물에 희석시켜 홀짝거리고 있었다. 그를 알아본 사내 한 명이 활짝 웃으며 다가왔다.

"오랜만이야, 윤손. 드디어 고향으로 돌아왔군."

"형님은 많이 바쁘신가 보죠? 동생이 왔는데 공항에 마중도 안 나오시고……."

"하하하, 서운한가 보군. 윤발이 형님이 자네의 귀국을 얼마나 고대했는데 그런 소리를 하는가. 지금은 중요한 비즈니스가 있어서 그래. 저녁때는 같이 식사를 할 수 있을 거야. 그런데 얼마 전에는 한국에 있다고 들었는데, 어떻게 된 거야? 아프리카에서 오다니."

"난 사냥꾼이에요. 아프리카 초원을 누비는 게 당연하잖아요. 한국에서는 잠깐 머물렀죠. 지리산에서 기아누라는 살인곰을 잡았고, 공안의 부탁으로 팬더를 한 마리 잡아서 넘겼어요."

"공안의 부탁으로 팬더를?"

사내의 눈빛이 잠시 날카로와졌다.

"뭐 별건 아니에요. 자세히 아실 필요는 없구요. 근데 마룡, 당신도 그새 많이 늙었군요. 얼굴에 주름과 근심이 가득해요."

"하하하, 요새 라이벌 조직 때문에 좀 골치 아파서 말이야."

"라이벌이라… 그 죽림칠현인가 뭔가 하는 놈들 말인가요?"

"바로 맞췄어. 녀석들 세력이 급속하게 팽창하고 있어. 덕분에 우리는 옛날보다는 많이 찌그러졌지. 하지만 아직 비룡회는 홍콩에서 제일 커. 그게 중요하지."

"2류가 1류가 되고, 한창 잘 나가던 1류가 몰락하는 게 세상의 이치죠. 비룡회도 처음에는 약 심부름이나 하던 말단 조직에 불과했어요."

주윤손의 날카로운 지적에 마룡은 벗겨진 이마를 쓰다듬다가 그의 어깨를 툭툭 쳤다.

"그만 일어나지. 점심이나 먹으러 가자."

마룡이 데리고 간 곳은 사람들로 북적대는 만두집이었다. 맛 좋고 다양한 만두소로 유명한 이 집은 발 디딜 틈 없이 손님들로 가득 차 윤손과 마룡은 삼십여 분가량이나 기다린 끝에 테이블에 앉을 수 있었다.

"마룽, 여전히 소란스러운 곳에서 밥을 먹는군요."

"하하하, 홍콩 내에서 조용한 식당이 어디 있는가? 원래 이렇게 떠들면서 먹어야 맛있는 거라고. 어서 들게. 저런저런, 그 성냥개비는 그만 씹게. 뱉으라구. 밥을 먹어야지."

주윤손이 말없이 식사를 하는 동안 마룽은 먹는 둥 마는 둥하며 계속 떠들었다. 다 지난 일이었고, 윤손은 따분해지기 시작했지만 마룽은 혼자 신나서 이야기를 계속했다.

"그래. 난 아직도 이해할 수가 없어, 윤손. 조직의 2인자였던 네가 왜 후계자 자리를 마다하고 밀렵꾼이 되었는지를 말이야. 홍콩을 떠나겠다고 선언했을 때 펄펄 뛰던 윤발이 형님의 모습이 눈에 선하군. 덕분에 준련이 녀석만 한자리 차지하고… 신났었지."

"참, 준련은 왜 같이 안 왔어요? 둘이 단짝이었잖아요?"

"응? 으응, 왜냐하면… 형님이랑 같이 중요한 비즈니스가 있어서……."

마룽은 겸연쩍은 미소를 짓더니 표정을 심각하게 바꿨다.

"밥 다 먹었나?"

"네. 뭐 하실 말씀이라도?"

마룽은 바짝 붙이고 이야기한던 얼굴을 들어 멀찍이 팔짱을 끼고 앉아서 윤손을 쳐다봤다. 지금까지 생글거리며 떠들던 마룽의 모습은 어디 가고 차갑고 냉정한 갱단의 부두목이 앉아 있었다. 윤손은 순간 마룽이 왠지 자신에게서 멀어졌다는 심리적 거리감을 느끼고 있었다.

"윤손, 저녁 식사 때도 형님은 만나지 못할 거다."

"네? 왜죠?"

"실은 어제 죽림칠현 놈들과 회식을 하던 중에 경찰에 잡혀 가셨다.

지금 유치장에 갇혀 계시지."

"뭐라구요! 그게 정말이에요?!"

"그래. 경찰이 와서 그 자리에 있던 양쪽 조직원들을 모두 잡아갔다. 하지만 웃긴 건, 죽림칠현 간부 놈들은 모두 무혐의로 풀려났다는 사실이야. 형님만 무기 징역을 받게 생겼어."

"어떻게 그런 일이! 형님은 경찰들과 관계가 좋았잖아요. 게다가 법률에 저촉되는 일은 은밀히 타인의 손을 빌려서 하시는 분인데……."

"하지만 자신의 비밀을 속속들이 알고 있는 핵심 참모가 경찰에 모두 불어버렸다면… 어쩔 수 없는 거지."

주윤손은 선글라스로 찡그린 얼굴을 감추고 성냥개비 다섯 개를 한꺼번에 씹어 물었다. 윤손은 라이터로 불을 붙여주는 마룡에게 무심코 주둥이를 내밀었다가 성냥개비가 화악 불타오르면서 입술을 데었다.

"아뜨뜨뜨, 뭐 하는 짓이에요! 이게 담배인 줄 아세요!"

"너두 담배인 줄 알고 입 내밀었잖아. 바부… 히히히……."

야비한 웃음을 흘리는 마룡의 얼굴에서 주윤손은 변절이라는 역겨운 코드를 읽어냈다.

"마, 마룡! 설마!"

주윤손은 화상을 입은 입술을 깨물었다. 마룡이 누런 이빨을 드러내며 웃자 자글자글한 주름이 더욱 늘어났다.

"사실 준련이 녀석도 형님과 같이 유치장에 갇혀 있다. 이제 비룡회 조직은 내 손아귀에 들어온 거나 마찬가지야……."

주윤손은 두 손을 테이블 위로 올리며 중얼거렸다.

"마룡, 내 품속에는 콜트 권총 두 정이 들어 있다. 이 손을 테이블에서 떼는 순간 넌 곧바로 황천길이야."

"후후후, 윤손. 네놈의 사격 실력이야 자타가 공인하지, 암. 하지만 엄한 생각 하지 않는 게 좋아. 지금 이 식당에서 밥 먹고 있는 놈들 전부가 내 부하들이야."

그는 그제야 식당 안에서 식사 중인 사람들이 모두 젊은 남자들임을 알아차렸다. 주변에 있는 테이블에는 이미 음식이 치워지고 험상궂은 사내들이 그를 노려보면서 앉아 있었다.

"마룡, 왜 배신했지?"

"후후후, 나도 이러고 싶지는 않아. 윤발이 형님은 좋은 분이셨거든. 너무 폼을 잡아서 탈이긴 하지만… 결정적으로 너무 아둔했어. 죽림칠현이 계속 치고 들어오는데 뒷짐만 지고 있었지. 그놈들이 충성을 바치느니 어쩌니 하면서 사탕발림을 하니까 체면을 차리느라 계속 뒤를 봐준 거야. 하지만 난 알고 있었어. 그놈들이 보통 놈들이 아니라는 걸. 본토의 높은 사람들하고도 줄이 닿아 있는 녀석들이야. 홍콩 갱단 정도야 떡 주무르듯이 할 수 있는 게 놈들이야. 그래서… 결심했지."

"결심? 죽림칠현과 결탁해서 우리 형님을 배신하기로?"

"배신… 후, 웃기는군. 비룡회도 결국 충성을 맹세했던 자들을 배신하고 잡아먹으면서 큰 조직 아니었나? 다 똑같은 거야. 윤발이 형님도 자신의 저질렀던 일의 대가를 치르는 거지."

"그래서… 우리 형님을 몰락시키는 대가로 무얼 받았나? 네놈도 어차피 저 녀석들한테 먹히고 말걸."

"후후, 난 네 형님처럼 어리석지 않아. 비룡회를 죽림칠현의 하부조직으로 흡수시키겠다고 약속했지. 물론 그 조직의 우두머리는 내가 되는 거고."

"잘한다. 홍콩 최대의 조직을 이끌던 자가 이류깡패들 하수인이 되다니……."

"닥쳐. 살아남기 위해서는 어쩔 수 없었어! 죽림칠현은 기존의 놈들하고는 달라! 윤발이 형님처럼 안이하게 생각하다가는 조직원들 모두 희생된다구!"

"마룡, 더 이상 듣고 싶지 않다. 여기 있는 네놈들 모두 죽이겠다."

"뭐, 뭐야?"

'모두 죽이겠다'는 말에 마룡은 찔끔 오줌을 쌀 뻔했다. 주윤손이 어떤 인물인가. 십여 년 전 비룡회의 최대 라이벌이던 흑사단 본청에 단신으로 잠입, 두목 오자목과 그 수하 백이십여 명을 해치웠던 전설의 갱스터가 아니던가. 마룡은 물론 주위 테이블에 앉아 있던 자들도 침을 꿀꺽 삼키며 식은땀을 흘렸다. 섣불리 손을 썼다가는 코트 속에 들어 있는 쌍권총이 불을 뿜으며 자신들의 명줄을 끊어놓을지도 몰랐다. 마룡은 속이 바짝바짝 탔다. 압도적인 수적 우위로 기를 죽여 윤손을 굴복시키려던 계획은 전혀 위축되지 않고 오히려 모두 죽여 버리겠다는 주윤손의 호기로움에 수포로 돌아갔다. 그가 총을 뽑는다면 가장 먼저 노릴 것은 마룡 자신이었다. 하지만 기왕 이렇게 된 이상 목숨을 걸고 주윤손과 맞붙는 수밖에 없었다. 만두집에 가득 들어찬 자신의 부하들이 오십여 명. 주윤손이 가지고 있다는 7연발 권총이 아무리 용을 써도 오십 명을 다 죽일 수는 없을 것이었다. 첫 번째 총알은 마룡을 향해 날아오겠지만 급소만 빗나가면 목숨은 부지할 수 있을 테고, 부상당한 몸을 숨기면 그동안 오십 명의 부하들이 윤손이 녀석 하나 정도야 어쩌하지 못할까 싶었다. 마룡이 머리 속으로 생사를 가늠하는 동안 주윤손은 버버리 트렌치 코트를 펄럭거리며 테이블 위로 뛰어올랐다. 양손은 어느새 코트 속으로 들어가 있다. 마룡과 그 부하들은 모두 얼굴색이 흙빛이 되어 얼어붙었다. 코트에서 손이 나오는 순간 누군가 죽어 나갈 것이다.

주윤손은 코트에서 손을 뽑지 않고 가만히 있었다. 정적 속에 팽팽한 긴장감이 느껴졌다. 오십여 명의 부하들 중 그 누구도 총을 먼저 뽑는 자가 없었다. 가장 먼저 방아쇠를 당기려는 자가 가장 먼저 주윤손의 총에 희생될 것이 뻔했기 때문이다. 버버리 트렌치 코트에서 서서히 나오는 주윤손의 오른손. 뜻밖에도 손에 들려 있는 것은 7연발 콜트 45 대신 루이까또즈 가죽 지갑이었다. 그는 지갑에서 주섬주섬 돈을 꺼내 마룡에게 내밀었다.

"만두 값은 제가 낼게요……."

"뭐, 뭐야? 우릴 모두 죽이겠다며?"

"음, 공항에서 바로 오느라 총을 놔두고 온 걸 깜빡했어. 복수는 다음 기회에……."

마룡은 어처구니가 없어 찬물을 벌컥벌컥 마셨다. 방금 너무 긴장해서 오줌을 지렸던 그이다.

"주윤손, 우릴 바보로 아나!"

테이블 위에 서 있던 주윤손의 다리를 확 잡아챘다. 균형을 잃고 탁자 위에 쓰러진 주윤손을 권총 손잡이로 사정없이 두들겨 패는 마룡.

"감히 날 협박해? 너 오늘 한번 맞아 죽어봐라! 얘들아, 어서 와서 작은 형님을 마음껏 주물러 줘라!"

마룡의 부하들이 벌 떼처럼 몰려들어 주윤손에게 몰매를 안겼다. 테이블에서 끌어내려 바닥에 뉘어놓고는 복날에 개 패듯이 몽둥이를 날리고 불붙은 잔디를 밟아 끄듯이 발길질을 해댔다. 구타를 견디다 못한 주윤손은 개처럼 네 발로 기어가 주방으로 도망쳤다.

"어딜 도망쳐! 잡아라!"

"때려죽이자!"

주방으로 도망친 주윤손은 거기서도 덩치 큰 요리사에게 붙들며 복부에 펀치를 몇 대 맞고는 뒤따라온 마룡의 부하들에게 십여 분간 집단 구타를 당했다. 구타가 멈추었을 때 그는 더 이상 전설 속 갱스터의 위엄을 찾아볼 수 없었다. 폼나던 트렌치 코트는 갈가리 찢어지고 레이밴 선글라스는 박살이 났다. 눈두덩이가 부풀어 오르고 코와 입에서는 피를 쿨럭쿨럭 쏟았다. 한쪽 다리는 부러져 바닥에 질질 끌리고 팔이 빠져 어깨에서 덜렁거렸다. 주윤손은 요리용 LP가스통을 부여잡고 징징 울었다.

"끄으윽, 마룡 성, 살려주… 한번만 살려주……."

윤손이 비굴한 모습을 보이며 사정하자 마룡은 부하들 앞에서 괜히 어깨가 으쓱해졌다. 이럴 때 아량을 한번 베풀어주는 것이 자신의 이미지 관리에도 도움이 되겠다 싶었다. 윤발은 종신형이 확실시되고 윤손은 이제 끝난 인생이었다.

"주윤손, 가스통 내려놓고 나가라. 만두 값은 내가 내마."

우레 같은 박수가 터져 나왔다. 마룡은 목에 힘을 주고 부하들의 박수를 가라앉히는 포즈를 취했다. 주윤손은 비참한 모습으로 절뚝거리며 만두집에서 나갔다. 마룡은 일이 만족스럽게 마무리되었다며 부하들과 기쁨을 나눴다. 담배를 한 대 꼬나 물고는 옆에 서 있는 자신의 오른팔에게 명령했다.

"라이터 있냐? 야, 불 좀 붙여봐."

"예, 형님."

마룡은 번쩍 하는 섬광에 눈을 감았다. 아주 짧은 순간 동안에 폭음이 들리고 온몸이 갈가리 찢어지는 것을 느껴야 했다. 뼈와 살을 태우는 뜨거운 열기… 그리고 암흑이 찾아왔다.

주윤손은 망신창이가 된 얼굴로 불타오르는 만두집을 감상하고 있었다. 아까 주방에서 눈치 채지 못하게 가스를 틀어놓고 나온 그였다. 퉁퉁 부어 있고 피가 흐르는 눈이었지만 그 눈에는 타오르는 복수심이 담겨 있었다. 불꽃은 승천하는 용처럼 세차게 숫구치며 만두집 건물을 탐욕스럽게 삼키고 있었다. 그는 불의(不義)한 자가 판을 치는 세태를 탄식하며 길게 한숨을 내쉬었다.

"강호의 의리가 땅에 떨어졌도다……."

주윤손은 성냥개비 하나를 꺼냈다. 허리가 툭 부러져 있었다. 부러진 성냥개비를 입에 물고 질겅질겅 씹었다. 깨진 선글라스를 이마에 걸쳤다. 찢어진 트렌치 코트를 툭툭 털고는 깃을 세워보았다.

"젠장, 스타일 더럽게 안 나온다 정말… 아우 짜증나……."

요란스러운 소방차의 사이렌 소리를 뒤로하고 그는 자신의 숙소로 발걸음을 옮겼다. 머리 속에는 벌써 죽림칠현에 대한 복수심으로 가득 차 있었다.

주윤손이 부러진 다리를 끌면서 찾아간 곳은 구룡반도에서 가장 낡고 오래된 아파트였다. 홍콩에서 가장 가난한 서민들이 모여 사는 이곳은 유사시에 주씨 형제가 몸을 숨기던 피난처였다. 그 누구에게도 알려지지 않은, 오로지 윤발과 윤손만이 아는 비밀의 장소. 사냥을 하기 위해 홍콩을 떠나면서 몇 년간 비워두웠던 아파트에는 거미줄이 커튼처럼 드리워져 있고 퀴퀴한 곰팡내가 났다. 그는 먼지가 풀썩 하고 이는 침대에 몸을 누이고 휴대 전화기의 버튼을 눌렀다.

"오랜만이야, 닥터 게이. 나의 아지트로 좀 와주겠나. 아니, 총에 맞은 건 아니고… 다리가 부러졌다네……."

윤손은 전화기의 플립을 닫고는 후후, 하고 건조하게 웃었다.

"게이, 녀석의 치료를 다시 받게 될 줄이야……."

전화를 건 지 삼십 분 만에 무면허 의사가 나타났다. 검은 망토로 온몸을 휘감고 있는 강렬한 눈빛의 사내는 2미터가 넘는 키에 보디빌더에 가까운 근육질의 건장한 사내였다. 언뜻 보기에는 의술을 행할 만한 지식을 가지고 있을지 의심이 드는 자였다. 그러나 망토를 걷자 안쪽에 주렁주렁 매달린 메스와 수술 가위가 외과 의사라는 것을 증명하고 있었다.

"지독하게 당했군. 설마 동네 깡패들한테 이렇게 얻어맞은 건 아니겠지."

"괜찮아. 상대는 아예 골로 갔으니까."

의사는 약간 어두운 얼굴이 되었다.

"윤손, 자네 손을 씻은 줄 알았는데 다시 암흑가에 발을 들여놓았군."

"또 쓸데없는 소리를 시작하려면 놔두고 그냥 가라구. 당신도 우리 같은 사람들 때문에 먹고 사는 거 아니었나?"

"……."

닥터 게이가 알콜로 상처를 소독하는 동안 두 사람은 잠시 생각에 잠겼다. 상처가 따끔거리자 얼굴을 찡그리는 윤손. 어색한 침묵을 깨기 위해 화제를 돌렸다.

"그나저나 닥터 게이, 보이 프렌드는 잘 있는가?"

"미키 말이야? 잘 있지……."

주윤손의 질문에 계집애처럼 얼굴을 붉히는 닥터 게이였다. 지금은 홍콩 뒷골목에서 불량배들의 상처 치료나 해주는 무면허 의료인이지만 한때는 촉망받는 의대생이었다. 외과의로 명성을 날렸던 아버지를 본받아 명문 의대에 들어간 그는 천재적인 암기력과 신기에 가까운 손놀림으로 장차 아버지의 뒤를 이어 대학 병원 교수가 될 몸이었다. 그러나 고등학교 시절부터 아무도 모르게 숨겨왔던 동성애 취향이 들통나면서 '닥터 게이'라는 불명예를 안고 병원에서 쫓겨났다. 이후 미키라는 갱스터를 만나 동거하면서 그의 친구들을 치료해 주고 근근히 생활을 이어가고 있는 그였다.

"미키가… 요즘 나한테 불만이 많아……."

"그래? 너처럼 싹싹하고 능력있는 파트너한테 웬 불만이지? 혹시 바람이라도 핀 거야?"

"글쎄, 미키 녀석, 아무래도 권태기인가 봐. 사실 나도 요즘 잠자리에서 매너리즘에 빠지는 거 같고……."

"음, 그럼 비디오라도 보면서 연습해 보지 그래? 너 게이 포르노 수집광 아니야?"

"됐어. 나도 이제 새로운 사랑을 찾아볼까 봐……."

닥터 게이는 개인적인 이야기를 하면서도 두 손은 부지런히 상처를 닦고 치료하고 꿰매고 있었다. 한 치의 오차도 없는 손놀림. 그야말로 '신의 손'이었다. 윤손이 흑사단에서 총을 열두 방이나 맞고 쓰러졌을 때도 순발력있는 판단과 재빠른 응급조치로 목숨을 구해주었던 자가 바로 닥터 게이였다.

주윤손은 상처의 아픔도 잊고 닥터 게이와 이야기를 나누다 갑자기 얼굴이 벌겋게 상기되었다. 몹시 화가 난 듯한 얼굴이었다. 그는 분을 참으며 조용히 말했다.

"닥터 게이, 지금 하반신 마비시켜 놓고 어딜 만지작거리는 거야……"

게이는 화들짝 놀라며 주윤손의 사타구니에서 손을 뺐다.

"미, 미안하네. 나도 모르게 그만……"

주윤손의 볼살이 부들부들 떨리고 있었다.

"이봐, 닥터 게이. 또 한 번 나한테 흑심을 품었다간 샷건으로 날려 버릴 거야. 알았어?"

"으응……"

"끄응, 기분 잡쳤네. 상처는 어때?"

"부러진 다리는 석고 붕대로 감아놨으니까 이제 안심이야. 빠진 어깨는 끼워 넣었고… 나머지는 타박상이나 찰과상 정도인데 걱정하지 않아도 돼. 다행히 내상(內傷)은 없는 거 같으니 푹 쉬고 조심하면 회복될 거야."

"수고했네, 닥터 게이. 이제 그만 가봐……"

주윤손은 지갑에서 지폐를 손에 잡히는 대로 꺼내 닥터 게이의 손에 쥐어주었다. 게이 역시 세어보지도 않고 주머니에 돈을 쑤셔 넣고는 우울한 얼굴로 방문을 열고 나가 버렸다. 주윤손은 닫힌 방문을 향해 침을 탁 하고 뱉었다.

홍콩 경제력의 상징인 HSBC 빌딩 옥상에서 담배 연기를 뿜으며 도시의 야경을 감상하는 사내가 있었다. 화려한 야경과 대비되는 초라한 옷차림을 하고 있는 이 사내는 한때 비룡회의 잘 나가던 갱이었던 금룡. 이제 별 볼일 없는 삼류건달에 불과한 그는 나이 오십줄을 바라보는 중늙은이였다.

"이게 모두 죽림칠현 놈들 덕분이야. 쳇……."

라이벌 조직인 죽림칠현에 계속 밀리면서 조직은 사업 영역이 축소되고 매출이 감소해 더 이상 거대한 조직을 먹여 살릴 수 없는 지경에 이르렀다. 결국 능력없는 자들부터 하나둘씩 서열에서 밀려나 조직을 떠나게 되었는데, 금룡도 그들 중 하나였다.

담배 한 갑을 다 피우고 난 그는 착잡한 마음으로 엘리베이터를 탔다. 지하 주차장으로 가는 단추를 누르자 고속 승강기는 쏜살같이 하강을 시작했다. 푹 꺼지는 느낌이 마치 자신의 몰락하는 인생 같았다. 주차장에 들어서자 왼쪽 벽에 딱 붙어 주차시켜 놓은 자신의 BMW 승용차가 보였다. 비룡회 간부의 돈과 권력을 상징하는 물건이었지만 이제 내일이면 빚쟁이들 손에 넘어가야 할 운명이었다.

"세차하세요, 아저씨……."

양동이에 걸레를 든 거렁뱅이 한 명이 다리를 절뚝거리며 다가와 구걸하듯이 말했다.

"됐네. 내일이면 팔아버릴 차인데……."

"세차하세요. 싸게 해드릴게요……."

"됐다니까… 이걸로 밥이나 사 먹어."

거렁뱅이의 손에 지폐 몇 장을 집어주던 그는 눈을 크게 떴다. 너무나 낯익은 얼굴이었다.

"자, 자네는 주윤손이 아닌가!"

"그, 금룡?"

"윤손! 윤발이 형님 동생 윤손이 맞지?"

"금룡!"

"윤손!"

두 사람은 얼싸안고 아무 말 없이 눈물만 주루룩 흘렸다. 반가움과 서러움과 그리움이 마구 섞인 감정이 가슴을 벅차게 했다. 금룡이 한참 만에 입을 열었다.

"몰골이 말이 아니구나. 다리는 어떻게 된 거야?"

"마룡에게 당했어……."

"마룡. 그럼 마룡을 해치운 자가 바로……."

주윤손은 말없이 고개를 끄덕였다.

"그랬구나, 어쩐지 가스 사고치고는 좀 이상하다 싶었지. 나도 누군가에게 앙갚음을 당한 거라고 짐작은 했네만… 자네였을 줄이야. 죽어도 싼 놈이야. 잘했어, 윤손."

"형님 소식은 들었나요?"

"재판 끝난 지 오래됐어. 신문 안 봤어? 종신형받고 복역 중이라고."

"크윽……."

금룡은 눈물을 떨구는 주윤손의 어깨를 감싸며 BMW의 앞문을 열었다.

"자, 그만 일어서. 자세한 이야기는 내 아파트에 가서 하자고……."

주윤손은 금룡이 차려준 저녁밥을 게걸스럽게 먹어치우는 중이었다. 벌써 세 그릇째. 하지만 먹는 기세로 보아선 여기서 그칠 것 같지 않았다. 금룡은 전기밥솥을 걱정스럽게 들여다보며 중얼거렸다.

"거지도 상거지가 따로 없군. 버버리 트렌치 코트를 펄럭이던 신사가 어찌 이리된 건가? 이제 사냥은 그만뒀나? 쌍권총을 들고 아프리카

를 누빈다고 들었는데… 홍콩엔 언제 온 건가? 마룡을 해치우기 직전 인가?'

"말하자면 길어. 밥 좀 먹고 이야기하자고……."

다섯 그릇을 비운 주윤손은 꺼억~ 하고 트림을 한 뒤 성냥개비를 분질러서 이를 쑤셨다.

"나, 죽림칠현에게 복수할 거야."

"엥? 저, 정말이야?"

금룡은 금세 얼굴이 파랗게 질렸다.

"잘 생각하라구. 녀석들은 군인들하고도 줄이 닿아 있어. 못 들었 어? 적호파 녀석들 인민군(人民軍) 1개 소대가 들어와서는 아주 쓸어버 렸대."

"뭐야? 군인들이? 이것들이 세금 내서 총 들려주니까 시민들한테 총 부리를 돌려? 콱, 그냥!'

"아아, 진정해, 윤손. 억울해도 참으라고. 우리가 열내봤자 계란으로 바위치기야."

"어쨌든 나는 칠현을 치기로 마음먹었네. 자네도 동참할 텐가?'

"후후, 난 빼줘. 오래 살고 싶으니까."

"강호의 의리가 땅에 떨어졌도다……."

성냥개비를 씹으며 잔뜩 찌푸린 얼굴로 같은 말을 계속 읊조리는 주 윤손.

"강호의 의리가 땅에 떨어졌도다. 설마 금룡마저 형님에 대한 충성 을 잊고 몸을 사릴 줄이야. 강호의 의리가 땅에 떨어졌도다……."

"에이씨, 그만 해! 도와주면 될 거 아냐!'

관운각은 침사추이에서 몇 손가락 안에 꼽히는 고급 음식점으로 비룡회의 중요한 거점들 중 하나였다. 고관대작들이 즐겨 찾는 이곳은 광동요리는 물론 사천요리, 북경요리까지 맛볼 수 있는 데다 화려한 치파오(중국 전통 의상)를 입은 팔등신 미녀들이 서빙을 해서 갱단의 두목들도 자주 찾았다. 관운각에서 가장 음식값이 비싸고 전망이 좋은 꼭대기 층 사파이어 룸에서는 일곱 명의 뚱보들이 회합을 가지고 있었다. 바로 비룡회를 제치고 최대의 범죄 조직으로 떠오른 죽림칠현의 칠현(七賢)들이었다.

　일곱 명의 형제들 중 가장 뚱뚱하고 배가 부른 맏형 모상은 두툼한 돼지고기 요리를 한껏 즐기고 있었다. 두뇌 회전이 빠르고 기억력이 좋은 둘째 조상은 바닷게를 뜯고 있었고, 난폭하기로 소문난 셋째 리상은 개고기를 입에 물고 있었다. 무술의 달인인 넷째 변상은 볶은 야채를 조용히 씹고 있었고, 차분한 학자 타입의 태상은 대나무 밥을 떠먹는 중이었다. 불만이 많은 여섯째 지상은 잡채밥이 맛이 없다고 툴툴거렸다. 마음이 약해서 배신자를 죽이지 못하는 막내 요상은 화권(꽃모양의 중국빵)을 오물거렸다.

　"형님들, 식사 중에 죄송합니다!"

　경호원 한 명이 권총을 빼 들고 홀 안으로 뛰어들어 왔다. 셋째 리상이 눈살을 찌푸렸고 놀란 막내는 화권이 목이 걸려 객객거렸다.

　"무슨 일이냐? 밥 먹는데 총까지 빼 들고… 소화가 안 되잖아."

　맏형 모상이 점잖게 꾸짖었다.

　"아래층에서 난리가 났습니다. 1층에서 식사 중이던 조직원들이 모조리 죽었습니다."

　"총소리는 못 들었는데, 여기 방음 장치가 잘 되어 있군. 몇 놈이냐?"

"둘입니다."

"둘? 두 놈 갖고 뭘 그리 소란이냐. 우린 계속 밥 먹을 테니까 여기까지 올라오지 못하게 해."

"예."

주윤손은 이스라엘 제 우지(UZI) 기관 단총에 들어 있는 탄환을 모두 쏟아 붓고 나자 빈총을 핏물이 강처럼 흐르는 바닥에 집어 던졌다. 탄창을 갈아 끼울 필요는 없었다. 금룡과 같이 들고 온 네 개의 대형 스포츠백에는 장전된 기관 단총과 자동 권총이 가득 들어 있었다. 스포츠백에서 손에 잡히는 대로 총을 꺼내 들었다. 오른손에는 스콜피온, 왼손에는 UMP45가 들려 있었다.

죽림칠현 졸개들이 끝없이 쏟아져 나오며 반격을 가해왔다. 밥 먹는 식당에 웬 갱들이 그리 많은지, 조그만 방에서도 검은 슈트를 입은 갱들이 수십 명씩 줄지어 나오며 총질을 해댔다.

기둥에 몸을 숨기며 옆을 슬쩍 쳐다보았다. 금룡은 AK47을 자동연사하며 시체를 산처럼 쌓아가고 있었다. 간간이 권총을 쏴대는 갱들도 있었으나 형편없이 빗나갔다.

'열심히 하고 있구나, 친구. 좋아, 나도 분발해야지!'

기둥 뒤에서 개구리처럼 오그리고 있던 주윤손은 오른쪽 기둥으로 풀쩍 뛰었다. 공중에 떠 있는 동안 양손에 든 탄창을 모두 비웠다. 60여 발의 탄환은 소나기처럼 갱들에게 쏟아졌다. 여기저기서 피와 살점이 튀고 짧은 비명 소리가 연이어 들렸다. 옆 기둥 뒤에 착지한 주윤손은 다시 빈총을 버리고 MP5 두 정을 집어 들었다. 바로 옆에서 금룡이 AK47을 내려놓고 오스트리아 제 돌격 라이플인 스타이어 AUG를 쓰다

듣고 있었다.

"몇 놈이나 죽였지?"

"한 백오십 명 정도."

"이제 좀 지루해지는데 위층으로 올라갈까?"

"좋지."

기둥 뒤에서 뛰쳐나온 주윤손과 금룡의 총구에서 동시에 불꽃이 튀었다. 간간이 저항하던 나머지 졸개들이 피를 흘리며 쓰러졌다. 1층과 2층의 졸개들을 모두 쓸어버린 두 사람은 계단을 통해 3층으로 천천히 올라오고 있었다. 하지만 시선이 3층 복도 바닥에 이르자 머리 위로 총알이 날아왔다. 머리를 숙인 주윤손과 금룡은 호흡을 가다듬었다.

"여기도 떼거리로 몰려 있군."

"셋을 세면 동시에 치워 버리자."

"하나… 둘… 셋!"

역시 3층의 졸개들도 두 사람의 적수는 되지 못했다. 좌르르륵 설사하듯이 쏟아대는 총알 앞에 후두두둑 추풍낙엽처럼 떨어지는 갱들의 시체. 참다못한 졸개 하나가 절규했다.

"젠장, 이건 말도 안 돼! 왜 우린 총도 제대로 못 쏴보고 죽어야 하는 거야!"

"할 수 없어. 이게 홍콩 느와르의 현실이야. 쫄따구는 영웅이 가는 길을 막으면 안 돼."

졸개의 선배 한 명이 인생의 충고를 남기고 소나기처럼 쏟아지는 총알비 한가운데로 뛰어들어 갔다. 벌집이 되어 쓰러지는 선배를 목격한 졸개는 이빨을 앙다물었다.

"아무리 단역이라도 이렇게 죽을 수는 없어! 한 놈이라도 저승길에 동반할 테다!"

졸개는 잔디에 호스로 물 뿌리듯 총알을 난사하는 주윤손을 정조준했다.

"죽어랏!"

차분하게 방아쇠를 당겼다. 하지만 총알은 옆으로 1미터 정도나 빗나가 벽에 박혔다.

"젠장, 작가가 총의 명중률을 형편없이 설정해 놨어! 불공평하군!"

그는 근성이 있는 졸개였다. 금룡이 동료들을 청소부가 빗질하듯 쓸어버리면서 다가오는 것을 노렸다. M16의 총알이 다 떨어지자 스포츠백을 뒤적거리며 총을 고르는 금룡. 근성있는 졸개는 이 틈을 놓치지 않고 금룡에게 뛰어들었다.

"이야야야야—"

절대로 빗나가지 않도록 금룡의 옆구리에 총부리를 쑤셔 박고 방아쇠를 당겼다.

"커억……."

"앗, 금룡! 이 건방진 자식!"

분노한 주윤손이 자동 권총의 남은 총알을 모두 졸개에게 쏟아 부었다. 온몸에 구멍이 난 졸개는 피를 철철 쏟으며 비중없고 짧은 생애를 마감했다.

"…그래. 너희 둘이 다 해먹어라. 쓰펄… 쿨럭……."

금룡의 왼쪽 옆구리로 들어간 총알은 오른쪽 등을 뚫고 나오면서 내장을 심하게 휘저어놓았다. 연신 피를 토하며 고통스러워하는 금룡은 주윤손에게 애원했다.

"친구, 괴롭다… 숨통을 끊어다오……."

하지만 친구는 냉정했다.

"발딱 일어나지 못해? 영웅은 총을 백 방쯤 맞고도 비틀거리며 싸워야 되는 거야! 졸개한테 총 한 번 맞았다고 약해지면 안 돼!"

"에이쓈, 너두 친구냐……."

금룡은 투덜거리며 총대를 잡고 일어섰다. 상처에서 흘러나온 피가 셔츠를 붉게 물들였지만 아직 죽을 때가 아니었다. 주윤손이 꼭대기 층까지 가려면 아직 해치워야 할 졸개들이 오백 명도 넘게 남아 있었다.

"금룡, 고통스럽겠지만 조금만 더 치워주길 바래. 삼백 명은 내가 쓸어버릴 테니 이백 명만 죽여줘."

"알았어. 예전에 윤발이 형님과는 천 명 죽이기도 해봤는데 이 정도야 뭐……."

두 친구의 지겨운 총알 뿌리기가 다시 반복되고 있었다. 추수날 볏짚 넘어가듯, 도미노 블럭 넘어지듯 쓰러지며 차곡차곡 쌓이는 갱들의 시체는 상식적인 한도를 넘어서고 있었다.

꼭대기 층까지 왔을 때 주윤손과 금룡은 총알이 거의 떨어져 있었다. 각기 베레타와 글록 권총 한 정씩을 들고 있는 두 사람은 서로의 단약을 가늠했다.

"너 몇 발이나 남았냐?"

"3발."

"난 2발인데……."

"잉, 그럼 칠현 녀석들이 7명이니까 두 발 모자라는데."

"나머지는 이걸 써서 정리해."

주윤손이 잭나이프를 던져 주었다. 면상을 잔뜩 찌푸리는 금룡.

"저건 하기 싫은 일은 꼭 남 시켜요……."

"시켜. 넌 조연이잖아. 주연은 지저분한 일을 하면 안 되는 거야."

"붕신아, 여기 주연은 진진이야."

잠시 말다툼을 하던 두 사람은 이내 정신을 차리고 칠현이 숨어 있는 방으로 쳐들어갔다.

"엥? 뭐야?"

커다란 라운드 테이블에는 분명 일곱 개의 의자가 놓여 있었다. 각기 다양한 음식이 세팅되어 있었으며 방금 전까지만 해도 식사를 했던 흔적이 남아 있었다. 하지만 칠현은 보이지 않고 팬더 일곱 마리만이 꽥꽥거리며 놀고 있었다.

"이 자식들, 그새 도망쳤군!"

"근데 웬 팬더들이지?"

"녀석들이 키우는 애완 동물들인가 봐. 콱 죽여 버릴까."

"꾸에에엑~"

죽인다는 말에 팬더들이 갑자기 울부짖기 시작했다. 눈물을 뚝뚝 흘리며 앞발을 싹싹 비는 팬더들을 측은히 여긴 주윤손은 팬더의 머리를 쓰다듬으며 부드럽게 말했다.

"죄없는 동물들인데… 그냥 놔두자."

"쳇, 오늘 허탕 쳤군……."

"그러게. 그만 돌아가자, 금룡."

주윤손과 금룡이 방에서 나가자 팬더들은 서로 쳐다보더니 앞발을 모아 웅얼거렸다. 사지가 늘어나고 주둥이가 얼굴에 흡수되고 털이 섬유로 변하는 과정을 거치면서 사람의 모습으로 변해가는 팬더들. 가장 먼저 둔갑을 마친 조상이 안경을 만지작거리며 말했다.

"저놈들은 누구지?"

"아직 우리 조직에 귀화하지 않은 비룡회 잔당이겠지. 그냥 두면 안 되겠어."

리상은 분이 안 풀리는지 계속 씩씩대고 있었다.

"감히 내 머리를 쓰다듬어? 우우, 죽여 버리겠다……."

맏형 모상은 배를 툭툭 치며 식탁으로 돌아가고 있었다.

"일단 먹던 밥이나 계속 먹자구. 그리고 정보원을 풀어서 오늘 왔던 놈들이 누구인지 찾아내도록 해야겠어."

"형, 근데 저놈들 보통내기가 아니야. 어떻게 둘이서 그 많은 부하들을 다 죽였지?"

"쩝쩝, 홍콩에선 자주 있는 일이지. 너도 빨리 이런 황당무계함에 익숙해지는 게 좋을 거야."

변상은 커다란 전면 윈도우를 통해 밖을 내다보며 조용히 말했다.

"모상, 아무래도 대웅 선생님께 보고하는 게 좋을 거 같아……."

주윤손과 금룡은 식당을 나오면서 자신들이 저지른 참혹한 광경을 다시 한 번 감상해야 했다. 총을 맞고 쓰러진 수많이 갱들이 복도와 계단에 산처럼 쌓여 있어 그들은 시체 무더기 위를 엉금엉금 기어서 나와야 했다.

"그나저나 주윤손, 나 이제 갈 데도 없으니 네가 책임져라."

"갈 데가 없다고? 왜?"

"오늘 잔뜩 싸 들고 온 총기들 구입하느라 아파트 팔았다."

"그랬군. 미안하다."

"강호의 의리가 땅에 떨어졌다지만… 복수할 때마다 총을 한 짐이나 사 들고 와야 되니… 돈 없는 놈은 어디 복수하겠어?"

"미안해. 다음엔 탄창 갈아끼우면서 하자."

"응."

경찰은 두 사람이 롱 코트를 휘날리며 돌아간 뒤에야 요란하게 사이렌을 울리며 도착했다. 구급차 다섯 대가 왔지만 턱도 없이 부족했다. 무엇보다 홍콩의 모든 병원을 동원해도 이 많은 시체를 수용할 영안실이 없었다.

그로부터 몇 주가 지난 뒤였다. 금룡의 총상은 닥터 게이의 도움으로 점차 회복되어 가고 있었고 주윤손은 다시 한 번 복수를 마무리 짓고자 치밀한 계획을 세우는 중이었다.

"탄창 하나에 20발씩 들어가니까… 7백 명을 죽이려면 700명÷20발=35개. 영웅의 명중률은 50%니까 35개×2배=70개……."

계산기를 두드리던 주윤손은 활짝 웃으며 침대에 누워 있는 금룡을 쳐다봤다.

"금룡! 탄창 70개만 사면 700명을 죽일 수 있어!"

"그거 살 돈은 있냐……."

"신용 카드로 현금 서비스 받으면 돼."

"잘 해봐. 난 신용 불량으로 정지된 지 오래야."

"금룡, 복수하는 데 돈이 문제겠어? 내가 어떻게든 마련해 보겠어."

주먹을 불끈 쥐며 복수를 다짐하는데 우편물이 도착했다. 사인을 하고 소포를 받아 든 윤손. 수신인은 '영웅 주윤손'으로 되어 있고 발신인은 '홍콩 장의사 협회'로 되어 있었다. 그는 순간 불길한 느낌을 받았다. 장의사라니. 설마 자신의 죽음을 예고하는 죽림칠현 측의 경고장일까. 소포의 개봉 여부를 두고 잠시 갈등을 느꼈다.

"열지 마, 주윤손! 폭탄일지도 몰라!"

이마에서 땀방울이 소포 박스 위로 뚝뚝 떨어지고 있었다. 주윤손은 과감하게 커터를 박스에 쑤셔 넣었다.

"사소한 함정에 걸려들어 죽으면 그건 영웅이 아니야."

"저런 바보. 넌 조연이야……."

박스 안에서 나온 것은 뜻밖에도 나무와 금속으로 제작된 화려한 감사패였다. 주윤손은 감사패의 문구를 읽어보고는 빙그레 웃고 말았다.

감사패

영웅 주윤손

귀하께서는 관운각을 습격하여 투철한 복수심과 의리로 죽림칠현 갱단을 철저히 응징하였는 바, 이는 극심한 경쟁과 경기 불황으로 어려움을 겪어온 장의사들에게 경제적으로 큰 도움을 주었으므로 귀하의 복수로 떼돈을 번 장의사들의 감사의 마음을 모아 이 패를 드립니다.

○○○○년 ○○월 ○○일

홍콩 장의사 협회 회원 일동

제7장
고비 사막의 비밀 연구소

　고비 사막은 몽골 고원 내부에 펼쳐진 동서 1,600㎞, 남북 500～
1,000㎞ 크기의 땅으로 대부분 황량한 암석 사막으로 이루어져 있다.
고비란 몽골어로 '풀이 자라지 않는 거친 땅'이란 뜻이다. 소수의 유
목민과 관광객 이외에는 사람의 흔적을 찾아보기 힘든 이곳에 군사 연
구소가 있다면 믿기 힘들 것이다. 하지만 미국에는 네바다 사막의 비
밀 기지가 있듯이 중국에는 고비 사막의 비밀 군사 연구소가 있었다.
물론 이곳은 일반인들에게는 전혀 알려지지 않은, 둔갑 팬더들만의 연
구소다.

　이곳에서는 번거롭게 인간의 모습으로 둔갑을 할 필요가 없었다. 뚱
뚱한 팬더 연구원들은 하얀 가운 하나만 걸친 채 각자의 연구에 몰두
하고 있었다. 이들의 궁극적인 연구 목적은 단 하나. 인간들의 과학 기

술 문명을 지배할 수 있는 고차원의 군사 기술을 확보하는 것이다. 동시에 진행되고 있는 수백 가지의 프로젝트 중에서 베이징의 고위층이 선정한 중점 추진 과제는 약 20여 가지 정도로, 5천 시간 연속 둔갑술, 둔갑 팬더 식별 기술, 팬더용 영양제 개발 등 주로 인간 사회에서 살아남기 위한 기술이 주종을 이루고 있었다. 인간들의 문명을 지배한다는 궁극의 과제는 정작 뒤로 미루어져 있는 것이다. 하지만 딱 한 번 이 목적에 부합하는 다소 위험한 연구가 진행된 적이 있었다. 프로젝트 코드 AZ–807H, 이른바 '네오 팬더 프로젝트'. 연구 대상자의 폭주와 프로젝트 매니저의 사퇴로 무기한 중지되어 팬더들의 기억에서 잊혀졌지만, 이제 그 작업을 부활시키기 위한 시도가 이루어지고 있었다.

지하 150미터 아래까지 하강한 승강기는 소리없이 출입문을 열었다. 승강기에서 걸어나온 남자는 담배 연기를 유유히 내뿜는 대웅. 1억 마리에 달하는 둔갑 팬더 중 권력의 정점에 서 있는 자. 그는 지금 팬더 역사상 가장 위험했던 실험을 재개시키기 위해 이 황량한 고비 사막까지 미쯔비시 지프를 몰고 덜컹거리며 달려온 것이다.

"어서 오십시오, 각하."

"그냥 선생님이라고 부르게."

"화, 황송하옵니다, 선생님……."

두꺼운 근시용 안경을 쓴 팬더는 대웅 앞에서 어쩔 줄 모르며 쩔쩔매고 있었다. 적막한 사막 한가운데서 연구만 계속하다 보니 이런 영향력있는 권력자의 출현에는 당황할 수밖에 없었다.

"자네가 여기 소장이로군."

"예, 채수웅이라고 합니다."

"흠, 좋아, 채 소장. 내가 왜 여기 왔는지는 이미 들어서 잘 알고 있 겠지?"

"물론입니다. AZ-807H 프로젝트 때문에 오셨지요. 이쪽으로 가시 지요."

두 팬더는 길게 이어진 통로를 따라 한참을 걸어간 뒤에 세 개의 차 폐문을 지나고, 이동용 차량을 타고 삼십 분간 달린 후에야 커다란 돔 모양의 공간으로 들어왔다. 대웅은 차에서 내리면서 허리를 툭툭 두드 렸다.

"거참, 멀기도 하군. 지하 기지가 이렇게 클 줄이야……."

"워낙 위험한 실험이었기 때문에 일부러 중앙 연구소에서 멀리 떨어 지게 설계했던 겁니다."

"음, 거참, 내부가 독특한 구조로 되어 있군……."

둥그런 반원형의 천장에서는 굵은 케이블 십여 개가 내려오면서 벽 에 줄지어 선 대형 컴퓨터에 연결되어 있었으며, 실험실 중앙에는 커다 란 냉장고가 설치되어 있었다. 대웅은 냉장고에 천천히 다가갔다.

"엄청나게 크군. 주문 제작한 건가?"

"예, 월풀에서 5천 달러 주고 샀습니다."

"안에는 뭐가 들어 있지? 설마 냉동 만두나 콜라 같은 게……."

"배가 고프시면 말씀하세요. 이건 식료품 저장고가 아닙니다."

"그렇다면 이건……."

냉장고 문을 열어본 대웅은 입을 다물지 못했다. 놀랍게도 자이언트 팬더 한 마리가 수염에 고드름을 매단 채 냉동되어 있었던 것이다.

"실험 대상 3호. 앙꼬르입니다."

"앙꼬르… 특이한 이름이군."

"실험 대상 1호는 전기 자극과 화학 약품 주입에 의한 부작용을 건더내지 못하고 죽어버렸습니다. 2호는 소기의 성과를 달성하는 듯했지만 결국 기대에 미치지 못했죠. 평범한 팬더와 별 차이가 없었던 겁니다. 하지만 앙꼬르는 달랐습니다. 실험을 개시한 날부터 지속적으로 발전하는 모습을 보여주었죠."

"그야말로 네오 팬더로군."

소장은 대웅의 입에서 튀어나온 '네오 팬더'라는 말에 얼굴을 찡그리고 헛기침을 하는 민감한 반응을 보였다. 그만큼 네오 팬더라는 말은 팬더들 사이에서는 쉬쉬 하는 두려움의 대상이었다.

"처음에는 그런 줄 알았죠. 주문을 동시에 다섯 개씩 외우는 '멀티 씨부렁' 기능도 보여주었습니다."

"지금 장난하나? 진진은 삼십 개의 주문을 동시에 쓸 수 있다구!"

"진진은 워낙 뛰어난 마법사니까요. 하지만 앙꼬르는 단순한 마법사가 아닙니다. 초능력을 지닌 팬더, 전혀 새롭게 진화한 종족인 것입니다. 하루하루 실험이 거듭되면서 앙꼬르가 보여준 능력은 연구원들을 경악하게 만들었어요. 사념을 집중해서 물건을 옮기는 염력이나 마음을 꿰뚫어 보는 독심술 정도까지는 우리도 익숙한 능력이었어요. 하지만 눈빛만으로 최면을 걸고 미리 주사위의 숫자를 알아맞추고 몸에서 전기를 뿜어내는 능력은 팬더의 수준을 초월한 것이죠. 가장 놀라웠던 것은 물질의 조성을 바꾸어 전혀 새로운 물질로 탈바꿈시키는 트랜스포밍 능력입니다."

"그런데 왜 저런 꼴이 된 건가?"

"그건……."

소장은 고개를 아래로 숙이며 말을 아꼈다.

"…다음 기회에 알려 드리지요……."

"다음 기회? 내가 여기 온 목적을 잊었는가?"

잠시 불편한 침묵이 흘렀다.

"앙꼬르가 폭주하기 시작한 건… 상한 대나무를 먹고 설사를 한 다음부터입니다. 컨디션이 좋지 못하거나 감정 상태가 불안하면 정신파가 증폭된다는 사실도 그때 알았죠. 앙꼬르가 난폭하게 염력을 사용하면서 중요 시설이 파괴되고 연구원들이 다쳤습니다. 결국 마취총을 동원해서 사로잡은 뒤 저렇게 냉동을 시켜 버렸죠."

"만일에… 앙꼬르를 해동한다면, 통제할 수 있는가?"

"네? 그, 그건……."

소장의 얼굴에 형언할 수 없는 두려움이 드리웠다. 주둥이가 가늘게 떨리고 있었다.

"자, 장담 못합니다……."

어느새 인간의 모습으로 둔갑한 대웅은 쿠바 산 시거를 피우며 사악한 미소를 띠었다.

"소장, 앙꼬르를 통제할 수 있는 방법을 찾아라."

"선생님, 앙꼬르를 부활시키는 건 너무 위험합니다! 냉장고에서 꺼내는 순간 감당할 수 없는 재앙이 닥칠 겁니다!"

"앙꼬르를 되살릴 생각이 없다면 무엇 때문에 그 많은 예산을 쓰면서 얼려두는 거지?"

"그, 그건… 샤베트 만들어 먹으려고……."

"풋, 변명치곤 너무 궁색하군."

대웅은 시선을 자꾸 외면하는 소장의 멱살을 잡고 눈빛을 마주쳤다.

"소장, 난 자네 심정을 충분히 이해하네. 다시 살려놓자니 녀석의 힘이 두렵고 죽어 버리자니 자신의 찬란한 성과물이 희생되는 것 같아 견딜 수가 없겠지. 이러지도 못하고 저러지도 못하고 십 년이고 이십 년이고 저렇게 동태처럼 계속 얼려둘 수밖에 없는 자네의 심정 충분히 이해하네. 암, 이해하고말고……."

소장은 대웅의 추궁을 이겨내지 못하고 계속 그의 시선에서 벗어나려 하고 있었다. 하지만 집요하게 따라다니면서 눈을 맞추는 대웅은 소장의 양 어깨에 손을 얹고 제법 위엄스러운 목소리로 명령했다.

"소장, 자신감을 가지고 대웅을 부활시키게. 그 뒤에 벌어질 일은 내가 모두 책임지겠어. 암, 책임지고말고……."

심약한 연구소장은 거의 울상이 되어 대웅의 얼굴과 월풀 냉장고를 번갈아 쳐다보았다.

"하, 하지만 아직 냉장고 할부 기간이 좀 남았는데……."

"자네 참 어리석군. 팬더를 꺼낸 자리에 먹을 걸 채워넣어서 본래 용도로 사용하면 되잖아?"

"그, 그렇군요. 역시 선생님은 천재이십니다."

"뭘 이 정도 가지고… 연구용 자산을 집기 비품 항목으로 재분류하라고 경리 부서에 이야기하겠네. 참, 총무부의 관재 담당에게도 말해야겠군."

"대웅 선생님은 하늘이 내신 천재입니다."

"새삼스럽게 말하지 않아도 알고 있네. 난 이제 가야겠어. 한 달 후에 다시 오겠네."

"그럼 저는 앙꼬르를 해동시키기 위한 준비를 하고 있겠습니다. 선생님께서 다시 찾아오시는 날을 앙꼬르의 해동일로 하지요."

"음, 좋아. 너무 부담 갖지 말라구. 자네는 국책 연구원이야. 나라에서 시키는대로만 하면 되는 거야."

승강기를 타고 지상으로 올라가면서 대웅은 머리 속으로 앞으로의 계획을 세우고 있었다. 네오 팬더를 부활시켜 인간들을 완전히 지배하기 위한 계획을.

제8장
사이빈 기자와 사이비 교주

국내 유수의 일간지 종양일보에서 일하는 사이빈 기자는 아직 수습 딱지를 떼지 못한 사회부 신참으로, 요즘 한국 사회에 독버섯처럼 퍼져 나가는 신흥 종교들을 취재하고 있었다. 대부분 기독교나 불교 등 기존 종교의 교리를 조금씩 변형시킨 체계를 가지고 있었으나, 간혹 게임의 캐릭터를 숭배한다거나 애완 동물을 제물로 바치는 등의 독특한 자생적 종교도 볼 수 있었다. 사 기자가 요즘 관심을 가지고 집중 취재하는 분야는 '진진영생교' 라는 신흥 종교로, 팬더를 숭배하는 종말론이 교리의 근간을 이루고 있었다. 진진영생교는 비밀 결사 형태로 은밀히 퍼지기 때문에 관련 자료를 손에 넣기가 쉽지 않았으나, 여기저기 수소문한 끝에 어렵게 경전 한 권을 손에 넣었다. 경전 이름은 매우 독특했는데 '진진 웅~ 바이블' 이라는 국적 불명의 제목이었다.

가장 흥미를 끄는 부분은 이 세상의 종말을 다룬 요괴 묵시록 부분.

사이빈 기자는 가죽 책갈피를 끼워놓았던 부분을 펼쳐놓고 볼펜으로 하나하나 짚어가며 정밀하게 읽었다.

진진 웅~ 바이블 요괴 묵시록 제8장.

그리하여 일곱째 대나무를 뽀갤 때 얼음이 녹으며 하늘에서 공포의 팬더 마왕이 내려오리라. 마왕은 자신을 핍박하던 자들을 모두 처죽일 것이며 그를 두려워하는 모든 팬더와 인간들이 머리를 조아려 그를 숭배할 것이다. 일곱 마리의 팬더가 피의 맹세로서 마왕을 따를 것이며 이들이 지나는 곳에 뇌성과 음성과 번개가 날 것이다······.

사이빈 기자는 '진진 웅~ 바이블'의 커버를 덮고 믿을 수 없다는 표정을 지었다.

"마, 말도 안 돼. 이런 책이 9만원이라니······."

사 기자는 책을 환불받기로 결심하고 자리에서 일어났다.

"어이, 신참. 어디로 취재 가나?"

"아, 네, 진진영생교 총본부에 갑니다."

"흠, 사이비 종교라. 좀 진부한 기획 같은데··· 뭐, 어쨌든 한번 해봐."

"예. 다녀오겠습니다, 부장님."

사 기자는 신문사 출입문을 나서며 주먹을 불끈 쥐었다. 젊은 피가 펄펄 끓는 25살의 청년은 기자 정신을 불태우고 있었다.

"반드시 환불받고 만다. 이 도둑놈들!"

사 기자는 취재 중에 알게 됐던 영생교 신자에게 전화를 걸어 총본부의 위치를 확인했다. 마침 빈 택시 한 대가 신문사 앞에서 손님을 기다리는 중이었다. 급한 취재를 나가던 선배 기자를 밀치고 택시를 잡아탄 그는 뒤통수에 쏟아지는 욕지거리를 무시하며 기사를 재촉했다. 택시는 속도 제한부터 교통 신호까지 깡그리 무시하며 서울 시내를 질주하여 목적지에 도착했다. 차에서 내린 사 기자는 오피스 빌딩만이 즐비한 거리에서 영생교 총본부를 찾지 못해 두리번거렸다.

"이상하군. 분명 이 근처라고 했는데… 도대체 진진영생교는 어디 있는 거지?"

수많은 사람들이 스쳐 지나가는 가운데 행색이 추레한 청년 하나가 다가와 음침한 목소리로 물었다.

"팬더에 관심있으십니까?"

그는 갑작스런 질문에 잠시 당황했으나 이내 진진영생교를 떠올렸다.

"…응……."

고개를 끄덕거리는 사이빈 기자의 반응에 만면에 웃음을 띠며 좋아하는 청년.

"진진님은 당신을 사랑하십니다. 조건없이 사랑하십니다. 팬더이신 그분께서 왜 우리같이 죄 많은 인간들을 사랑하시는지 아십니까?"

"…글쎄……."

"궁금하시면 저를 따라오십시오."

청년은 사 기자의 팔을 잡아끌었다. 정장 차림의 남자들만 붐비는 오피스 빌딩가를 지나자 점차 술집과 음식점들이 즐비한 유흥가가 나타났다. 청년은 인적이 드문 빌딩 사이로 그를 이끌었다. 사이빈 기자는 콘크리트 벽을 멍하니 바라보고 선 청년을 보며 이상하다는 생각이 들었다.

'벽 보고 서서 뭐 하는 거야? 정신 나간 친구 아냐?'

그는 5분여 동안 벽만 보고 있는 청년에게 슬슬 짜증이 나기 시작했다.

"어이, 뭐 하는 거야? 팬더님한테 기도라도 하시나?"

"……."

"이봐, 내 말이 말 같지 않아? 난 책을 환불받으러… 엥?"

놀랍게도 벽이 안쪽으로 열리면서 사람의 얼굴이 나타났다.

"들어오게, 형제여……."

"벽과 같은 색깔로 철문을 칠했구나……."

사 기자는 교묘한 위장술에 감탄하며 청년과 함께 건물 안으로 들어갔다. 희미한 전구가 깜빡이는 긴 복도를 지나자 은행 금고문 같은 육중한 출입문이 버티고 선 막다른 골목에 다다랐다. 청년과 사 기자를 인도한 검은 양복의 남자는 출입문에 부착된 전자식 자물쇠의 비밀 번호를 눌렀다.

찰칵―

두터운 금속 출입문은 믿기지 않을 만큼 경쾌한 소리를 내며 가볍게 열렸다. 열려진 문틈 사이로 장중한 찬송가가 쏟아져 나왔다.

"앗, 뜨거워~ 앗, 뜨거워~ 진진님 사랑~ 그 크신 사랑 태양보다 더 뜨거워~ 앗, 뜨거워~ 앗, 뜨거워~ 팬더님 사랑~ 그 크신 사랑 난로보다 더 뜨거워~ 대나무에 달리신 진진님 우리를 사랑하사 구원하신 우리 진진님 그 사랑 뜨거워라~"

출입문을 밀어젖히자 믿지 못할 광경이 펼쳐졌다. 농구장 크기의 건물이 신도들로 가득 메워져 있었던 것이다. 실내는 신도들이 내뿜는 신앙의 열기로 후끈 달아오르고 있었다. 사 기자는 목이 터져라

찬송가를 열창하는 50대 여성 신도의 옆 자리에 슬며시 자리를 잡고 앉았다. 높은 천장에서는 화려한 샹들리에가 내려와 환상적인 광선을 퍼뜨리고 있었다. 건물을 떠받치고 있는 대리석 기둥은 조명을 받아 번쩍거리고 벽쪽에 심은 대나무들은 기묘한 운치를 더해 주었다.

찬송가가 끝나자 신도들은 모두 입을 다물고 나지막하고 엄숙한 전자 오르간의 음률이 깔리고 있었다. 사 기자는 신도들의 시선이 쏠리는 곳을 쳐다보았다. 작은 쪽문이 열리더니 조선 시대 임금이 입던 곤룡포(袞龍袍)를 입은 백발의 노인이 엄숙한 표정으로 걸어나왔다. 노인은 천천히 몸을 움직이며 좌우로 갈라져 앉은 신도들의 정중앙에 놓여 있는 제단으로 향했다. 노인이 제단 앞에 서서 양손을 들자 신도들이 입을 모아 외쳤다.

"교주님, 만수무강하옵소서! 만수무강하옵소서! 만수무강하옵소서!"

교주가 제단 앞 의자에 착석하자 장내가 숙연해지고 나지막한 전자 오르간 소리도 끊겼다.

사이빈 기자는 전형적인 유사 종교의 패턴이라고 생각하며 머리 속으로 기사의 리드를 뽑고 있었다.

교주가 착석해 있는 곳에서 옆으로 멀찍이 떨어져 있는 장소에는 사회를 볼 수 있는 작은 테이블이 있었는데, 지금이 테이블 앞으로 신도 한 사람이 정숙하게 걸어나오는 중이었다. 그는 테이블 위에 두터운 책을 펼쳐 놓았다. 스피커를 통해 그의 굵고 엄숙한 목소리가 흘러나왔다.

"경전 강독을 시작하겠습니다. 오늘은 빠가복음 제1장 3절부터 27절까지의 말씀입니다. 교주님께서 진진님을 처음 만나게 되신 이야기오니 잘 듣고 가슴에 새기시길 바랍니다."

빠가복음 1장.

(빠 1:3) 그리하여 교주님은 병사로 징집되어 한국 전쟁에 참전하게 되었으니 모든 가족들이 이를 걱정하였다.

(빠 1:4) 교주님은 징집되자마자 일선에 투입되어 날마다 전투를 치루니 매일같이 비릿한 피 냄새와 매캐한 화약 냄새가 진동하더라.

(빠 1:5) 어느 날은 중공군이 투입되어 물밀듯이 내려오니 교주님의 부대는 퇴각하기 바쁘더라.

(빠 1:6) 무리에서 뒤쳐진 교주님의 소대가 적진에서 고립되니, 당신의 목숨이 바람 앞의 등불이더라.

(빠 1:7) 개미 떼와 같은 중공군의 무리와 대치하더니 모두가 인생을 포기하더라. 참호 속에 들어가 죽을 날만 기다리는데 하늘을 둥둥 떠다니는 동물이 병사들의 머리 위에 나타났다.

(빠 1:8) 처음 보는 괴이한 일에 병사들이 동요하매 대학물 먹은 고참이 나와 그들을 진정시키더라.

(빠 1:9) 너희는 모두 두려워하지 말라. 저것은 팬더라는 초식 동물이니 너희를 해치지 아니하리라.

(빠 1:10) 하지만 팬더가 말을 시작하자 병사들은 더욱 놀라고 머리를 조아렸다.

(빠 1:11) 나는 진진이로다. 이는 나의 살이니 너희는 모두 받아 먹으라.

(빠 1:12) 시루떡과 인절미가 병사들 머리 위로 우박처럼 떨어져 내리더라.

(빠 1:13) 허기진 병사들은 진진님이 내리신 떡으로 포식하더라.

(빠 1:14) 나는 진진이로다. 이는 나의 피이니 너희는 모두 받아 마시라.

(빡 1:15) 고량주와 막걸리가 듬뿍 담긴 대나무 술통이 사방에서 굴러오더라.

(빡 1:16) 전투에 지친 병사들은 진진님이 내리신 술로 회포를 풀더라.

(빡 1:17) 만취한 중공군 병사가 아군의 진영으로 다가오자 책임감 투철한 한 병사가 총부리를 들이대더라.

(빡 1:18) 진진님은 노하여 병사를 꾸짖으셨다.

(빡 1:19) 나는 양쪽에 술을 주고 먹을 것을 주고 화해를 시키려는데 너는 어찌하여 총을 집어 드는가. 총으로 흥한 자 총으로 망하리라.

(빡 1:20) 이에 병사는 부끄러워 무기를 버리고 중공군 병사들을 반갑게 맞이하더라.

(빡 1:21) 네 편, 내 편 가르지 않고 모두 어울려 진창 술에 절어 지내노니 진진님이 흡족해 하시더라.

(빡 1:22) 양쪽 병사들이 술에서 깨어났을 때는 이미 전쟁이 끝난지라 그들은 진진님의 출현을 감사드리며 모두 고향으로 돌아갔다.

(빡 1:23) 교주님은 모두가 취해 있는 동안 금주하고 금식하며 머리를 맑게 했으니 진진님께서 가로되, 너는 어찌하여 내가 준 술을 마시지 아니하고 내가 내린 떡을 받아먹지 않느냐.

(빡 1:24) 진진님, 저는 당신의 능력에 감복하고 당신의 자비에 눈물을 흘리노니 서를 부니 당신의 종으로 써주소서.

(빡 1:25) 이에 진진님께서 가로되, 가거라. 너는 세상에 복음을 전하고 나의 왕국을 건설하라.

(빡 1:26) 이리하여 교주님께서는 교회를 세우시고 신도를 모으시니 진진영 생교가 한반도 남쪽에 번성하였다.

경전 강독이 끝나자 강독자는 두 손을 모아 신도들에게 절을 했다.

"이는 교주님의 말씀입니다."

신도들은 같은 모습으로 합장하며 공손히 고개를 숙였다.

"팬더~"

강독자가 들어가고 나자 교주가 일어나 바구니를 머리 위로 들어 올렸다.

"모두 감사하는 마음으로 헌금을 냅시다. 너희가 돈이 없으면 무엇으로 일용할 양식을 얻을 것이며 무엇으로 헐벗은 식구들을 입히겠느냐. 교회도 마찬가지니라. 누드복음 5장 8절의 말씀입니다."

"팬더~"

헌금 바구니가 신도들 사이로 돌기 시작했다. 신도들은 군소리없이 두터운 돈다발을 바구니에 쌓고 있었다. 사 기자는 신도들의 재산을 착취하는 교주의 사업 수완에 감탄하며 지갑을 꺼냈다. 돈뭉치 가득한 바구니를 옆으로 넘기며 천 원짜리 한 장을 슬쩍 올려놓으려는 사 기자. 누군가 그의 손목을 강한 힘으로 잡아끌었다.

"형제여, 이리 나오시오."

"예? 저 말입니까?"

"그렇소. 이쪽으로 오시오."

"아, 예……."

두터운 금속 비밀문을 열어주었던 검은 양복의 사내였다. 워낙 덩치가 크고 인상이 험악해 사이빈 기자는 순순히 그를 따라나왔다.

"뭐… 하실 말씀이라도?"

"형제여, 오늘 처음 오신 분 맞습니까?"

"예… 그런데요?"

"형제여, 입교를 축하드립니다."

사내는 넓은 가슴팍으로 사이빈 기자를 있는 힘껏 껴안았다. 눈알이 튀어나올 정도로 강한 포옹이었다.

"캑, 고, 고맙습니다."

"형제어, 처음 입교한 자에게는 교주님께서 특별 헌금을 낼 수 있는 축복을 드립니다."

"엥? 트, 특별 헌금이요?"

"형제여, 신용카드 소지하고 계십니까?"

속이 뜨끔했다. 헌금을 카드로 내라니. 식은땀이 주르르 흘렀다.

"어, 없습니다. 집에 두고 왔는데……."

"형제여, 혹시 모르니 한번 찾아봅시다."

"우와아아악!"

검은 양복의 사내는 사이빈 기자를 번쩍 들어 올리더니 발목을 잡고 거꾸로 들었다. 밀가루 푸대를 털듯이 탈탈 털어보는 검은 양복의 사내. 사 기자의 안주머니에서 얄팍한 가죽 지갑이 튀어나왔다. 사내는 지갑을 뒤지더니 BC카드 한 장을 꺼내 들었다.

"형제여, 진진님의 축복이 당신과 함께!"

"왁! 내 카드!"

사내는 버둥대며 카드를 되찾으려는 사이빈 기자를 밀쳐 버리고 어디론가 사라졌다. 이빨을 부득부득 갈며 어쩔 줄 몰라 하는 사 기자. 잠시 후 그의 앞에 나타난 검은 양복의 사내는 카드 전표 한 장을 내밀었다.

"형제여, 사인하시게."

사 기자는 전표를 살펴보다 다리가 휘청거렸다.

"히에엑, 백오십만 원……."

"형제여, 사인하시게."

검정 양복의 얼굴이 험상궂게 변하고 있었다. 눈물을 머금고 전표 서명란에 사인하는 사이빈 기자. 사내는 카드를 돌려준 뒤 두 손을 공손하게 모으며 절을 했다.

"형제여, 진진님을 기리는 '대나무 씹기'가 시작되었네. 팬더~"

사 기자는 카드 전표에서 눈을 떼지 못하고 있었다. 수습 기자의 한 달치 월급을 훌쩍 뛰어넘는 엄청난 액수의 헌금이었다. 그는 악에 받친 눈으로 교주를 쳐다보았다. 교주는 예배의 마지막 의식인 대나무 씹기를 시연하고 있었다. 이빨이 아픈지 씹다가 한참씩 쉬면서 물을 마시는 교주. 사이빈 기자는 울컥 치밀어 오르는 기운을 누르지 못하고 고함을 질렀다.

"야, 이 사이비 교주 놈아! 내 돈 내놔라!"

주위의 신도들은 사 기자의 고함 소리에 대경실색(大驚失色)하여 그를 돌아보았다. 여성 신도 몇 명은 그의 신성 모독에 쇼크를 받아 울음을 터뜨리고 말았다. 일부 남성 신도들은 주먹을 불끈 쥐고 한 방 날릴 태세였다. 하지만 기자 정신에 불타는 사 기자는 전혀 위축되지 않고 발광을 계속했다.

자신의 와이셔츠를 쥐어뜯고 앙상한 새가슴을 드러내며 목줄기에 핏대를 세우는 사이빈 기자.

"이 사기꾼 교주놈아, 팬더가 어쩌구 저째? 내 돈 내놔라!"

진진영생교의 교주는 얼얼한 입 주위를 어루만지며 팬더 가면을 쓴 수행원에게 물었다.

"갑자기 웬 소란이냐?"

"아무래도 사악한 마귀가 들렸나 봅니다. 제가 가서 혼내주겠습니다."

교주는 바락바락 소리를 지르는 사 기자를 보며 빙그레 웃었다.

"놔둬라. 내가 만나서 이야기를 나눠보겠노라."

"오오… 교주님… 어찌 그런 자비를… 오오……."

교주가 자리에서 일어서자 웅성거리던 신도들이 모두 입을 다물고 숙연해졌다. 오직 발악하는 사 기자의 목소리만 교회당 내를 시끄럽게 만들고 있었다. 교주가 걸음을 옮길 때마다 번쩍번쩍 빛나는 황금빛 곤룡포가 서걱거리는 소리를 냈다. 사 기자를 둘러싸고 있던 남성 신도들은 교주가 다가오자 썰물 빠지듯 물러나며 통로를 만들었다. 신도들 사이를 지나 사이빈 기자에게 다가온 교주는 허연 수염을 쓰다듬으며 물었다.

"그대는 신성한 예배 시간에 어찌 소란이오?"

"닥쳐라! 난 예배 드리러 온 게 아니야!"

"그럼 뭣 하러 오셨소?"

"네놈들이 팔아먹은 이 거지 같은 책을 환불받으러 왔다!"

사 기자는 서류 가방에서 '진진 웅~ 바이블'을 꺼내어 내밀었다. 교주는 그가 내민 책을 보자 흠칫 놀라는 표정을 지었다. 경전을 받아 들고 천천히 내용을 살펴보는 교주. 책을 든 그의 손이 부들부들 떨리고 있었다.

"이건… 우리 진진영생교의 경전이 아닐세."

"엥? 무슨 소리야? 거기 분명히 '진진 웅~ 바이블'이라고 적혀 있잖아!"

교주는 경전의 커버를 곤룡포의 소매로 슥슥 닦았다. 놀랍게도 '진진'이라는 글씨가 옆으로 번지면서 지워지고 있었다. 교주는 다시 책을 내주며 조용히 말했다.

"그건 우리가 이단으로 취급하는 웅 진리교의 성경이다."

"뭐, 뭐요?"

교주는 다시 곤룡포를 서걱거리며 자신의 자리로 돌아갔다. 마이크를 가까이 잡고 말을 시작하는 교주.

"말이 나온 김에 웅 진리교에 대해 들려주겠노라. 한국 전쟁 당시 나와 같이 진진님을 영접했던 동료들 중에 문온탁이라는 자가 있었지. 내가 열심히 진진님의 가르침을 받는 동안 고량주와 막걸리에 빠져 지냈던 놈이다. 게으르고 무식하고 할 줄 아는 것이라고는 주색잡기밖에 없던 그놈이 어느 날 갑자기 이상한 종교 단체를 만들었다. 내가 진진 영생교를 창립하고 세상의 버림받은 자들을 구원한다는 소식을 듣고는 주위들은 풍월과 진진님에 대한 기억을 바탕으로 웅 진리교라는 사이비 종교 단체를 결성한 거지. 형제들이여, 몇 번이나 말하지만 웅 진리교는 이단이다!"

"팬더~"

"그놈들은 진진님을 하위신으로 전락시키고 팬더 마왕을 절대 지존으로 숭배하는 놈들이다. 놈들이 말하는 팬더 대전쟁이나 마왕 재림설을 믿지 마라!"

"팬더~"

"형제들이여, 저 이단자를 끌어내어 밖으로 내쳐라! 신성한 교회를 오염시키고 있다!"

"팬더~"

덩치 좋은 남성 신도들이 사이빈 기자를 향해 하나둘 모여들기 시작했다. 위협을 느낀 사 기자는 신분증을 꺼내 들며 반항했다.

"다가오지 마! 난 신문 기자야!"

"거, 안됐군. 나도 사실 에스이에스에서 일하는 방송 기자요."

금테 안경을 쓴 동글동글한 얼굴의 남자가 히죽거리며 웃었다. 사 기자의 신분증을 유심히 살펴본 남자는 표정이 굳어졌다.

"종양일보라… 말 그대로 이 사회의 암적 존재야. 부패한 자들의 이야기를 독자들에게 들려주다 자신들마저 부패해 버린 집단."

"시끄러! 당신들 사회면에 한번 터지면 그날로 끝장이야!"

"호오~ 협박하는 건가, 아니면 돈 달라고 깽깽대는 건가?"

신도들과 사이빈 기자의 실랑이를 보다 못한 교주가 곤룡포를 휘저으며 소리를 질렀다.

"이단자를 어서 끌어내지 못하고 무엇들 하는 게야! 냉큼 교회당 밖으로 내치지 못할까!"

"팬더~"

신도들이 우르르 몰려들어 사 기자의 신분증을 뺏고 어깨 위로 들어올렸다. 사 기자가 아무리 버둥대며 발길질을 해봐도 헛일이었다. 어느새 신도들은 그를 건물 밖으로 내동댕이쳤다. 그는 쓰레기 봉지를 붙잡고 울분을 속으로 삼켰다.

"크윽, 영생교 놈들… 두고 보자……."

사 기자가 신흥 종교 기획 기사를 거의 마무리했을 무렵이었다. 열심히 노트북 자판을 두드리며 기사를 수정하고 있는데 한 남자가 사회부를 찾아왔다. 남자가 사이빈 기자의 이름을 대자 부장은 민원성 기사를 부탁하러 온 홍보꾼이겠거니 하고 턱주가리로 사 기자의 책상 쪽을 가리켰다.

"사 기자님."

자신을 부르는 소리에 자판 두드리기를 멈춘 사 기자는 고개를 천천히 들었다.

"너, 너는……."

그는 한동안 멍하니 방문객을 쳐다보다 냅다 멱살을 잡았다.

"이 자식! 무슨 낯짝으로 찾아왔느냐! 이 사기꾼놈아!"

"캑, 이걸 좀 놓고 말씀… 숨 막혀……."

"이 새끼! 뭐 때문에 웅 진리교 성경을 진진영생교 경전이라고 속였어! 앙!"

"죄송… 저 때문에 영생교 신도들에게 봉변을……."

"너 때문에 백오십만 원 날리고 개망신 당했다, 이놈아! 이 나쁜 자식!"

사 기자는 자신의 취재원을 붙들고 엎치락뒤치락하며 종앙일보 편집국을 소란스럽게 만들었다. 보다 못한 사회부 선배 기자들이 달려들어 두 사람을 간신히 떼어놓았다.

"씩씩, 이 자식……."

"사 기자님, 드릴 말씀이 있습니다. 나가시죠. 제가 점심 대접 하겠습니다……."

"그래, 사이빈. 화만 내지 말고 이야기를 들어봐야지."

선배들에게 등을 떠밀려 밖으로 나온 사이빈 기자와 취재원은 신문사 앞에 있는 해장국집으로 갔다. 영생교 총본부에서 당한 수모를 못 잊어 매일 저녁을 술로 보내는 사 기자였다.

"젠장, 데스크가 뉴스 밸류가 없다고 자꾸 퇴짜를 놓고 있어. 하지만 두고 봐. 언젠가 교주놈이 검찰청 포토 라인에 서 있는 걸 보게 될 테니……."

사 기자는 분을 삭이며 선지국을 입에 마구 퍼넣었다. 두터운 뿔테 안경을 쓴 청년은 얼굴 가득히 나이에 어울리지 않는 주름이 자리 잡고 있었다. 사 기자가 농담 삼아 '쭈글이'라 부르는 취재원이었다. 쭈글이는 물끄러미 그를 바라보다가 말을 꺼냈다.

"사 기자님, 웅 바이블 말씀인데요……."

"말 잘했다. 도대체 왜 날 속인 거지?"

"사실… 전 웅 진리교 신도입니다."

"뭐? 넌 진진영생교의 타락에 신물을 느껴 뛰쳐나왔다고 했잖아?"

"그래요. 하지만 이 사회의 냉엄한 현실은 다시 외로움을 느끼게 했어요. 그 후에 다시 비슷한 교리를 가지고 있는 웅 진리교에 빠져들었죠."

"나약한 놈. 근데 도대체 왜 날 속인 거지?"

"사 기자님이 진진영생교 쪽에만 관심을 기울이고 계셨기 때문이죠. 전 우리 웅 진리교에 대해 기자님에게 알려 드리고 싶었어요."

"쳇, 관심없어. 영생교에 비하면 교세가 형편없잖아."

"그렇죠. 녀석들에게 이단 취급 받고 있지만 그게 아니에요."

"아니라면?"

쭈글이는 이스트 팩 배낭에서 서류 뭉치를 한 무더기 꺼내 펼쳤다. 서류를 뒤적이던 쭈글이는 스테플러로 찍은 A4 크기의 문서철을 내밀었다. 10포인트 크기의 글이 빼곡히 들어차 있는 문서는 종말론에 관해 논하고 있었다.

"거기 두 번째 문단의 첫째 줄을 읽어보세요."

"응? 여기?"

1999, 9의 9년, 7의 달 하늘에서 공포의 대왕이 내려오리라.
앙골모아의 대왕을 부활시키기 위해서
그때를 전후하는 동안 마르스는 행복의
이름으로 세상을 지배하려 하리라.

L'an mil neuf cens nonante neuf sept mois,
Du ciel viendra un grand Roy d'effrayeur,
Resusicter le grand Roy d'Angolmois
Auant apres, Mars reener par donherur.

사이빈 기자는 문서를 집어 던지며 심드렁하게 말했다.
"뭐야, 노스트라다무스? 어디서 케케묵은 테마를 꺼내고 있어. 이런
걸 써봤자 독자들은 콧방귀도 안 뀐다구."
"그럴까요. 웅 바이블 요괴 묵시록은 읽어보셨나요?"
"요괴 묵시록……."
"그리하여 일곱째 대나무를 뽀갤 때 얼음이 녹으며 하늘에서 공포의
팬더 마왕이 내려오리라……."
"허억……."
사이빈 기자는 선지국을 퍼먹던 숟가락을 떨어뜨렸다.
"어쩐지… 어디서 많이 본 구절이라 했어. 설마 너희들 교주가 베낀
문장?"
"후후, 역시 사 기자님답군요. 그 냉소주의……."
"그럼 노스트라다무스가 베끼기라도 했단 말이야? 웅 진리교가 생
긴 지 얼마나 된다고……."

"그런 이야기가 아닙니다……."

쭈글이는 날클립으로 고정시킨 10페이지 분량의 문서를 디밀었다.

"근동지방의 고대 신화를 연구하는 오지랖 교수의 논문입니다. 2쪽 다섯째 줄을 읽어보시죠."

사 기자는 형광펜으로 마킹된 부분에 눈을 돌렸다.

얌족 신화에는 종말론이 자주 등장하는데, 공통된 부분이 바로 앙골무어라는 종말의 신이다. 그런데 이들의 언어에서 앙골무어는 팬더를 가리킨다. 중국에서만 서식하는 팬더를 이들이 어떻게 알고 있는지는 모르지만 종말과 팬더가 모종의 관련이 있음은 틀림없다.

쭈글이는 문서에 손을 올리며 사 기자에게 속삭였다.

"노스트라다무스가 말한 앙골모아 대왕이란 바로 얌족의 앙골무어, 즉 팬더를 말합니다."

"그런……."

"사 기자님, 팬더 마왕의 강림은 절대로 지어낸 이야기가 아닙니다. 고대의 수많은 예언자들이 경고한 종말의 심벌이라고 할 수 있지요. 우리는 그 팬더 마왕을 경배하여 마지않는 것입니다."

"팬더 마왕은 우리 인간들을 절멸시키려 온다는 악의 화신인데, 어째서 그를 숭배하는 거지?"

사 기자는 쭉 째진 날카로운 눈을 빛내며 쭈글이를 다그쳤다.

"후후, 선악(善惡)은 인간이 만들어낸 조잡한 추상 개념. 팬더 마왕님은 그날이 오시면 강림하시어 믿는 자와 믿지 않는 자를 갈라놓으실 겁니다. 믿지 않는 자들의 운명은… 아아, 생각만 해도 끔찍하군요."

사이빈 기자는 어느새 쭈글이가 내놓은 문서들을 품속에 갈무리하고 있었다. 머리 속에는 새로운 르포 기사의 골격이 그려지고 있는 중이었다. 사 기자를 바라보는 쭈글이의 입가에 희미한 웃음이 번졌다.

제19장

흥행업자 나마퐁

태국의 이름난 관광 명소 푸켓의 남동쪽에 위치한 피피 섬. 사파이어처럼 투명하고 푸른 바다와 원시의 자연 환경을 간직한 이곳 해변에서 진진 일행은 열심히 음식을 나르는 중이었다. 커다란 상 위에는 돼지 머리, 시루떡, 사과, 배 같은 한국 음식과 태국 열대 과일이 하나 가득 올라 있었다. 밍밍이 마지막 접시를 제삿상 위에 올려놓자 소청은 쇼핑백에서 제의(祭衣)를 꺼내 입었다.

"잘될까? 메이린을 만날 수 있을까?"

"걱정 마. 지난번에 용신이 분명 동남아 지부로 전보 발령되었다고 했잖아."

진진은 봉근의 앞발을 잡고 노심초사하는 밍밍을 안심시켰다.

"응. 근데 강신제를 올릴 장소를 여기로 한 게 잘한 건가?"

"그럼. 자연 환경도 수려하고, 공간도 충분하고, 메이린도 기꺼이 강림할 거야."

밍밍은 진진의 말에 적이 안심이 되는 듯 살짝 웃으며 봉근을 껴안았다.

"오빠야, 조그만 참아. 다시 인간이 될 수 있을 거야."

봉근은 밍밍의 속을 아는지 모르는지 남은 제사 음식을 정신없이 입에 퍼 넣고 있었다. 해변을 거니는 관광객들이 봉근을 힐끔힐끔 쳐다보면서 수군거렸다.

"오~ 타일랜드에 웬 팬더지?"

"그러게. 혹시 인형 뒤집어쓴 삐끼 아냐?"

"쉬트! 피해 가자. 괜히 또 바가지 쓸라……."

소청은 제의를 갖춰 입고 나자 제문을 들고 강신제를 시작했다.

"이천이년 모월 모일 오등은 자에 아 조선의 독립국임과… 중얼중얼… 그리하야 용신께 비오니 이 자리에 강림하야 우리의 민원을 해결하야 주시옵소서. 성부와 성자와 성신의 이름으로 드래곤 볼."

구름 한 점 없이 높고 푸르던 하늘에 먹구름이 몰려들었다. 구름은 후두후둑 빗방울을 뿌렸다. 관광객들은 비를 피하기 위해 야자나무 아래로 달려가거나 방갈로로 돌아갔다. 콰르릉 하고 뇌성(雷聲)이 고요한 피피 섬을 흔들었다. 구름 사이로 번쩍이는 비늘이 보이기 시작했다.

"용신강림(龍神降臨)이다!"

진진의 말이 끝나기가 무섭게 커다랗고 장중한 모습의 드래곤이 구름을 헤치고 모습을 나타냈다. 진진은 친숙한 얼굴의 드래곤을 보자 만면에 미소를 띠었다.

"웅~ 오랜만이야, 메이린~"

"나를 부른 게 너희들이었구나. 정말 뜻밖이로군. 이런 곳까지 찾아와 강신제를 지내다니······."

"웅~ 네가 동남아로 발령났다는 이야기를 듣고 왔어. 너무한데. 우리들한테 이야기도 안 하고 말이야······."

"미안해. 천상의 일이 워낙 바쁘다 보니 지상의 친구들에게 신경 쓸 여유가 없어."

"웅~ 이해해······."

"그런데, 여기까지 날 찾아온 걸 보면 뭔가 중요한 용건이 있을 것 같은데······."

진진이 뒷머리를 긁으며 망설이자 밍밍이 나섰다.

"메이린, 부탁이 있어서 왔어! 옛친구로서 꼭 들어주었으면 좋겠어!"

"음, 말해 봐, 밍밍. 하지만 천상 관료로서 도를 넘는 청탁은 들어줄 수가 없어."

밍밍은 망설이지 않고 단숨에 원하는 바를 토해냈다.

"봉근 오빠를 다시 사람으로 돌려줘, 메이린! 우리 소원은 그것뿐이야!"

메이린은 갑자기 커다란 이빨을 드러내며 으르렁거렸다.

"크르르르, 저 녀석은 내 친구들과의 신의를 저버린 배신자! 절대 용서할 수 없다!"

"제발, 메이린! 인간으로 태어난 자 인간으로 살다 죽게 해줘! 사후에 지옥에 떨어지더라도 봉근 오빠에겐 그 편이 더 행복할 거야!"

"크르르르, 밍밍. 여우의 몸으로 인간을 사랑하지 마라! 자연의 순리에 어긋나는 짓이다!"

"메이린, 사랑하는 데 법칙 따위는 없는 거야! 최진실도 조성민이랑 결혼했잖아!"

"크르르르, 비교할 사람들하고 비교를 해야지!"

둘 사이의 대화가 점차 거칠어지자 보다 못한 진진이 밍밍을 거들었다.

"웅~ 메이린~ 화 좀 풀고… 네 심정 다 알지, 그럼. 용신이 내린 처결을 어거지로 되돌려 달라니 화도 나겠지. 하지만 우리들은 옛친구잖니. 봉근이도 말 못하는 팬더로 밍숭맹숭 살아가는 것보다는 사람으로서 살아가는 게 선행도 쌓을 수 있고 업장도 녹일 수 있고 죄의 대가를 치를 수 있는 기회가 더 많을 거라고 생각해. 웅~ 부탁해, 메이린~"

진진의 차분한 설득에 메이린도 감정을 가라앉히고 조용히 무언가를 생각하기 시작했다. 잠시 후 용신 메이린은 수염을 꿈틀거리며 입을 열었다.

"좋다. 너희들의 지성이 그러하다면 나로서도 더 이상 고집을 부릴 이유가 없지. 봉근의 인생은 봉근 스스로가 결정할 수 있도록 자율권을 주겠다."

"메이린! 고마워, 정말!"

밍밍은 너무 좋아서 왈칵 눈물을 쏟을 뻔했다. 진진과 소청은 서로 손을 맞잡고 다행이라는 표정을 지었다. 메이린은 어느새 꼬리를 물고 서서히 회전하고 있었다. 거대한 용의 몸은 원을 그리며 점점 빨리 회전했다. 위이잉 하는 회전음이 귓전을 때렸다. 곧 이어 튀어나오는 푸른색의 불덩어리.

"드래곤 파이어 볼!"

메이린의 기합과 함께 파이어 볼은 그대로 날아가 제사 음식을 쩝쩝대던 봉근을 덮쳤다. 불시에 파이어 볼을 맞은 팬더는 괴성을 질렀다.

"꾸에에엑~"

팬더의 몸은 엄청난 열기와 눈부신 빛에 싸여 순식간에 사그라들고, 재만 남은 그 자리에 뚱한 표정의 목 짧은 남자가 앉아 있었다.

"잉, 여기가 어디야?"

"봉근 오빠아!"

밍밍이 달려가 봉근의 짧은 목에 매달렸다.

"잉, 밍밍이구나. 여긴 어디지?"

"봉근 오빠아… 어흐흐흐흐."

"웅~ 봉근아, 밍밍이가 네 걱정을 얼마나 했다고… 다시 사람이 되어서 다행이다."

"도대체 여기가 어디지? 엥? 저거 병신 뱀이잖아!"

봉근은 메이린을 보자 화들짝 놀라서 손가락으로 가리켰다. 병신 뱀이란 소리를 듣자 메이린은 다시 화가 나서 이빨을 드러냈다.

"크르르르, 이 자식. 또 나보고 병신이래. 이걸 아예 죽여 버려? 크르르르……."

"웅~ 아하하하, 봉근이 녀석 웬 농담을… 그럼 메이린, 고마웠어~ 바쁠 텐데 그만 가보지……."

당황한 진진이 재빨리 수습을 했다. 메이린은 커다란 눈알을 봉근에게 부라리더니 검은 구름 사이로 스르륵 들어가 버렸다. 진진은 안도의 한숨을 내쉬고 봉근은 저 병신 뱀 녀석이 웬일이냐며 방방 떴다. 뒤에서 이를 구경하던 관광객들은 아쉬움에 입맛을 다셨다.

"오우~ 정말 쿨한 드래곤 쇼였어. 그렇지?"

"뭐가 쿨해? 역시 철봉집(수영복 입은 여자들이 철봉을 잡고 쇼 하는 술집)이 최고야……."

봉근이 무사히 사람으로 되돌아오자 진진 일행은 여유를 되찾았다. 제각기 관광을 즐기기 시작한 것이다. 돈이 떨어지면 진진이 나뭇잎으로 바트 화나 달러를 만들어주니 아무런 문제가 없었다. 소청은 피피섬 해안가에서 마음껏 파도타기를 즐겼다.

"야호~ 서핑 너구리~"

조그맣게 오그라든 할머니의 몸으로 이런 거친 스포츠를 즐기니 관광객들도 노익장에 놀라 한마디씩 덧붙였다.

"오우, 쉬트~ 저 노친네 뭐지? 눈 버리겠네."

"몰라. 비키니 아가씨들은 안 보이고… 여기도 이제 한물 갔군……."

"근데 저건 수영복이 아닌데? 내복이잖아?"

"냅둬~ 노친네가 내복을 입고 파도를 타든 말든……."

소청이 레이스 달린 빨간 내복으로 관광객들의 시선을 사로잡는 동안 진진은 느긋하게 나무 그늘에 누워 칵테일을 마시며 음풍농월하였다. 한편 사람으로 돌아온 봉근은 밍밍을 데리고 방콕까지 올라와 환락가인 팟퐁을 누비고 있었다.

"봉근 오빠~ 여기 너무 재밌다~ 소청이랑 진진이가 놀고 있는 피피 섬보다 재밌어~"

"당연하지! 난 그런 시골에서는 못 살아!"

"오빠야~ 저 삐끼들 좀 봐~ 족제비처럼 생긴 놈들이 돈 뜯어먹게 생겼어~ 오호호호."

봉근은 갖은 교태를 부리는 밍밍의 허리를 꾸욱 끌어안았다. 팬더로 변한 자신을 인간으로 되돌리기 위해 눈물겨운 노력을 다했다는 밍밍의 이야기는 이미 진진에게서 들었다. 미스 송에게 배신당하고 상처받았던 열혈 청년 추봉근의 마음 속에 밍밍에 대한 애틋한 감정이 조금씩 싹트고 있었다.

'그래! 여우면 어떠냐! 이쁘면 장땡이지!'

둔갑 여우 밍밍은 팟퐁 거리에 넘쳐 나는 그 어떤 아가씨들보다 매력적이었다. 그녀는 몇백 년에 걸쳐서 남자들을 가장 땡기게 만드는 최적의 마스크와 몸매를 찾아 둔갑해 왔던 것이다. 까무잡잡한 태국 남자들이 밍밍이 지나갈 때마다 휘휘 하고 휘파람을 불었다. 장난기가 동한 밍밍은 팔딱팔딱 재주를 넘으며 봉근에게서 도망쳤다.

"오호호호~ 봉근 오빠야, 나 잡아봐라~"

봉근을 짧은 다리를 뿔뿔거리며 밍밍을 쫓았다.

"거기 서, 미~잉밍."

"자갸~ 나 잡아봐라~"

"잡히면 가만 안 둘 거야~"

"자갸~ 어서 빨리 와~"

"거기 서라니까아아~"

오픈 바에서 맥주를 마시던 젊은 남자 손님들이 봉근 커플의 애교에 자극받았다.

"에이씨, 술맛 떨어져……."

"뭐야, 저 재수없는 연놈은……."

기분이 상한 손님들이 바에서 썰물처럼 빠져나갔다. 화가 난 술집 주인은 밍밍과 봉근을 쏘아보며 입을 씰룩거렸다.

"저놈들 때문에 단골 떨어지겠네. 핀퉁, 이리 와봐!"

핀퉁은 전직 무에타이(태국 전통무예로 킥복싱의 원조격) 선수로 이 가게에서 기도 노릇을 하고 있었다. 아무리 말썽부리는 손님이라도 핀통의 로우킥 한 방이면 모두 기가 죽어 아픈 종아리를 만지면서 돌아가곤 했다. 바닥 청소를 하던 핀통이 걸레를 세워두고 주인에게 걸어왔다. 키가 그다지 큰 편은 아니었지만 전체적으로 균형이 잡히고 단단해 보이는 몸매였다.

"부르셨어요?"

"저 묘기 부리는 여자애랑 머리 크고 이상하게 생긴 놈이랑 이 골목에서 쫓아내라. 장사 다 망치겠다."

"예."

핀통은 단단한 주먹을 매만지며 거리로 나왔다. 팔딱팔딱 재주를 넘던 밍밍은 누군가에게 발목을 잡힌 채 거꾸로 매달려야 했다. 물구나무를 선 채 위를 쳐다보니 무섭게 생긴 태국 남자가 자신의 발목을 잡고 옆으로 흔들고 있었다.

"까아악! 뭐야, 당신! 내려줘!"

핀통은 발악하는 외국 여자에게서 순간 욕정을 느꼈다. 팟퐁 거리에는 몸 파는 여자들이 넘쳐 났지만 이토록 관능적이고 요염한 여성은 본 적이 없었다. 밍밍에게 수작을 부려보는 핀통.

"퐘메이 커이 헨 푸잉 쑤워이 양니(태어나서 너처럼 예쁜 년은 첨 봤다)."

"꺄악— 내려줘! 싫어!"

입을 헤 벌리고 침이 흐르는데 귓청을 때리는 요란한 소리가 들렸다.

"야이, 씨봉 새꺄! 밍밍이 안 내려놔? 너, 죽어볼래? 아우우우— 열받아!"

기묘하게 생긴 한국 남자가 얼굴이 벌겋게 상기되어서는 고래고래 소리를 지르고 있었다. 핀통은 이 남자가 여자를 돈 주고 샀다고 생각했다. 핀통은 홍정을 하고 싶었다.

"쿤 뻬 콘 까올리 마이(한국에서 왔소)?"

"뭐라고 하는 거야, 이 씨붕새가!"

"니 타올라이 캅(이거 얼마에요)?"

"뭐? 타올라? 남의 여자보고 타오른다고? 이 씨붕새애가!"

핀통의 손아귀에서 버둥대던 밍밍은 늘씬한 다리를 쭉 뻗으며 핀통의 턱을 걷어찼다.

"컥……."

불의의 일격에 비틀대는 사이 그의 손에서 빠져나온 밍밍. 봉근의 품에 안겨서 눈을 흘겼다.

"오빠, 동남아 깡패인가 봐! 손 좀 봐줘!"

"알았어! 아우우우~ 열받아!"

셔츠를 풀어헤치고 가슴을 두드리는 봉근은 주위를 둘러싸고 구경하던 사람들에게 헐리우드 영화의 한 장면을 연상시켰다.

"오우~ 저 남자, 킹콩 닮았어!"

"킥킥……."

핀통은 발악하는 봉근을 보며 가소롭다는 웃었다. 엄지손가락으로 자신을 가리키며 '무에타이'라고 말하는 핀통. 자신이 무에타이를 할 줄 아니 알아서 기라는 뜻이었다. 하지만 대한민국 열혈 청년 추봉근은 전혀 기죽지 않았다. 핀통을 흉내 내어 엄지손가락으로 자신을 가리키는 봉근.

"…슈퍼타이……."

"……?"

"넌 아주 오늘 주우우거어써어. 이 시붕새야……."

솥뚜껑 같은 봉근의 손이 판통의 얼굴을 향해 날아왔다. 느린 스피드와 어설픈 자세를 비웃으며 슬쩍 봉근의 공격을 흘려버리는 판통. 봉근이 균형을 잃고 기우뚱하는 틈을 놓치지 않고 무릎으로 복부를 가격하는 판통. 배를 잡고 땅에 주저앉는 봉근이었다.

"아이구 배야. 오바이트 나오겠네. 우웩……."

판통은 점심에 먹은 볶음밥을 게워내고 일어서는 봉근을 향해 다시 중단 킥을 날렸다. 판통의 정강이가 봉근의 옆구리와 갈비뼈 부분을 강타했다. 봉근은 어금니를 꽉 다물고 충격을 견뎠다.

"시붕새, 발차기 한번 더럽게 세네……."

판통은 입 주위의 토사물을 닦아내는 봉근을 경악스러운 얼굴로 쳐다봤다. 보통 사람 같으면 그대로 뻗어버리기 십상인데, 이 한국 남자는 전혀 데미지를 입지 않은 것처럼 보였다. 판통은 결정타를 날려보기로 했다. 봉근이 계속 씨부렁대며 휘두르는 주먹을 피하다가 틈을 보아 붕 뛰어올랐다. 그리고는 그대로 무릎으로 얼굴 측면을 가격! 그 야말로 살인 기술! 판통의 일격에 봉근은 휘청하며 다리가 풀리는 듯했으나 쓰러지지는 않았다. 워낙 짧은 다리라 조금만 힘을 모아주면 안정적으로 봉근의 몸통을 지지해 주었다. 굵고 짧은 목도 충격을 잘 견뎌주었다. 입술 사이로 피가 주르륵 흘러나왔다. 봉근은 우물거리다가 무언가를 뱉어냈다. 부러진 어금니였다.

"이 시붕새! 감히 이빨을 부러뜨려? 주우거어써어~"

판통은 공포에 질렸다. 세 번 모두 정확하고 파워 있는 필살의 공격이었다. 이런 타격에도 쓰러지지 않는다면 자신이 저 한국 남자를 이긴다는 보장이 없었다. 이제까지 보지 못했던 불가사의한 맷집의 사나이였다.

"우가아아아—"

봉근은 괴성을 지르며 머리통을 디밀었다. 당황한 핀통은 스트레이트 펀치를 봉근의 안면에 날렸다. 봉근의 넓은 이마와 핀통의 주먹이 정면으로 충돌했다.

삐꺽—

핀통은 자신의 손목이 꺾이는 느낌을 받았다. 상대방의 갑작스러운 돌진에 놀라 제대로 각도를 잡지 못하고 날린 펀치가 원인이었다.

"아우우우……."

"이 시붕새아아아!"

손목뼈가 부러진 핀통은 고통스러운 신음 소리를 내었다. 하지만 봉근은 봐주지 않았다. 손목을 부여잡고 괴로워하는 핀통의 옆구리 부위를 솥뚜껑 같은 손으로 철퍼덕 하고 후려쳤다. 핀통은 마치 해머로 얻어맞는 듯한 둔중한 충격을 느꼈다. 봉근은 바닥에 쓰러진 핀통을 분이 풀릴 때까지 사정없이 밟아주었다. 봉근이 처절한 '핀통 밟기'를 끝냈을 때 전직 무에타이 파이터는 부러진 갈비뼈가 폐를 찌르는 중상을 입은 상태였다.

구급차에 실려가는 핀통을 구경하며 밍밍과 시원한 맥주를 마시고 있는데, 누군가 봉근과 밍밍이 앉아 있는 테이블에 합석했다.

"안녕하세요? 정말 대단한 싸움이었어요."

"엥? 누구세요?"

"난 다마퐁이라고 합니다. 관광객 가이드를 하다가 지금은 엔터테인먼트 비즈니스를 하고 있어요."

외모는 태국인인데 유창한 한국말을 구사하는 남자였다. 그는 봉근과 싸웠던 남자가 전직 무에타이 챔피언으로, 아직까지 그를 이긴 자는 없었다고 말했다.

"링 안에서나, 링 밖에서나… 그를 이긴 자는 당신이 유일합니다."

"그럼요~ 우리 오빠가 얼마나 센데요~"

"험험, 내가 좀 세긴 세지."

다마퐁은 봉근의 강인함에 무척 구미가 당기는 듯한 얼굴이었다.

"전 지금까지 무에타이가 세계 최강의 격투기라고 믿고 있었습니다. 태국의 자랑이죠. 가라데든 쿵푸든 최강의 고수라고 자부하는 파이터들이 모두 무에타이 앞에 무릎을 꿇었습니다."

"험험, 최강은 무슨… 별거 아니드만."

"선생님은 정말 대단하십니다! 한국에 그런 신비의 무예가 숨겨져 있으리라고는 생각 못했어요!'

"험험, 무예는 무슨. 그냥 막싸움이오."

"막싸움… 태권도의 다른 유파인가요?"

"그냥 막싸움이라니까."

다마퐁은 봉근 앞에 명함 한 장을 내밀었다.

다마퐁 매니지먼트.

(격투기 홍보, 대전 계약, 트레이닝.)

사장: 프리판 다마퐁.

TEL. (662) 24ㅁ—XXXX

다마퐁은 영어로 쓰여진 명함을 놓고 멀뚱멀뚱 바라만 보는 봉근에게 간특한 웃음을 흘렸다.

"허락해 주신다면 룸피니(Rumpini) 복싱 경기장에서 무에타이 시합을 할 수 있도록 주선해 보겠습니다."

"제가요? 격투기 시합을?"

"네. 룸피니에서 열리는 시합은 태국 전역으로 중계됩니다. 500만의 시청자들이 TV앞으로 몰려들어 당신의 싸우는 모습을 보게 될 겁니다."

"흠, 해볼까? 백수라서 돈두 없는데……."

밍밍이 봉근의 귀에 대고 살며시 속삭였다.

"오빠, 얼마 줄 거냐고 물어봐."

봉근은 팔짱을 끼고 헛기침을 하며 물었다.

"험험, 대전료는 얼마나 줄 건가요?"

"대전료요. 귀 좀 잠깐……."

다마퐁은 봉근의 귀에 대고 살며시 금액을 불러주었다. 봉근의 커다란 입이 하마처럼 쩌억 벌어졌다.

"에엑? 그거밖에 안 줘요?"

"쩝, 당신은 신인이라서… 그것도 많이 주는 겁니다. 내 뛰어난 수완 덕에 그런 큰 무대에 설 수 있는 거요."

"음, 좋아요. 한번 해보자구요. 아우~ 한판 뛰어볼까!"

카드 회사 말단 사원에서 조폭으로, 조폭에서 백수로, 백수에서 팬더로, 팬더에서 격투기 선수로 거듭나는 추봉근. 그의 드라마틱한 인생은 다시 한 번 힘찬 웅비를 시작하고 있었다.

제10장

봉근의 산중 수련

봉근이 자신의 제안을 흔쾌히 수락하고 나서 다마퐁이 가장 먼저 한 일은 태국 북부의 험한 산간 지대로 들어간 일이었다. 가쁜 숨을 몰아쉬며 산을 오르던 다마퐁은 잠시 나무 그늘에 앉아 이마에 흐르는 땀을 닦았다. 주위를 둘러보니 무성한 밀림과 가끔 푸드덕거리고 날아오르는 새들뿐이었다. 지프차나 코끼리조차 들어오기 힘든 지역으로 외부 세계와 완전히 차단된 완벽한 은둔처였다. 이 오지에 그가 찾아온 이유는 카놈 톰이라는 노인을 만나기 위해서였다.

'카놈 톰… 다시 세상에 나올 때가 되었소.'

옛일이 머리 속을 스쳐 지나갔다.

30여 년 전, 어린 나이의 다마퐁은 이모부의 손을 잡고 찾아간 사이암 경기장에서 그를 처음 보았다. 카놈 톰은 그때 한창 주가를 올리던 선수로, 작은 체구에도 불구하고 현란한 기술과 강력한 킥으로 유명 선수들을 제압해 전국민의 시선을 한 몸에 받고 있었다.

내기꾼들의 돈 거는 소리가 요란한 가운데 카놈 톰이 입장했다. 말랐지만 날렵해 보이는 체구, 새카만 피부에 단단해 보이는 근육이 강인함으로 똘똘 뭉친 무에타이 전사의 전형을 보여주고 있었다. 이윽고 상대 선수가 등장했다. 무에타이 챔피언이자 국민적 영웅이었던 리크파이였다. 위엄이 서려 있는 얼굴에 당당한 체격. 말 그대로 제왕의 풍모였다.

와이크루(경기 전 한쪽 무릎을 꿇고 행하는 의식)가 끝나고 나서 경기가 시작됐다. 리크파이는 초반부터 맹공을 퍼부었고 카놈 톰은 방어에 급급했다. 챔피언에게 돈을 걸었던 많은 사람들이 환호성을 질렀다. 대세는 리크파이 쪽으로 기운 듯이 보였다. 비틀거리는 카놈 톰을 향해 하이 킥을 날리는 리크파이. 내기꾼들은 결정타라고 생각했다.

하지만 곧이어 킥을 왼팔로 막아내며 안쪽으로 파고드는 카놈 톰의 재빠른 몸놀림에 탄성이 터져 나왔다. 역습이었다. 카놈 톰은 하이 킥으로 틈이 생긴 리크파이를 팔꿈치로 가격했다. 주먹에 비해 3배의 위력을 가진다는 팔꿈치 공격이 정통으로 턱 부위에 작렬하자 챔피언은 견뎌내지 못했다. 믿을 수 없는 일이 일어났다. '만 명을 이긴 사나이'라 불리던 리크파이가, 은퇴할 때까지 절대로 패하지 않을 것이라던 리크파이가 새롭게 떠오르는 신인에게 무너졌다. 턱뼈가 부서진 챔피언은 굴욕적인 패배를 당했을 뿐 아니라 선수 생활을 마감해야 했다. 관중들의 환호와 내기꾼들의 악다구니가 교차하고 있었다.

카놈 톰은 그 후로도 무적의 전적을 자랑하며 무에타이 영웅들의 반열에 올랐으나 최고의 인기를 누리던 중 돌연 은퇴를 선언, 많은 팬들을 놀랍게 했다. 격렬한 운동에 몸이 많이 상했다고 은퇴의 변을 밝힌 카놈 톰은 그 후 체육관을 차리고 후배들을 양성하는 데 열중했다. 그리고 다마퐁은 그의 제자가 되었다. 주로 극빈 가정의 자녀들이 생계 수단으로 택하는 험난한 길이었기에 집안의 반대는 대단했다. 반대를 무릅쓰고 운동을 시작한 것은 카놈 톰의 경기에서 받은 감동 때문이었다. 하지만 그는 수련을 시작한 지 한 달도 되지 않아 위대한 무에타이 선수가 되는 꿈을 포기해야만 했다. 스승인 카놈 톰이 체육관을 정리하고 은둔 생활에 들어간 것이었다.

다마퐁은 아픈 허리를 두드리고 걸터앉아 있던 바위에서 몸을 일으켰다. 카놈 톰은 깊은 산속 오두막에서 혼자 기거하고 있었다. 몇 년 전에 가이드와 함께 찾아왔던 기억을 더듬어봤지만 아무래도 낯설었다. 자칫 잘못하면 길을 잃을 수도 있다는 생각에 마음이 조급해졌다. 벌써 주위는 어두워지고 있었다. 혼자 찾아온 것이 후회됐지만 낯선 이의 방문을 꺼리는 카놈 톰의 성격을 생각하면 불가피한 일이었다.

"쿵쿵, 이놈아! 여긴 뭐 하러 왔냐?"

다마퐁은 갑작스런 사람 목소리에 놀라 좌우를 둘러봤다. 아무도 없었다. 바위뿐이었다.

"쿵쿵, 여기다, 이놈아!"

나무 위에서 날렵하게 뛰어내리는 노인은 바로 그가 찾던 카놈 톰이었다. 턱에는 수염이 길게 자라 있고 옷은 남루했으나 표정은 어린애처럼 해맑았다.

"별로 안 늙었군요, 카놈 톰."

"쿵쿵, 나야 아직 팔팔하지! 넌 왜 그리 삭았냐?"

"하하하, 여전하시네요. 오두막은 어딨죠?"

"킁킁, 따라와, 이놈아! 스승한테 오면서 빈손으로 오냐?"

"하하, 죄송해요. 과일이라도 사 올 걸 그랬나요?"

"여기 널린 게 과일이야, 이놈아!"

그의 오두막은 몇 년 동안 조금도 변한 게 없었다. 깨진 거울, 플라스틱 식기, 너덜너덜한 무에타이 잡지들……

다마퐁은 카남 톰이 끓여준 거친 죽을 맛있게 먹어치웠다. 방콕 시내에서라면 도저히 먹을 엄두도 안 나는 음식이었지만, 하루 종일 산속을 헤매다 온 사람에게는 성찬이었다.

"아, 배고팠어요. 정말로."

"킁킁, 거지처럼 많이도 먹는구나. 사업해서 돈 좀 벌었다더니 죽도 못 먹는 거냐?"

"하하하, 그만 좀 하세요. 제가 왜 찾아왔는지 안 물어보세요?"

"왜 온 거냐? 늘그막에 무에타이라도 배워볼라고 왔냐?"

다마퐁은 대답 대신 조그만 사진 한 장을 꺼냈다. 사진을 받아 든 카남 톰은 이리저리 살펴보다가 침을 탁 뱉었다.

"킁킁, 뭐냐, 이 괴상한 놈은?"

"한국인이에요."

"한국인? 그 호색한들 말이냐?"

"하하하, 선생님이 키워주셔야 할 재목입니다."

"킁킁, 재목? 난 이제 제자 같은 거 안 키운다."

"알아요, 무에타이에 정나미가 떨어졌다는 거. 혹독한 수련과 위험한 경기 뒤에 남는 건 가난과 부상뿐……."

"엥? 그런 건 아니다. 멍청한 제자놈들 키우면서 내 인생을 낭비할 수는 없지."

카놈 톰은 죽통에 남아 있는 죽을 긁어내어 자신의 그릇에 담았다. 그의 빈약한 식사를 바라보던 다마퐁은 봉근의 사진을 눈앞에서 흔들었다.

"이 녀석, 핀통을 이겼어요. 맨손으로……."

핀통을 이겼다는 말에 카놈 톰의 숟가락질이 멈추었다. 사진과 다마퐁을 번갈아보던 카놈 톰은 입에서 죽을 튀기며 소리쳤다.

"밥맛 떨어지게 그놈 사진은 왜 자꾸 디밀어!"

다마퐁은 봉근의 사진을 카놈 톰의 셔츠 주머니에 밀어넣었다. 고집불통에다가 괴팍한 성질의 노인이었지만 자신이 진심으로 부탁하는 일은 거절하지 않는다는 걸 다마퐁은 잘 알고 있었다.

"그럼… 가르쳐 주시는 걸로 알겠습니다. 다음 달 첫째 날에 녀석을 데리고 찾아오지요."

"쿵쿵, 너 오늘 자고 내일 떠날 거냐?"

다마퐁은 빙그레 웃었다. 노인의 동문서답은 긍정과 수락을 뜻하는 경우가 많았기 때문이다. 산속의 밤은 점차 깊어가고 노인과 다마퐁은 무에타이와 인생에 관한 이야기로 꽃을 피웠다.

봉근이 깊은 산속으로 들어가 특별 훈련을 받게 된다는 다마퐁의 말에 밍밍은 펄쩍 뛰었다.

"캥! 안 돼요! 우리 오빠를 어디로 데려간다는 말이에요!"

"아가씨, 추봉근 씨가 첫 번째로 맞서 싸워야 할 상대는 현역 프로 선수예요. 운 좋게 술집에서 핀통을 쓰러뜨리기는 했지만 링 위에서 정식으로 무에타이 시합을 벌이면 목숨을 보장할 수 없어요."

"캥, 그럼 저도 데려가세요. 전 봉근 오빠와 일심동체랍니다."

밍밍은 봉근의 두터운 목을 긴 팔로 휘감으며 교태로운 목소리로 말했다.

"안 됩니다. 아가씨를 그런 험한 산중으로 데려갈 수는 없지요. 게다가 수련 중에 애인이 옆에 있으면 방해가 됩니다."

"힝……."

서운해하는 밍밍을 달래고자 등을 토닥거려주던 봉근은 이 아이에게 무언가를 선물하고 싶다는 생각이 들었다. 그는 후닥닥 방으로 뛰어들어 가더니 둥그런 도자기를 들고 나왔다.

"받으시오, 낭자."

"이것이 무엇이와요, 도련님?"

"나의 소피를 받아먹는 요강이오."

"요강이라굽쇼?"

"그렇소. 내 이 요강을 그대에게 정표(情表)로 줄 터이니 고이 간직하도록 하시오. 오줌에 얼굴을 비춰보아 그대의 어여쁜 미소가 떠오르면 길조(吉兆)일지나, 나의 험악한 인상이 떠오르면 필시 내게 무슨 변고(變故)가 생긴 줄 아시오."

밍밍은 요강을 받아 들고 감격스런 얼굴로 봉근을 한참 쳐다보다 그에 품에 안기며 잉탈을 부렸다.

"아잉~ 오빠, 너무 디러~"

"잡지 마시오, 낭자. 난 가야 하는 몸."

"아잉~ 자갸~ 도착하면 꼬옥 전화해~"

이를 지켜보던 다마풍은 참다못해 귀밑에 멀미약을 붙였다.

'우욱, 울렁거려. 이런 느낌 처음이야…….'

품속에서 꺼낸 권총의 총신이 부들부들 떨리고 있었다.

'저, 저 연놈을 그냥 이 자리에서 보내 버려? 이제야 핀통이 응징에 나섰던 이유를 알 거 같군……'

다마퐁은 가까스로 살의(殺意)를 억누르고 두 연인의 이별을 재촉했다. 카놈 톰에게 혹독한 지옥 훈련을 부탁하리라 다짐하면서.

카놈 톰은 봉근을 보자마자 그의 체형에 대한 악평을 늘어놓았다. 얼굴이 커서 얻어맞기 좋겠다느니, 머리가 너무 커서 밸런스가 안 맞다느니, 유연하지 못하고 뻣뻣하다느니 하면서 이런 몸매는 무에타이 선수로서 최악의 신체 조건이라고 고개를 절레절레 흔들었다. 카놈 톰이 내뱉은 말 중에 가장 다마퐁을 절망하게 하고 봉근을 열받게 한 말은 다리에 관한 촌평이었다.

"다리가 짧아서 발 차기는 불리해."

봉근은 더 이상 참지 못하고 가슴을 풀어헤쳤다.

"아우~ 열받아! 아우~ 열받아! 이 노인네가 어쩌구 저째! 이 짧은 다리에 한번 채여볼텨?"

다마퐁은 방방 뜨는 봉근을 진정시키고 카놈 톰에게 간청했다.

"그래도 핀통을 이길 정도면 무언가 격투기 선수로서의 재능이 있는 게 아닐까요? 단번에 내치지 마시고 다시 한 번 생각해 주세요."

"킁킁, 네가 그토록 원한다면 이 한국인을 한번 시험해 보겠다."

"정말이요? 감사합니다!"

"오두막 뒤편에 가보면 땔나무 쌓아놓은 게 있을 게야. 거기서 각목 서너 개만 집어 오너라."

"각목이요? 알겠습니다."

카놈 톰은 다마퐁이 골라온 각목들 중에서 가장 굵고 튼튼한 놈을 골랐다. 뭘 하려고 저러나 하면서 멀뚱멀뚱 쳐다보던 봉근은 노인이 불시에 내리친 각목에 이마를 정통으로 맞았다. 뚝 하고 부러진 각목의 파편은 핑그르르 날아가 다마퐁의 발 앞에 떨어졌다.

"으으으으……."

봉근은 아픈 머리를 감싸 쥐고는 그 자리에 주저앉았다. 고통스러운 신음 소리에 다마퐁은 민망한 느낌이 들었으나 카놈 톰은 아무렇지도 않은 표정으로 다른 각목을 집어 들었다.

"왜 때려, 이 영감탱이야!"

얼굴이 새빨개져서는 소리를 지르는 봉근. 폭발하기 일보 직전이었다. 연장자를 존경하는 동방예의지국에서 태어난 봉근이었으나 이미 감정을 통제할 수 있는 한도를 넘어서고 있었다. 하지만 카놈 톰은 일언반구 대꾸도 없이 또다시 각목을 힘껏 내려쳤다.

"우와―"

이번에는 엉겁결에 팔을 올려 안면을 보호하는 봉근이었다. 각목은 봉근의 팔꿈치 부위를 강타하고는 부러져 버렸다. 팔을 감싸고 바닥에 뒹구는 봉근.

"아이고오, 저 영감탱이가 미쳤나."

카놈 톰은 부러진 각목들과 봉근을 물끄러미 쳐다보았다. 그는 엄지 손가락을 추켜올리며 다마퐁을 향해 씨익 미소 지었다.

"뼈는 튼튼하구나."

강철에 버금가는 강도를 지닌 인간의 뼈가 목재 따위에지지 않는 것은 당연했다. 다마퐁은 노인의 가학적인 악취미가 다시 살아나고 있음을 깨닫고 두려움에 몸을 떨었다.

어린 시절 체육관에서 운동을 하던 시절이 떠올랐다. 카놈 톰의 혹독한 수련 방법을 견뎌내지 못하고 운동을 포기했던 많은 무에타이 초년병들의 얼굴이 눈에 선했다. 하지만 다마퐁은 봉근이 잘 극복해 내리라 믿었다. 이 남자는 지금까지 자신이 발굴했던 선수들과는 전혀 달랐다. 말로는 설명할 수 없지만 인간이 태고적부터 간직해 온 원시적인 힘이 느껴졌다. 다마퐁은 카놈 톰이 이 남자의 몸속에 잠재되어 있는 힘을 끌어낼 수 있으리라 기대하고 있었다.

봉근은 나무 뒤에 숨어서 빨래하러 가는 태국 처녀를 훔쳐보는 중이었다. 그녀는 매일같이 이맘때쯤 옷가지가 가득 쌓인 바구니를 옆에 끼고 강가로 향했다. 태국에서도 웬만큼 사는 집치고 세탁기 없는 가정이 없었지만 봉근이 훈련을 받는 곳은 오지 중의 오지. 산 아래 마을로 한참이나 내려와도 이처럼 문명의 혜택을 받지 못하는 주민들이 부지기수였다. 봉근은 나무에서 나무 사이로 옮겨 다니며 몸을 숨겼다. 퀭한 두 눈은 빨래터로 향하는 여인을 계속 쫓고 있었으며 큼지막한 입은 히죽히죽 헤픈 웃음을 흘렸다.

아직 시집도 가지 아니한 오라니는 또다시 가슴이 콩닥콩닥 뛰기 시작했다. 오늘도 역시 빨래하러 가는 길에 누군가가 숨어서 자신을 엿보고 있었던 것이다. 무서워서 똑바로 쳐다본 적은 없지만 곁눈질로 관찰한 바로는 분명 사내였다. 아직 혼인도 하지 않은 처녀의 몸으로 혹 험한 꼴이라도 당한다면 큰일이었다. 하지만 그녀는 왠지 자신을 바라보는 시선을 느낄 때마다 찌릿찌릿한 쾌감을 느끼고 있었다. 두려우면서도 가슴 설레는 이 감정은 도대체 무어란 말인가. 이런 두메 산골에 태어나 젊은 남자 구경도 제대로 못해 보았던 그녀로서는 낯선 남자에게 스토킹(TV에서 봐서 알고 있다)이란 걸 당한다는 사실이 너무나도 흥미로웠다. 이쁘지는 않았지만 구릿빛 피부에 건강미가 넘치는 오라니. 나무 뒤에 숨어 있는 저 머리 크고 튼튼해 뵈는 총각이 자신을 안아준다면 마지못해 허락할 용의는 있었다.

오늘따라 빨래터에는 쥐새끼 한 마리 없이 썰렁했다. 워낙 인구 밀도가 낮은 동네인데다 요즘은 세탁기를 구입하는 가정이 하나둘 늘어나 빨래터를 찾는 여인들이 드물었다. 오라니는 빨래 바구니를 내려놓고 남자쪽을 힐끔 쳐다보았다. 그녀는 갑자기 얼굴이 하얘졌다. 머리 큰 남자가 자신을 향해 코뿔소처럼 돌진해 오는 것이 아닌가.

"까아악─"

오라니는 비명을 지르며 도망치다가 돌뿌리에 발이 걸려 냇물 위에 철퍼덕 쓰러졌다. 고개를 돌렸을 때, 사내는 벌써 떡하니 버티고 서서 그녀를 내려다보고 있었다.

"<u>흐흐흐흐</u>, 오래전부터 너를 점찍어뒀다. <u>흐흐흐</u>……."

입에서 침을 질질 흘리는 사내는 호시탐탐 기회를 노리다 양을 습격한 늑대의 모습이었다. 사내는 갑자기 옷을 홀러덩 벗었다. 오라니의 입에서 진부한 비명이 흘러나왔다.

"까아악(별로 크지 않은 목소리로)～ 저를 겁탈하시려는군요(즐거운 목소리로)!"

사내는 셔츠와 바지를 홀렁홀렁 벗어서 오라니의 빨래 바구니에 집어넣더니 지폐 몇 장을 꺼내서 그녀의 손에 쥐어주었다.

"아가씨, 내 빨래도 좀 같이 해줘! 부탁해!"

그는 서투른 태국어를 내뱉고는 다시 횡 하고 돌아서서 쏜살같이 팬티만 입고 산속으로 들어가 버렸다. 오라니는 남자가 벗어두고 간 옷

가지를 멍하니 바라보며 넋두리를 했다.

"썩을 놈의 자슥… 노처녀 가슴에 염장만 지르고 가누나……."

카눔 톰은 점심에 먹을 과일을 썰다가 벌거벗고 뛰어오는 봉근을 보았다.

'저놈이 극기 훈련을 하는구나. 쓸데없는 짓을…….'

봉근은 그대로 오두막까지 뛰어들어 가 카눔 톰에게 소리쳤다.

"영감탱이! 옷 좀 줘! 내 옷은 세탁소에 맡겼어!"

카눔 톰은 못마땅한 얼굴로 러닝 셔츠와 복싱 팬티를 내어주었다.

"킁킁, 이놈아. 밭에 거름 주랬더니 어딜 갔었던 게야?"

"영감! 내가 당신 머슴인 줄 알아! 무에타인지 무와 타이어인지는 안 가르쳐 주고 왜 맨날 허드렛일만 잔뜩 시키는 거야!"

"킁킁, 시끄럽다, 이놈아! 이게 다 수련의 일부라는 걸 모르느냐! 오늘 저녁까지 밭에 거름 주고 헛간도 청소해 놔!"

봉근은 툴툴거리며 노인의 텃밭으로 향했다. 다마퐁이 봉근을 남겨 두고 떠난 지 어언 한 달이 다 되어가건만 지금까지 한 일이란 격투기와는 별 상관이 없는 일들이었다. 오히려 농부의 일에 가깝다고나 할까. 장작 패기, 밭 갈기, 거름 주기, 열매 따기, 헛간 청소, 오두막 청소, 잡초 제거, 약 뿌리기, 나물 캐기, 물 길어오기… 카눔 톰은 튼튼한 몸뚱아리 하나밖에 가진 것이 없는 봉근의 노동력을 사정없이 착취하고 있었다. 보통 사람 같으면 새벽부터 저녁까지 이어지는 고된 노동에 골병이 들었을 터이지만 봉근은 타고난 강골 체질로 험악한 산촌 생활을 버텨내고 있었다.

"우씨, 천하의 추봉근이가 이게 뭐 하는 짓인감. 확 엎어버리고 한국

으로 돌아가?'

하루에도 몇 번씩 욱 하고 솟아오르는 격한 감정을 누를 수 있었던 것은 큰 무대에서 뛰어보고 싶은 욕구와 자신을 믿고 있는 밍밍과 다 마퐁에 대한 체면 때문이었다.

한 달이 두 달이 되고, 두 달이 반년이 되고 시간은 바위에 떨어지는 폭포수처럼 흩어졌다. 입산한 지 일 년이 되는 날, 노인은 장작을 패던 봉근을 오두막으로 불러들였다.

"부르셨습니까, 스승님."

"오냐. 거기 앉거라."

카놈 톰에게 공손하게 고개를 숙이며 인사를 하는 그의 모습은 일 년 전과 너무나도 달랐다. 천방지축 날뛰던 망나니가 어느새 점잖고 예의 바른 청년으로 환골탈태(換骨奪胎)한 것이다. 조그만 감정의 변화에도 용광로처럼 달아오르던 큰 얼굴에는 호수와도 같은 잔잔한 미소가 머물고 툭하면 비속어를 내뱉던 입에서는 경어체의 문장이 자연스럽게 흘러나왔다.

"큿큿, 봉근아. 드디어 네가 하산할 때가 다가왔구나……."

"스, 스승님!"

봉근의 얼굴에 놀라움과 아쉬움이 교차했다.

"그동안 너에게 격투기는 전수해 주지 않고 일만 시켜서 미안했다. 하지만 그건 다 이유가 있었단다."

"이유… 라굽소?"

차분한 봉근의 얼굴에 잔잔한 파문이 일었다.

"큿큿, 네 녀석은 어차피 막싸움꾼이니 기술 따위는 가르칠 필요를 못 느꼈다. 바위 같은 맷집과 황소 같은 힘과 장어 같은 정력으로 상대를 제압하는 너에게 격투기의 잔기술이 무슨 필요가 있겠느냐."

"그럼 왜 일 년 동안 막노동을 시킨 거지… 요?"

"킁킁, 너를 그냥 링 위에 올려 보내면 대책없이 날뛸 터이니… 그건 모든 무에타이 선수들의 명예에 먹칠하는 거요, 태국의 국기(國技)를 모독하는 거다. 힘든 노동을 통해 무에타이의 정신을 배우고 인내심을 기르게 한 것이니라."

"스승님, 그럼 단지 저를 사람 만들기 위해 그동안……."

"킁킁, 왜? 불만있나?"

봉근의 얼굴이 심하게 일그러지기 시작했다. 호수처럼 잔잔하던 얼굴은 점차 붉은 색조를 띠어갔다. 코에서는 더운 김이 뿜어져 나왔다. 입술이 실룩거렸다. 부들부들 떨리던 봉근이 두 손이 가슴께로 올라오더니 셔츠를 잡아뜯었다.

"아우~ 열받아~ 아우~ 열받아~ 이놈의 영감탱이가 나를 갖고 놀았네~ 아우~ 열받아!"

봉근은 킹콩처럼 가슴을 두드리더니 카놈 톰을 집어 들고 머리 위로 빙빙 돌렸다.

"에라이~ 나쁜 영감탱이야!"

투포환 선수처럼 카놈 톰을 집어 던지는 봉근. 늙었다고는 하나 왕년의 가락이 남아 있는 카놈 톰은 빙그르르 회전한 뒤에 지면에 사뿐하게 착지했다.

"킁킁, 말짱 도루묵이군. 제 버릇 개 못 준다더니……."

봉근은 분이 풀리지 않아 오두막 뒤쪽의 밀림 속으로 뛰어들어 갔다.

"아자자자자—"

봉근의 기합 소리에 놀란 야생 동물들이 카놈 톰의 텃밭으로 뛰쳐나왔다. 놀랍게도 봉근은 나무 한 그루를 통째로 뽑아 휘두르며 뛰쳐나왔다.

"우와차차—"

괴성과 함께 집어 던진 나무는 하늘을 향해 솟구쳐 오른 뒤 카놈 톰의 오두막 천장으로 떨어졌다. 우지끈 소리와 함께 오두막 천장을 대파(大破)한 나무는 집 안으로 뚫고 들어가 카놈 톰의 소박한 세간을 박살 냈다. 봉근은 카놈 톰을 향해 이두박근을 만들어 보이며 대갈일성했다.

"남자는 힘!"

홱 돌아서 미련없이 산을 떠나는 봉근의 뒷모습에서 장한 기운이 느껴졌다. 카놈 톰은 눈을 가늘게 뜨며 혀를 찼다. 봉근을 훌륭한 무에타이 선수로 키우려던 자신의 뜻이 무산된 데 대한 아쉬움이 밀려왔다. 하지만 그는 알고 있었다. 무에타이 팬들에게 존경받지는 못하겠지만 적에게 패하는 일은 없을 거라는 걸.

"쿵쿵, 저렇게 강한 한국인은 이대근 이후로 처음이야."

카놈 톰은 두 손을 모아 봉근의 무운(武運)을 빌어주었다. 자신의 제자가 링 위에서 다치지 않고 승리를 이어가도록…….

제11장

후봉근과 비구나의 대결투

    방콕에서 가장 규모가 큰 룸피니 체육관은 개미 떼처럼 몰려든 관중들이 지르는 환호성으로 들썩이고 있었다. 평소 여유로운 미소와 낙천적인 생활 태도를 보여주던 방콕 시민들의 모습은 간데없고 링 위의 선수들을 향해 악다구니와 응원을 퍼붓는 광적인 팬들만이 존재했다.

    10대 선수들의 격렬한 시합이 끝나자 관중들은 다음 시합을 기다리며 술렁거렸다. 이들은 매우 흥분하고 있었다. 정규 시합 사이에 끼워 넣은 특별 시합으로, 한국에서 온 30대 후반의 신인 선수와 백전노장의 중량급 챔피언 비구나가 맞붙게 돼 있었다. 이름도 모르는 외국인 선수가 이기리라고 기대하는 사람은 아무도 없었지만, 도대체 어떻게 이런 시합이 마련되었는지 다들 궁금해하고 있었다. 명불허전의 비수나를 상대하게 될 미지의 선수에 대한 관심은 극도로 고조된 상태였다. 이 모든 것을 가능하게 한 것은 흥행의 귀재 다마퐁의 뛰어난 수완이었다.

어느새 봉근이 링 한쪽 코너에서 관중들에게 소개되고 있었다.

"머리 무게 50 킬로그램~ 목둘레 29인치~ 한국에서 온 괴력의 슈퍼타이~ 추우— 보옹— 그은!"

여성 관중들이 자지러지는 소리를 내지르며 흥분했다.

"까아악— 징그러—"

내기꾼들이 목에 핏대를 세우며 봉근의 등장에 열광했다.

"어이, X탱구리! 너한테 안 걸었어! 이기면 죽어!"

이어 소개되는 중량급 챔프 비수나. 봉근과는 비교도 안 되게 균형 잡힌 체형에 잘생긴 얼굴이었다. 관중을 향해 여유있게 흔드는 주먹에 맞아 K.O된 선수만 수십 명. 강철처럼 단단하게 단련된 정강이는 상대의 관절을 부러뜨릴 만큼 치명적이다.

"작년 소득 랭킹 1위~ 승용차 도요타 렉서스~ 차버린 여자만 80여 명~ 태국에서 제일 잘 나가는 프로 선수— 비이— 수우— 나아!"

"까아악— 오빠— 나 잡아잡수—"

여성팬들이 비수나를 향해 광란에 가까운 지지를 보내는 동안 내기꾼들은 열심히 돈을 거는 중이었다. 물론 비수나 쪽에 거는 비율이 압도적으로 높았다. 너무 뻔한 시합이라며 베팅을 포기하는 자도 있었다. 맞춰봐야 배당이 얼마나 되겠냐는 생각이다. 하지만 그들을 비웃기라도 하듯 봉근에게 거액의 돈을 거는 자가 있었으니. 바로 봉근의 스폰서인 프리판 다마퐁이었다. 십수 년간 다양한 분야에서 사업을 벌여 막대한 부를 축적한 그는 이제 흥행업을 통해 다시 한 번 자신의 재산을 불려나가는 중이었다. 봉근이 진다 해도 별로 손해 볼 건 없었다. 그가 소유한 자산 규모에 비하면 오늘의 베팅 금액은 미미하다 할 수 있었고, 봉근에게 지불할 대전료도 형편없이 낮았다. 그럼에도 불구하고 봉근에게는 사탕발림을 할 줄 아는 다마풍이었다.

"너한테 나의 모든 것을 걸었다. 최선을 다해서 이겨주길 바래."

"걱정 마슈. 아작을 내버릴 테니."

자신감이 넘치는 봉근은 경기장의 열광적인 분위기에 한껏 감정이 고조된 상태였다. 관중석에서는 밍밍과 진진이 자신을 향해 손을 흔들고 있었다. 밍밍은 짧은 바지에 착 달라붙는 섹시한 셔츠를 입고 나와 주변에 둘러앉은 남성들의 뜨거운 시선을 받았다.

"오빠~ 이겨라~ 보옹근 오빠아~ 이겨라아~"

자리에 앉아서는 성에 차지 않았던지 그녀는 링 앞으로 뛰어나와 펄쩍펄쩍 뛰며 치어리딩을 시작했다.

"오빠~ 이겨라(다리 들어 올리기)~ 추봉근~ 이겨라(다리 들어 올리기)~"

미끈한 다리가 번쩍번쩍 들어 올려지자 신이 난 관중들도 그녀에게 적극적으로 호응하는 모습을 보였다.

질질(침 흘리기). 질질(침 흘리기).

진진은 주변이 극도로 소란스러운 가운데서도 차분하게 자신의 일을 하고 있었다. 조그만 향불을 피워 올리며 두 손을 모아 기도를 올리는 진진. 그는 위험한 시합을 앞둔 봉근을 위해 조상신에게 빌고 있었다.

"웅~ 알려주십시오, 조상님. 어느 쪽에 돈을 걸어야 대박 터질까용……"

한편 소청은 관중석을 누비며 자신만의 비즈니스에 열중해 있었다.

"오징어나 땅콩~ 있어요. 오징어나 땅콩~"

봉근은 친구들의 따뜻한 성원에 힘입어 초반부터 패기 넘치는 공격을 펼쳐 나갔다. 커다란 머리를 디밀고 코뿔소처럼 돌진하는 그의 모습에 놀란 비수나는 마치 투우사처럼 몸을 틀어 가까스로 공격을 피했다.

'오옷! 뭐야, 이 녀석. 전혀 새로운 패턴의 공격이다.'

커다란 머리가 스치기만 했을 뿐인데 그의 팬츠는 넝마처럼 너덜너덜 찢어져 있었다. 로프를 붙잡고 간신히 멈춘 봉근은 다시 머리를 비수나에게 조준했다.

"아우~ 간다아앗!"

쿵쾅거리며 뛰어오는 봉근의 모습에 질린 비수나는 도망치기에 바빴다.

"뭐, 뭐냐, 이 녀석! 경기의 룰을 제대로 알기나 하는 거냐!"

"아우우~ 쥐새끼처럼 도망치지만 말고 덤벼! 아우우~"

봉근의 머리에 엉덩이를 받힌 챔프는 균형을 잃고 다운되었지만 얼른 일어났다. 심판은 두 선수 모두에게 적극적인 경기를 펼치라는 주의를 주었다. 어처구니없는 시합에 관중들은 야유를 퍼부었다. 자존심에 상처를 받은 챔프는 화가 머리끝까지 나서 씩씩거렸다.

"이 자식! 한 방에 보내주겠다!"

비수나의 몸이 공중에 뜨는가 싶더니 긴 다리가 봉근의 어깨 아래 부위로 휘감듯이 들어왔다. 봉근은 몸 전체가 쿵 하고 울리는 느낌을 받았다. 비수나의 테츠(발 차기)는 상대방의 뼈를 부러뜨리고 관절을 꺾어버릴 정도로 파괴력이 강해 '데블스 킥(악마의 발길질)'이라는 별명을 가지고 있었다. 혼신의 점프 킥을 날린 비수나는 떡하니 버티고 선 봉근을 보고 입이 벌어졌다. 보통 그 정도 충격을 받았을 경우에는 잘 단련된 무에타이 선수라 해도 시합을 포기하거나 다운되었어야 정상이다. 그런데 이 남자는 얻어맞은 팔 부위를 쓱쓱 문지르며 태연하게 서 있는 게 아닌가.

'끄응~ 이 녀석, 강적이다!'

하지만 그렇다고 기가 죽을 챔프가 아니었다. 오히려 제대로 된 적수를 만났다는 생각에 승부욕이 불타오르는 비수나였다.

"흐흐흐, 오랜만에 강한 상대를 만나니 피가 끓어오르는구나. 좋다. 오늘은 내가 무에타이에 입문한 지 만 칠 년이 되는 날이다. 나의 입문 기념일을 맞아 네놈을 제물로 삼아주마!"

비수나는 사라락 하고 발을 바꾸더니 연속적으로 킥을 날렸다. 허리를 틀어서 날리는 비수나의 킥은 야자나무를 부러뜨릴 정도의 강도를 가지고 봉근에게 날아왔다. 목, 어깨, 팔뚝, 허리, 다리, 무릎… 봉근은 그야말로 온몸에 무차별 폭격을 당하는 셈이었다. 속사포 같은 발차기에 봉근의 몸이 조금씩 밀리자 비수나는 발을 바꿔 반대 방향을 공격했다. 그렇게 한 5분간 늘씬 두들겨 패고 나자 봉근은 지그시 감았던 눈을 뜨며 말했다.

"안마 벌써 끝났냐? 이제 몸이 좀 풀리려는 참인데……."

쇼크를 받은 챔프는 두 손으로 머리를 감싸 쥐었다.

'이, 이 녀석은… 인간이 아니다!'

봉근은 머리를 좌우로 돌리며 뻣뻣한 목을 이완시켰다.

"그럼 이제 운동 좀 해볼까……."

짧은 팔을 마치 프로펠러처럼 붕붕 돌리기 시작하는 봉근. 날개를 파닥거리는 파리 같은 모습으로 챔프에게 접근하고 있었다.

'우웃! 뭐야, 이 괴상한 공격 패턴은?'

당황한 비수나는 자신도 모르게 뒷걸음질쳤다. 어설픈 팔 돌리기였지만 심판의 가발이 날아갈 정도로 강한 바람이 일고 있었다.

"이놈아, 왜 자꾸 도망치냐! 함 붙자!"

봉근이 멧돼지처럼 파고들었다. 챔프는 순간 자신의 턱이 봉근의 회전하는 주먹에 덜컥 하고 걸리는 느낌을 받았다. 놀란 관중들이 모두 자리에서 일어났다. 무적의 비수나가 턱을 얻어맞고는 맥없이 다운되었다. 심판이 카운트에 들어가고 챔프는 굴욕감에 입술을 깨물었다. 봉근은 의기양양하게 두 팔을 번쩍 들어 올렸다. 비수나의 팬들은 뜻밖의 사태에 경악하고 밍밍은 신이 나서 응원에 힘을 더했다.

"플레이~ 플레이~ 추우봉근~ 플레이~ 플레이~ 추우봉근~"

다리를 후들후들 떨면서 간신히 일어난 비수나는 봉근을 향해 싸늘한 미소를 지었다. 비장의 카드를 숨겨놓은 도박사의 얼굴이었다.

"흐흐흐, 나를 화나게 했겠다. 좋아, 평범한 공격으로는 안 되겠군……"

그는 카운트를 세는 심판을 밀쳐내고 링 중앙으로 나왔다. 글러브를 가슴쪽으로 모으고 다리를 오므리더니 고개를 앞으로 쭈욱 뺐다. 난데없이 기괴한 자세를 취하는 비수나에 놀란 봉근이 주춤하며 공격을 멈췄다. 비수나는 똥 마려운 강아지 모양으로 아랫배에 힘을 주고 안절부절못하더니 입에서 반격의 키워드를 뿜어냈다.

"비수나 업그레이드!"

우두두둑 하고 뼈가 재조합되는 소리가 들렸다. 다리와 팔이 쑤욱 늘어나고 가슴팍이 두터워지면서 비수나는 전혀 다른 인간으로 진화하고 있었다. 피부는 거북등처럼 딱딱해지고 푸르죽죽한 색으로 변했으며 이빨은 사자처럼 날카로와졌다. 평소보다 1.5배 정도 늘어난 팔과 다리는 멀리 있는 상대를 제압하기에 절대적으로 유리해 보였다. 자신들이 열렬히 사랑하던 비수나가 괴물로 변신하자 공포에 질린 골수팬들이 체육관을 빠져나갔다. 그들은 챔프가 악마에 들렸다고 생각했다. 경기 중계를 텔레비전으로 지켜보던 전국의 무에타이 팬들은 쇼크를 받아 기절하거나 방송국으로 전화를 걸어 지금 나오는 프로가 혹시 울트라맨이냐고 물었다. 봉근은 갑자기 키가 커진 상대방에 놀라 어리둥절한 얼굴이었다.

"뭐야? 너두 괴물딱지였냐?"

슈각—

말이 끝나기도 전에 발차기가 봉근의 가슴팍으로 날아들었다. 그는 폐부가 찢어지는 듯한 통증을 안고 로프까지 날아가 부딪쳤다. 지금까지의 발차기와는 차원이 다른 강력한 파워였다. 봉근은 가슴을 더듬으며 갈비뼈가 무사한지 확인했다. 다행히 부모님이 물려주신 튼튼한 몸에는 이상이 없었다.

"아우~ 깜짝이야! 이 씨붕새야! 그렇게 갑자기 공격하면 어떡……."

봉근이 주절거리는 사이에 두 번째 킥이 날아들었다. 그는 로프를 끊고 날아가 관중석에 처박혔다. 이때 단란했던 한 태국 가정에 비극이 찾아들었다. 오랜만에 무에타이 경기장을 찾았던 마흔한 살의 평범한 가장 잠롱 씨(41세, 농업)는 유성처럼 날아든 봉근과 충돌, 뇌진탕을 일으켜 그 자리에서 사망한 것이다. 잠롱 씨와 같이 경기장을 찾았던 부인과 자녀들은 충격에 못 이겨 그 자리에 주저앉아 펑펑 눈물을 쏟으며 아이고 아이고 곡을 해대니 룸피니 경기장은 순식간에 초상집 분위기로 돌변했다. 봉근은 머리에 난 혹을 문지르며 미망인에게 조의를 표했다.

　한 가족의 슬픔을 뒤로하고 비장한 각오와 함께 다시 링에 오른 봉근. 업그레이드 변신한 비수나는 괴물 같은 모습으로 봉근을 한껏 비웃고 있었다. 비수나의 킬킬대는 웃음소리를 견디다 못한 봉근은 더운 콧김을 내뿜으며 발을 굴렀다.

　"아우~ 열받아~ 나도 파워업이다앗! 추봉근 파워― 어업!"

　무릎을 안쪽으로 꺾으며 하단전에 기를 모으는 봉근. 뽀옹~ 하고 내장에 쌓여 있던 가스가 분출되었다. 잔뜩 힘을 모으자 혈류 속도가 증가하고 혈압이 상승하면서 실핏줄이 툭툭 튀어나왔다. 얼굴은 붉게 변하고 머리털은 곤두서고 땀구멍에서 김이 올라왔다. 봉근이 파워업한 모습은 비수나도 침을 꿀꺽 삼킬 만큼 위협적이었다. 관중들은 이상하게 변한 두 선수를 번갈아보며 신기해하는 얼굴들이었다.

　"이거 무에타이 시합이 아닌가벼……."

　"그러게 말이여. 막간에 하는 쇼인가벼. 분장 한번 실감나게 했네 그려……."

　업그레이드 변신한 비수나의 흉물스러운 외양과 파괴력에 놀란 밍밍은 봉근의 안위가 걱정되기 시작했다.

　"저러다 우리 오빠 죽겠네."

　그녀는 보다 못해 흰 수건을 던지기로 마음먹고 링 위로 기어올랐으나 진진이 필사적으로 말리고 있었다.

　"웅~ 안 돼~ 봉근이한테 돈 걸었단 말이야~"

　"캥, 이거 놔! 우리 오빠를 살려야 해!"

　밍밍과 진진이 실랑이를 벌이는 동안 공격 태세를 갖춘 비수나는 봉근을 향해 돌진하고 있었다. 늘어난 다리는 고무처럼 탄력있게 움직이며 순식간에 그의 몸을 봉근의 코앞까지 날렸다.

"죽어라! 머리 큰 놈아—!"

"아우~ 열받아!"

짧고 강렬한 기합이 교차하면서 두 인간 흉기는 거대한 운동 에너지를 안고 충돌했다. 천지를 진동시키는 폭발음에 관중들은 모두 귀를 막았다. 폭풍 같은 바람이 지나가면서 관중들의 머리털이 뽑히고 경기장의 유리창이 수십 장 깨졌다. 두 선수가 충돌한 링 주위는 자욱한 연기로 가득했다.

진진과 밍밍은 걱정스런 얼굴로 사각 링 위를 응시했다. 과연 봉근이 무사할런지 가슴을 졸였다. 두 선수의 엄청난 파워에 질린 관중들은 모두 조용히 입을 다물고 사태의 추이를 관찰하고 있었다. 연기가 조금씩 걷히고 있었다. 뿌연 연기 사이로 거무스름한 사람의 그림자가 비쳤다.

"오오옷, 저럴 수가!"

수많은 이의 입에서 탄성이 터져 나왔다. 연기가 걷히고 당당히 모습을 드러낸 대한민국 열혈 청년 추봉근. 으깨진 코에서는 두 줄기 진한 코피가 흘렀지만 석류처럼 붉은 선혈은 오히려 그의 위용을 더해주었다. 진진은 뿌듯한 마음으로 조상님께 감사를 드렸고 밍밍은 진한 감정에 눈물을 쏟았다. 봉근의 힘과 투지에 탄복한 태국 여성들이 드디어 그에게 애정을 표시하기 시작했다.

"OPPA!(오빠) I LOVE YOU!"

짙은 눈썹의 태국 미녀가 링 위로 뛰어올라 봉근을 포옹하는 바람에 밍밍의 속이 뒤집어졌다. 그러나 승부는 아직 끝나지 않았다. 봉근과 충돌한 뒤 죽은 듯이 누워 있던 비수나가 한쪽 눈을 비스듬히 치켜뜨고 있었던 것이다. 그는 긴 팔로 로프를 휘감아 잡고는 비칠거리며 몸을 세웠다. 몸은 망신창이가 되어 있었지만 질긴 승부욕만은 꺼지지 않고 가슴속에서 활활 타오르고 있었다.

"크윽, 여기서 쓰러질 비수나님이 아니다. 각오해라……."

비수나는 다리를 구부정하게 기마자세를 취한 뒤 양팔을 크로스 시키면서 단전 호흡에 들어갔다. 대자연의 기(氣)가 그의 코를 통해 흡수되고 있었다. 비수나는 몸 안의 기가 어느 정도 축적되자 글러브 낀 손을 번쩍 들어 올리며 힘차게 외쳤다.

"비수나 이단 변신!"

비수나의 온몸에 지지직 하면서 방전 현상이 일어나고 있었다. 비수나의 이단 변신은 그의 몸속에 잠재되어 있던 사악한 에너지의 궁극을 드러내면서 살아 있는 생명을 초토화시키는 파괴의 신으로 화(化)하는 것을 말한다.

"으갸갸갸ㅡ"

그는 고통스러운 신음 소리를 내며 자신의 신체를 변화시키고 있었다. 길게 늘어났던 사지는 다시 짧고 뭉툭하게 줄어들면서 관절 구조와 뼈마디가 전혀 새롭게 진화하고 있었다. 입은 쑤욱 튀어나오면서 코는 퇴화하고 커다란 손톱과 발톱이 솟아나고 엉덩이에서는 두꺼운 꼬리가 출렁~ 하고 튀어나왔다.

"꺄아아악~ 괴물이다!"

반은 사람을 닮고 반은 도마뱀을 닮은 기괴한 외양이었다. 관중들은 경악하고 봉근은 상대 선수의 황당한 변신에 어이가 없었다.

"자식, 되게 못 생겼네……."

봉근이 피식 웃으며 외모에 대한 촌평을 날리자 비수나도 지지 않고 응수했다.

"클클클, 피차일반 아닌가?"

이단 변신한 비수나는 흐으읍 하고 잔뜩 숨을 들이마셨다. 그의 폐가 있는 대로 부풀어 가슴이 마치 애드벌룬처럼 되었다. 얼굴은 피가 몰리면서 검붉게 변했다. 숨을 힘껏 참은 비수나는 봉근을 향해 단번에 입김을 뿜어냈다. 강력한 입 바람과 함께 비수나의 기합이 묻어왔다.

"비수나아― 브레스―"

푸른 빛깔을 띠고 있는 정체 불명의 입김이 봉근의 온몸을 감싸더니 주위의 관중들을 향해 퍼져 나갔다. 사람들은 처음에 공포에 질려 입김을 피하다가 코를 통해 들어온 향기에 감탄하기 시작했다.

"오옷, 이거 제법 향기로운걸?"

"상쾌하고 청량한 냄새… 괜찮군……."

관중들의 반응을 살피던 비수나는 재빨리 푸른색 용액이 들어 있는 플라스틱 병을 들어보이며 씨익 웃었다.

"구강청정제 블루~에어~ 항상 개운합니다."

봉근은 비수나의 말에 안심하며 숨을 들이마셨다. 다마퐁은 비수나의 급작스러운 영리 행위에 민감하게 반응했다.

"뭐야, 막간을 이용한 광고잖아. 저 자식, 스폰서 광고를 저런 식으로 하면 안 되지……."

봉근은 큰 머리를 흔들며 전의(戰意)를 불태우고 있었다.

"아우~ 이 괴물딱지야, 어서 덤벼!"

"클클클, 그렇지 않아도 슬슬 시작하려던 참이었다!"

말을 마치자마자 자신의 거대한 꼬리를 봉근의 안면을 향해 날리는 비수나. 관중들은 급작스런 공격에 놀라 우웃 하는 함성을 질렀다. 성인 남자의 허벅지만한 두께를 지닌 비수나의 꼬리는 언뜻 보기에도 치명적이었다. 이단 변신한 비수나의 파워로 본다면 살짝 스치기만 해도 살점이 찢겨 나가거나 뼈에 금이 갈 수 있었다.

하지만 다음 순간 벌어진 사태에 관중들은 입을 다물지 못했다. 비수나의 두툼한 꼬리는 봉근의 튼튼한 어금니 사이에 끼어 옴짝달싹 못하고 있었다. 비수나는 빼내려고 애를 써봤지만 봉근은 더욱 힘껏 꼬리를 깨물었다. 참다못한 비수나가 비명을 질렀다.

"으갸악! 어서 못 놔, 이 무식한 놈아!"

"……(꽉!)."

"으갹… 끅… 끅……."

고통이 극에 달하자 비수나는 특단의 조치를 취했다. 항문을 힘껏 조이면서 엉덩이와 꼬리 사이의 세포들에 생체 전기 신호를 주었다. 투둑 힘없이 떨어져 버리는 비수나의 꼬리. 봉근은 비수나의 몸통에서 떨어져 나온 꼬리를 물고 멍하니 서 있었다. 꼬리는 본체에서 분리되었음에도 불구하고 독립된 개체처럼 혼자서 꿈틀거렸다. 비수나는 홀가분해진 표정으로 킬킬거리며 웃었다.

"클클클, 이게 바로 '도마뱀 꼬리 자르기'라는 이단 변신 비수나의 비기다!"

봉근은 꿈틀대는 꼬리를 던져 버리고는 주먹 관절을 꺾었다.

"이제 승부를 가리자."

"클클클, 좋지. 각오해라, 머리 큰 놈."

비수나는 두 팔을 벌리고 우주의 에너지를 흡수하기 시작했다. 푸르죽죽하던 피부 색깔은 점차 해바라기처럼 노란빛을 띠어갔다. 봉근은 저놈이 또 무슨 요상한 짓거리를 하려나 하는 표정이었다. 비수나는 그런 봉근을 사악한 눈빛으로 응시하며 나지막하게 중얼거렸다.

"클클클, 이제 곧 비수나의 삼단 변신을 보여주마. 네놈에겐 이승에 펼쳐진 지옥 같을 게다……."

태국민들의 정신적 지주이자 국가원수인 라마9세 푸미폰 국왕은 지금 왕으로서의 체통도 잊은 채 열심히 TV를 시청 중이었다. 새롭게 나타난 무에타이 신인 선수가 저 유명한 비수나를 맞아 대등한 시합을 펼치고 있었다. 경기는 승부를 예측할 수 없는 혼전이었고, 비수나는 괴상한 모습으로 자꾸만 변해갔다.

궁궐 안에서 몸소 농사를 지으며 국민들의 어려움을 헤아리고 검소한 생활로 온국민의 존경을 받는 국왕이었다. 하지만 무에타이를 관전할 때만큼은 곧잘 어린애처럼 흥분하곤 했다. 이날도 추봉근이라는 괴력의 선수에게 홀딱 마음을 빼앗기고 있었다.

"오오, 마치 옛이야기에 나오는 태국 전사 같구나. 무에타이로 버마의 간담을 서늘하게 했다는 전설의 태국 전사……."

"아바마마, 저는 삼단 변신한 비수나 쪽에 오백 바트 걸겠습니다."

옆에서 지켜보던 왕세자가 국왕에게 내기를 청하자 그는 일국의 지도자로서 점잖게 꾸짖었다.

"왕실의 가족으로서 그런 짓을 해서야 되겠니. 적어도 일만 바트는 걸어야지. 난 추봉근 선수 쪽이다."

두 사람은 신이 나서 응원을 했지만, 드라마가 보고 싶었던 왕비는 뾰로통해 있었다.

삼단 변신한 비수나는 더욱더 기괴한 형태를 보여주었다. 목은 뱀처럼 늘어나 휘청거리고, 머리는 좌반구와 우반구 사이에 골이 패여 뇌가 밖으로 튀어나온 것처럼 보였다. 일부 겁먹은 관중들이 체육관을 빠져나갔지만 실내는 여전히 구경꾼들로 가득했다. 소청이 팔다남은 땅콩을 우물거리던 진진은 변신을 거듭하는 비수나를 보고 한마디 했다.

"웅~ 근데 쟤는 갈수록 망가지네……."

"인간으로 둔갑했던 요괴인가 봐. 봉근이 이길 수 있을까?"

"웅~ 사신(四神)도 간단히 제압했던 봉근이야~ 저런 하급 요괴는 점심에 오무라이스 먹듯이 간단히 처리할 수 있을걸~"

"하긴 그래. 봉근의 저 무지막지한 힘은 어디서 나오는 걸까?"

"웅~ 반만 년 유구한 역사 속에서 단련된 배달민족의 힘이 아닐까……."

비수나는 이제 자신의 마지막 모든 힘을 쥐어짜 최후의 일격을 준비하고 있었다. 링 주위에 앉아 있던 관중들은 왠지 얼굴이 따끔거려 견딜 수가 없었다. 비수나에게서 뿜어져 나오는 강한 살기(殺氣)가 눈에 보이지 않는 바늘처럼 그들의 얼굴을 찌르고 있었다. 봉근 역시 이에 질세라 머리털을 곤두세우고 콧김을 뿜으며 솥뚜껑 같은 손을 꽈악 감아쥐어 바위처럼 단단하게 만들었다. 어느 쪽도 물러설 수 없는 최후의 한판 승부. 비수나는 온몸의 에너지를 주먹에 모아 파워풀한 펀치를 날렸다.

"비수나 슈퍼소닉 엑설런트 펀치!"

봉근 역시 비수나를 향해 큼지막한 주먹을 뻗고 있었다.

"이 씨붕새야아아아아ー"

주먹과 주먹이 맞부딪치는 순간 모든 관중들은 눈을 감았다. 충돌의 접점에서 눈을 아프게 찌르는 강렬한 빛이 쏟아져 나왔기 때문이다.

TV 시청자들은 갑자기 경기 중계가 중단되자 무슨 일인가 궁금해했다.

"에잉~ 결정적인 순간에 방송이 끊기다니. 방송국 놈들 뭐 하자는 거야?"

"아앗, 저거 봐! 긴급 뉴스다!"

태국 국영 방송의 대표적 아나운서인 와나푸룩 씨가 긴장된 표정으로 속보를 전했다.

―오늘 무에타이 경기가 열렸던 룸피니 체육관에서 핵폭발이 일어났습니다. 중량급 챔피언 비수나 선수와 신인 슈퍼타이 추봉근 선수의 경기 도중 일어난 이 사고로 본 방송의 중계도 중단되었습니다. 아직까지 사상자는 확인된 바 없으며 긴급히 출동한 소방대원들이 화재 진압과 부상자 구조에 나서고 있습니다. 경찰은 오늘 룸피니에서 일어난 핵폭발은 다행히 소규모였으며 미니 핵폭탄을 사용하는 테러리스트의 소행으로 보인다고 밝혔습니다.

룸피니 체육관과 1km 정도 떨어진 주택가에서 구멍가게를 운영하는 프라낫 씨는 텔레비전의 긴급 속보를 듣고 밖으로 나왔다. 두 눈으로 믿기 힘든 일이었다. 룸피니 체육관 쪽에서 검은 버섯 구름이 피어오르고 있었다.

진진은 살며시 감았던 눈을 떴다. 옆에는 정신을 잃고 쓰러진 소청과 밍밍이 약한 신음 소리를 흘리고 있었다. 다행히 폭발 순간에 결계를 쳤던지라 큰 상처는 입지 않았다. 결계를 거두자 매캐한 연기가 코로 들어왔다. 바람이 불어와 자욱한 연기를 걷어내고 있었다. 진진은 주위를 둘러보았다.

역사와 전통을 자랑하는 룸피니 체육관은 온데간데없고 지면은 폭탄 맞은 것처럼 움푹 패여 있었다. 관중들은 새카맣게 그을려서 여기저기 널브러져 있었고 대부분 체육관에서 수십, 수백 미터씩 날아가 아무데나 처박혀 있었다. 충격으로 기절했던 관중들은 하나둘 제정신을 찾았다.

"아이고오, 이게 뭔 일이냐. 무에타이 보다가 이런 일은 처음이네……."

"주먹이 맞부딪치면서 핵폭발이 일어났대요……."

"아이고, 비수나가 핵주먹이라더니 정말이었군……."

엉망이 된 자신을 추스리는 관중들이었지만 그들의 시선은 곧 한 지점으로 모아지고 있었다. 바로 링이 있던 자리였다. 폭발의 진원지인 그곳에서는 아직도 두터운 연기가 올라오고 있었지만 시원한 바람이 불어오자 점차 연기가 걷히면서 무언가 우뚝 선 그림자가 어른거렸다.

"누구지? 한 명은 쓰러졌고 한 명이 서 있는데?"

"앗, 슈퍼타이다! 슈퍼타이 추봉근이다!"

잿더미로 변한 체육관의 정중앙에는 반만 년 배달의 기수 추봉근이 서 있었다. 터진 글러브 사이로 삐져 나온 주먹을 번쩍 들어 보이는 봉근. 헐레벌떡 달려온 방송국 카메라맨들은 당당한 그의 모습을 영상으로 담아내기에 여념이 없었다.

밍밍이 밝은 표정으로 달려와 봉근의 두터운 목을 감싸 안았다. 흠 잡을 데 없는 미모의 밍밍과 우스꽝스러운 봉근의 모습은 기묘한 부조화를 이루며 태국 시청자들의 머리 속에 깊은 인상을 남겼다. 봉근의 매니저이자 스폰서인 다마퐁이 기자들과 한창 인터뷰 중인 가운데 휴식 중인 봉근을 찾아온 남자가 있었다.

그는 번쩍거리는 왕실의 제복을 갖춰 입었으며 몸 전체에 공손함과 깍듯한 매너가 배어 있었다. 누구냐고 묻는 질문에 자신은 왕실에서 일하는 공무원으로 국왕의 심부름을 받아 봉근을 찾아왔다고 했다. 밍밍과 봉근은 어리둥절한 표정으로 서로의 얼굴을 쳐다보았다. 태국의 국왕이 봉근에게 사람을 보내다니. 국왕의 의도를 나름대로 추리해 보던 봉근은 툭 질문을 던졌다.

"내가 이겨서 국왕이 돈 많이 잃었슈? 열받아서 나 잡아들이라고 합디까?"

국왕의 공복은 빙그레 웃으며 고개를 저었다.

"전하께서는 당신의 용맹함과 패기에 매료되시어 직접 만나보고 싶어하십니다."

"나를? 언제요?"

그는 번쩍거리는 제복 속에서 아이보리색 초대장을 꺼내어 봉근에게 정중히 내밀었다.

"전하께서는 영광스럽게도 당신을 오늘 저녁 만찬에 초대하셨습니다. 거절하는 것은 왕실에 대한 결례이오니 반드시 참석하시길 바랍니다."

공복은 밍밍과 진진, 소청에게도 초대장을 나누어 주며 부드럽게 말했다.

"친구분들도 꼭 같이 오시라고 당부하셨습니다."

봉근은 입 밖으로 '지금 누구보고 귀찮게 오라 가라 하는 거야'라는 소리를 꺼낼 뻔했으나 초대장을 받아 들고 기쁜 표정을 감추지 못하는 밍밍과 소청을 보곤 시큰둥하게 허락했다.

"쩝, 알았수다. 될 수 있으면 시간 맞춰서 갈 테니까 먹을 거나 푸짐하게 차려놓으슈."

"그럼 기다리고 있겠습니다."

푸미폰 국왕이 살고 있는 왕궁은 밍밍과 소청이 기대했던 만큼 으리으리한 곳은 아니었지만, 왕실의 권위에 걸맞는 규모와 품격은 충분히 갖추고 있었다. 밍밍과 소청은 마법으로 차려입은 화려한 드레스를 끌면서 만찬장으로 향했다. 봉근과 진진은 왕실에서 빌린 턱시도와 넥타이를 입었다. 그들은 지금 매우 배가 고팠으며 국왕과 왕비를 알현한다는 사실보다는 어서 빨리 맛 좋은 음식을 배터지도록 먹고 싶다는 생각이 머리 속을 가득 채우고 있었다.

그리고 잠시 후, 그들은 매콤달콤한 태국 전통요리를 입속에 쓸어넣고 있었다. 밍밍과 소청은 왕족들 앞에서 최대한 교양있게 먹으려 노력했으나, 쉽지는 않았다. 밍밍은 손에 묻은 양념을 빨아먹다 왕비와 눈이 마주쳐 민망한 표정을 지었으며, 소청은 볶음밥을 퍼 먹다 밥알을 자꾸 흘려 하인들의 눈총을 받았다.

국왕은 매우 소박하고 친절한 분이었으며, 봉근과 진진의 식성에 놀라면서 시종들이 음식을 충분히 가져오게 했다. 봉근이 새우 볶음밥을 다섯 접시째 비웠을 때, 국왕은 점잖은 목소리로 물었다.

"봉근, 당신의 직업은 무엇이오? 무에타이는 처음 배웠다고 들었소."

"쩝쩝, 저요? 지금은 백수예요. 카드 회사 다니다 잘렸거든요."

직업이 없다는 말에 국왕은 빙그레 웃으며 봉근의 손을 잡았다.

"봉근, 용맹하고 강인한 그대가 우리 왕실경비대에 들어와 주었으면 하오."

"왕실경비대요?"

"그렇소. 그대가 내 곁에 있어만 준다면 정말로 든든할 것 같소."

밍밍은 자신의 얼굴을 쳐다보는 봉근에게 생글거리며 말했다.

"캥, 오빠, 난 어디서 살든 상관없어요. 어차피 나는 세상을 떠도는 둔갑 여우. 인간들이 만들어놓은 국경은 무의미해요."

"그럼 한번 해볼까, 태국 왕실의 경호원……."

푸미폰 국왕은 봉근의 긍정적인 대답에 얼굴이 환해졌다.

"잘 생각했소. 여기 머물면서 다른 경비대원들에게 당신의 출중한 무예를 전수해 주시오."

"무예라뇨, 그냥 막싸움이에요."

"Mak-ssaum? 처음 들어보는데… 어쩐지 무에타이 기술과는 너무 다르다 생각했소."

진진은 쌀국수를 후룩거리며 먹고 있는 소청의 귀에다 대고 속삭였다.

"웅~ 아무래도 봉근이 결혼식은 여기서 해야겠네~"

소청은 국수를 먹다 말고 떫은 얼굴이 되었다.

"흥, 여우와 인간이라… 왠지 불길하고 재수가 없단 말이야."

"웅~ 걱정 마~ 한국인들은 원래 곰의 자식이라 동물들하고 궁합이 잘 맞는대."

"흥, 마늘 먹고 여자가 되어서 시집갔다는 그 곰탱이 전설 말이군. 그래서 한국 사람들이 마늘을 많이 먹나?"

봉근과 밍밍은 어느새 식탁 밑에서 손을 꼬옥 잡고 있었다. 원시적인 힘을 간직한 남자와 그 남자를 따르는 매혹적인 암여우는 결혼도 하기 전에 신혼의 단꿈에 젖어 있었다.

제12장

팬더 마당의 부활

　중앙일보 사회부 수습 기자 사이빈은 줄창 걸려오는 협박 전화에도 눈 하나 깜짝하지 않았다. 기획 특집으로 마련한 '떠오르는 팬더 숭배 신흥 종교' 시리즈는 독자들에게 관심을 끌기 시작했다. 하지만 동시에 광신도들의 분노가 극에 달해 있었다. 특히 진진영생교의 골수분자들로부터 생명을 위협하는 전화와 편지가 끊이지 않았다.

　사 기자는 고래고래 소리를 지르는 한 신도의 전화를 무심하게 끊어버리고는 다시 열심히 노트북 자판을 두들겨 댔다. 그와 직각 방향으로 앉아 있던 사회부장은 오늘 자 가판을 접으면서 사 기자에게 말을 걸었다.

　"어이, 수습. 궁금한 게 있는데."

　"예, 부장님."

　"지난번의 진진영생교 기사는 교단을 둘러싼 비리를 파헤치더니 이

번 웅 진리교는 왜 온통 경전과 교리 분석 일색이지?"

"아, 네. 그야 흥미롭기 때문이죠. 주의를 끌 만한 화끈한 스캔들도 없구요."

"그래? 사이비 종교에 스캔들이 없다는 게 말이 안 되는 거 같은데……."

사 기자가 궁색한 변명거리를 찾고 있는데 기자 생활 십수 년 경력의 부장은 그를 민망하게 하는 질문을 툭 던졌다.

"혹시 자네 취재원이 웅 진리교 쪽인가?"

"……(얼굴 붉어짐)."

"대답이 없는 걸 보니 정말인가 보군."

부장은 사 기자의 어깨를 툭툭 치며 자리에서 일어섰다.

"취재하기 좀 힘들어지더라도 균형감있게 쓰는 게 좋아. 장기적으로 보면 그게 가장 안전하지."

사이빈 기자가 자존심이 상해서 담배를 신경질적으로 빨고 있는데 문제의 취재원이 눈앞에 나타났다. 허름한 옷차림에 쭈글쭈글한 얼굴 주름. 웅 진리교의 정보 제공자 쭈글이였다. 부장의 핀잔으로 기분이 상했던 사 기자는 퉁명스럽게 그를 대했다.

"아무래도 내가 웅 진리교 쪽을 너무 빨았나 봐(호의적인 기사를 쓰는 것). 앞으로는 좀 조져야겠어(비판적인 기사를 쓰는 것)."

"좋으실 대로 하세요. 기사는 기자님의 소신과 판단력이 우선이니까요."

사 기자는 뜻밖의 반응에 적이 놀라면서 그를 쳐다보았다. 그는 사 기자의 놀라는 표정에 주름이 자글자글한 미소로 답하면서 말을 이어갔다.

"우리 웅 진리교는 진진영생교처럼 교세 확장에 연연하지 않습니다. 우리 신앙의 목표는 세속적인 성공에 있지 않고 우리에게 강림하실 팬더 마왕님을 믿고 기다리는 데 있기 때문입니다."

"개소리하구 자빠졌네. 오늘은 뭐 하러 왔어? 좋은 소스라도 물고 왔어?"

"거봉 현인……"

노트북 자판 위를 날아다니던 손가락이 딱 멈췄다. 사 기자는 재빨리 기억 속을 더듬고 있었다. 짧은 기자 경력에도 불구하고 성공적으로 지면을 정복해 갈 수 있었던 것은 치밀한 기억력 때문이었다. 작은 단서를 가지고 연관되는 모든 이미지와 문서와 대화를 머리 속으로 검색해 특종을 찾아낼 수 있는 능력을 가진 기자는 많지 않다.

"거봉 현인이라… 거봉 포도 농장을 경영하면서 주위 농부들에게 인생 상담을 해주었다는 그 점쟁이?"

"훗, 점쟁이라뇨. 거봉 현인께서는 미래를 내다보는 예언자이십니다. 팬더 마왕의 강림을 예측하시고 벌써 십수 년 전에 웅 진리교에 귀화하셨죠. 지금은 교주님을 도와 복음 전파에 힘쓰고 계십니다."

사 기자가 금방 흥미를 잃어가고 있다는 사실은 그의 손가락이 다시 노트북 자판 위를 어지럽게 날아다니는 데서 알 수 있었다. 그는 쭈글이의 말을 듣는 둥 마는 둥하며 자신의 일에 열중했다. 기사 문구를 몇 번씩 되뇌어 보면서 수정하고, 전화를 걸어 추가로 취재를 하면서 옆에 앉은 쭈글이의 존재를 희박하게 만들었다. 하지만 자신의 흥미를 끄는 문장이 귀에 잡히자 손가락이 다시 딱 멈췄다.

"…현인께서 드디어 말씀해 주셨단 말입니다. 팬더 마왕님께서 강림하시는 날짜를."

사이빈 기자는 그가 찾아오고 나서 처음으로 몸을 돌려 그를 마주보
았다.

"언제지?"

"보름달이 뜰 때입니다."

사 기자는 탁자 위의 달력을 들고 작게 쓰여 있는 음력 날짜를 읽었
다.

"다음 주 목요일이로군."

"거봉 현인께서는 강림 장소까지도 친절하게 알려주시더군요."

"장소? 어디인데?"

"현인께서 말씀하시길, '꽃부리 제국의 영토였으나 한인들에게 돌
아간 땅이여'라고……."

사 기자는 벌써 노트북을 가방에 넣고 있었다. 명석한 두뇌를 가진
그에게는 너무나 쉬운 암시였다. 꽃부리 제국은 영국(英國)을 의미할
테니 한인(漢人)들에게 돌아간 땅이란 홍콩(香港)을 의미할 터였다. 종
양일보는 재정 상태가 어려워 해외 취재를 허용하지 않고 있었지만 이
번 건은 자비를 들여서라도 다녀오고 싶었다.

황량한 고비 사막의 정적을 깨는 요란한 프로펠러 소리가 조그만 사
막 동물들을 놀라 달아나게 하고 있었다. 그것은 거대한 수송용 헬리
콥터였다. 지면에 수직으로 쏟아지는 강한 바람이 자욱한 모래먼지를
일으켰다. 지면에 착지하고 나서 슬라이드 식 출입문이 드르륵 열렸
다. 검은 선글라스와 양복을 입은 건장한 사내들이 먼저 내려 헬기 양
옆으로 도열하고 나자 나이든 노인들이 줄줄이 내렸다. 중국 전체를
들었다 놓았다 할 수 있는 강대한 권력을 소유한 웅묘 협회의 회원들

이었다. 그 일단의 무리들 맨 앞에 서서 여유롭게 여송연을 피우고 있는 남자가 있었으니, 그가 바로 대웅이었다. 그는 고비 사막의 모래바람에 허연 머리를 휘날리며 감개무량한 표정으로 일장연설을 늘어놓았다.

"여러분! 오늘 우리는 수천 년 둔갑 생활에 종지부를 찍기 위해 이 자리에 모였습니다. 우리 팬더들은 미혹한 인간들을 지배해 왔으면서도 그들의 압도적인 수적 우위가 두려워 항상 둔갑과 은둔의 나날을 보내야만 했던 것입니다. 오늘 우리는 보다 강력하고 인간들의 마음을 지배할 수 있는 네오 팬더의 탄생을 축하하려 합니다. 무한한 잠재적 가치에도 불구하고 사소한 장애물로 인해 사장되었던 AZ-807H 프로젝트는 오늘날 다시 화려하게 부활하여 우리 둔갑 팬더들의 오랜 열망을 실현시켜 줄 것입니다. 아울러……."

"어이, 대웅 선생! 그만 하고 이제 들어갑시다!"

건조한 흙먼지에 눈살을 찌푸리던 유 회장은 한없이 늘어지려고 하는 연설을 무참히 끊었다. 대웅의 장광설에 슬슬 짜증이 나던 다른 회원들도 일제히 동조했다.

"그래요. 거 맨날 하는 소리 여기 고비 사막까지 와서 할 건 무에요?"

"대웅 선생, 어서 연구소로 들어가기십시더."

"쩝, 뭐, 그러시지요. 나도 마침 그러려던 참이오."

머쓱해진 대웅은 입을 쑤욱 내밀고 바위 밑의 비밀 출입문을 열었다.

"허어… 이런 곳에 출입구가 있을 줄이야!"

"거참, 감쪽같네 그랴. 미국 정찰기도 못 찾은 이유를 알겠어."

웅묘 협회 회원들은 고비 사막 비밀 연구소의 감쪽같은 위장술에 탄복해 혀를 내둘렀다. 둔갑 팬더들을 태운 고속 승강기는 빠른 속도록 지하의 비밀 연구소를 향해 하강하고 있었다.

채수웅 소장은 네오 팬더 프로젝트의 새로운 책임자인 마지련 연구원을 호출했다. 아무도 둔갑 따위는 하지 않는 이곳에서 그는 유일하게 인간의 모습을 하고 다니는 괴짜 연구원이었다. 둔갑한 모습도 보통 인간들의 외모와는 달랐다. 솜사탕처럼 부풀어 오른 머리에 두터운 뿔테 안경을 쓰고 붉은색과 노란색이 들어간 칼라 프린트 셔츠를 입고 있었다. 보수적인 성격의 채 소장은 그런 마지련 연구원을 별로 좋아하지는 않지만 네오 팬더 프로젝트를 맡길 사람은 그 사람밖에 없다고 일찌감치 마음속으로 낙점한 상태였다. 북경대를 수석으로 졸업하고 비밀리에 고비 사막 연구소로 특채되어 온 마지련은 항상 상식을 뒤엎는 발상으로 문제점을 해결해 동료 연구원들의 신뢰를 얻고 있는 사람이었다.

"마 박사, 앙꼬르의 상태는 어떤가?"

"글쎄요, 아직 냉동된 상태라 판단하기가 쉽지 않습니다. 겉으로 보기에 심하게 손상된 조직은 없어 보입니다만 정확한 건 역시 해동을 시켜봐야 알겠지요."

"지금 오시는 분들은 웅묘 협회장 대웅 선생을 비롯한 고위층 인사들일세. 저녁에 있을 부활 의식에서 실수하면 안 될 게야."

"뭐, 어차피 제가 통제할 수 있는 부분은 적습니다. 냉동시키던 시점의 기술이 중요한 것이니… 앙꼬르의 부활이 성공하고 못하고는 하늘에 달려 있다고 봐야지요."

채 소장은 책임감도 없이 심드렁하게 대답하는 마지련에게 불쾌한 감정이 일었으나 꾸욱 참았다. 어차피 이런 프로젝트를 지휘할 만한 능력을 갖춘 팬더는 찾기 힘들다. 채 소장과 마지련이 세부적인 사항을 논의하고 있는 가운데 실험 조수 한 명이 방문을 열고 들어왔다.

"소장님, 웅묘 협회 회원들께서 오셨습니다!"

"오오, 드디어 오셨군! 마 박사, 어서 영접하러 가십시다."

허둥지둥 가운을 고쳐 입고 자리에서 일어나는 채 소장을 보고 마지련은 도대체 어떤 이들이길래 소장이 저리 호들갑을 떨까 하고 궁금해 했다. 어릴 때부터 쭈욱 학문과 연구에만 파묻혀 지낸 그는 정치적 인물들에 대해서는 별 개념이 없었다. 채 소장이 승강기 출입문 쪽으로 쏜살같이 달려가고 있었다. 마지련은 귀찮았지만 마지못해 뒤뚱거리며 그를 쫓아갔다.

승강기 출입문이 좌우로 열리자 자욱한 담배 연기가 퍼져 나왔다. 회원들은 투덜투덜 불평을 늘어놓으며 승강기에서 내렸다.

"대웅 선생, 승강기 안에서 담배를 피우고 그러시오?"

"콜록콜록… 그러게 말이오. 회장님은 제발 흡연량을 줄이도록 하세요."

대웅은 회원들의 볼멘소리가 들리는지 마는지 무시하고 채 소장을 향해 눈인사를 던졌다. 채 소장은 얼른 달려와 그에게 꾸벅 절을 올리고는 마지련을 소개했다.

"그간 무고하셨습니까, 대웅 선생님? 이쪽은 AZ-807H 프로젝트를 인계받은 마지련 박사입니다."

"안녕하신가……."

"처음 뵙겠습니다. 마지련입니다."

마지련은 대웅의 손을 잡고 흔들다가 평범한 이들과 다른 점을 발견했다.

"대웅 선생님, 코가 없으시군요?"

"에엥? 코, 코가?"

대웅은 얼굴을 더듬어보더니 너털웃음을 터뜨렸다.

"허허, 요새 건망증이 심해져서 그런지 둔갑할 때도 종종 실수한다니까."

"쯧쯧, 담배를 하도 많이 피워서 머리가 나빠진 게야. 좀 줄이라고 했거늘."

판유 그룹 유 회장이 편잔을 주었다. 대웅은 유 회장을 한번 찌릿하고 노려본 다음 안면의 정중앙을 쓰윽쓰윽 문질렀다. 곧 이어 뭉툭하고 두툼한 코가 밋밋한 얼굴에서 쑤욱 하고 솟아났다. 그는 머쓱한 분위기에서 벗어나고 싶어 엄숙한 얼굴로 화제를 바꿨다.

"앙꼬르를 부활시키는 건 언제쯤 할 생각인가?"

"내일 아침 9시 정각입니다. 아침 식사 드시고 난 후에 바로 거행하도록 하겠습니다."

채 소장이 머뭇거리고 있는 마지련을 대신해 재빨리 대답했다. 마 박사는 준비가 미흡해 그렇게는 안 된다고 손으로 신호를 보냈으나 채 소장은 이를 무시했다. 멀리까지 날아온 웅묘 협회 회원들의 심기가 불편해진다면 네오 팬더 프로젝트뿐 아니라 전체 예산이 삭감될 수도 있는 위험한 상황이었던 것이다.

"그럼 차질없이 준비하도록."

"예, 선생님."

채 소장은 귀빈 숙소로 향하는 일행을 향해 허리를 꺾으며 인사를 올렸고 마지련은 그런 그를 못마땅한 얼굴로 쳐다보고 있었다.

아침 식사를 거하게 마친 웅묘 협회 회원들은 부른 배를 쓰다듬으며 식당에서 나왔다. 식당 문 앞에서 기다리던 채 소장은 실험실로 향하는 이동용 차량에 회원들을 태웠다. 지나는 길에 채 소장은 마치 관광 가이드라도 되는 양 이곳저곳을 자세하게 설명했고 마지련은 소장의 옆자리에 뚱한 얼굴로 앉아 프로젝트 전임자가 남긴 기록을 살펴보고 있었다.

차량이 실험실에 도착하자 회원들이 보인 반응은 거대한 규모에 대한 경탄이었다. 모두들 대단한 크기라며 웅성거리는 동안 대웅은 전에 한번 와봤기 때문에 별로 감흥이 일지 않는다는 얼굴로 자리에 착석했다. 실험실 중앙에 놓인 월풀 냉장고는 여전히 윙윙 소리를 내며 잘 돌아가고 있었다. 하얀 가운을 걸친 팬더 연구원들이 바쁘게 오가며 실험실 장비들을 점검했다. 마지련은 체크 리스트를 꼼꼼히 살펴본 뒤에 회원들이 앉아 있는 곳으로 와서 가볍게 목례를 올렸다.

"그럼 지금부터 프로젝트 명 AZ-807H의 실험 대상이었던 앙꼬르를 해동시키겠습니다. 전임자의 기록에 의하면 앙꼬르는 냉동되기 전 매우 난폭한 행동 패턴을 보였으므로 해동 직후 안정제 500밀리리터를 주사하겠습니다."

대웅을 비롯한 웅묘 협회 회원들의 침 넘어가는 소리가 들렸다. 마지련 박사는 월풀 냉장고 옆에 서 있는 실험 조수에게 명령을 내렸다.

"냉장고 문 열어!"

조수가 냉장고 문을 열어젖히자 하얗게 얼음 서리가 맺힌 채로 냉동되어 있는 팬더가 나타났다. 웅묘 협회 회원들 사이에서 탄성이 터져 나왔다.

"오오, 저것이 네오 팬더 앙꼬르… 정말 늠름하게 생겼군……."

"음, 조금 무섭게 생기지 않았어?"

"그러게. 약간 섬뜩하군 그래."

"근데 저 팬더 사이에 가득 채워진 생선들은 뭔가?"

마지련은 눈을 크게 뜨더니 버럭 소리를 질렀다.

"누가 여기다 동태 넣어놨어!"

실험 조수가 뒷머리를 긁적이며 씨익 웃었다.

"죄송합니다. 제가 야근할 때 국 끓여 먹으려고 넣어둔 건데……."

"어서 빼!"

"예……."

마지련은 감정을 가라앉히고 해동 과정을 계속 진행시켰다.

"냉장고 전원 차단!"

조수는 플러그를 뽑으면서 투덜거렸다.

'이런 건 지가 해두 될 걸 별걸 다 시켜…….'

마지련 박사의 구호는 계속됐다.

"앙꼬르 해동!"

조수는 얼른 헤어 드라이어를 가져와 더운 바람으로 냉동 팬더를 녹이기 시작했다. 헤어 드라이어로 열심히 해동 작업을 하는 모습을 지켜보던 대웅은 마지련 박사를 향해 입을 열었다.

"저거 너무 약하지 않아? 차라리 더운물을 부어보지 그래?"

순간 천재 과학자 마지련 박사의 얼굴이 심하게 일그러졌다. 난생처음 자신의 천재성에 도전에 받은 것이다. 그는 인정하고 싶지 않은 사실을 인정하며 무거운 표정으로 대답했다.

"좋은 생각이십니다……."

조수는 헤어 드라이어를 내려놓고 뜨거운 물이 가득 들어 있는 대형 주전자를 낑낑대며 들고 왔다. 대웅의 예측대로 더운물을 붓자 앙꼬르는 금세 해동이 되어 발가락을 꼼지락거렸다.

"아, 살아났다!"

판유 그룹 유 회장이 자리에서 벌떡 일어났다. 앙꼬르의 두 눈이 꿈틀거리며 떠지려 하고 있었다. 대웅의 담배 연기를 흡입하는 속도가 점점 빨라지고 있었다. 마침내 네오 팬더 앙꼬르의 커다란 두 눈이 번쩍하고 떠졌다. 강한 살기(殺氣)를 뿜어내는 섬뜩한 눈이었다. 앙꼬르는 자신의 부활을 알아차리지 못하고 계속 주전자의 물을 들이붓고 있는 조수의 목덜미를 콱 잡았다.

"넌 뭐야! 뜨거워, 이놈아!"

"캑, 살려주세요……."

"저리 꺼져!"

앙꼬르가 휘익 하고 집어 던지자 조수는 웅묘 회원들의 머리 위를 날아가 실험 용액이 가득 들어 있는 커다란 수조 속에 처박혔다. 첨벙하는 소리와 함께 실험 용액이 소나기처럼 웅묘 협회 회원들의 머리 위로 쏟아졌다. 온몸이 다 젖었지만 그들은 미동도 하지 않고 앉아 있었다. 그들은 냉장고에서 천천히 일어서는 앙꼬르를 보고 모두 공포에 질려 있었다. 앙꼬르는 빙 둘러앉아서 자신을 바라보고 있는 팬더들을 보자 기분이 팍 상했다. 마치 동물원에 갇혀 있는 느낌이었다. 그것도 인간들이 아닌 같은 팬더들에게서 그런 느낌을 받았기에 앙꼬르의 분노는 더했다.

"니들은 또 뭐야, 앙!"

성질을 내며 한쪽 발을 들어 올리는 앙꼬르. 발톱 부위에 파르스름한 빛의 덩어리가 모이고 있었다.

"니들 죽고 싶어! 앙!"

앙꼬르가 공격성을 드러내려 할 때, 퍽— 퍽— 퍽— 하는 둔탁한 소리가 연속적으로 들렸다. 대웅은 앙꼬르의 몸통에 붉은 술이 달린 마취 탄환이 박혀 있는 것을 보았다.

"뭐, 뭐야, 이건… 웅~ 졸립군… 젠장……."

앙꼬르의 무서운 두 눈이 스르르 감기고 있었다. 냉장고 앞에 푹 쓰러져 정신을 잃는 앙꼬르. 연구원들이 우르르 달려와 앙꼬르의 몸을 굵은 밧줄로 동여맸다. 바짝 긴장하고 있던 회원들은 그제야 안심하는 얼굴들이었다.

"휴우, 그 녀석 성질 한번 화끈하군."

"통제하기 힘들겠는데… 대웅 선생, 뭐 좋은 방법이라도 있소?"

판유 그룹 유 회장의 질문에 대웅은 여송연을 다시 꺼내 물면서 대답했다.

"홍콩에 가면 원규평이라는 야생 동물 조련사가 있소. 그로 하여금 이 녀석을 고분고분하게 만든 다음에 이 녀석이 가진 힘으로 인간들을 지배할 거요. 후하하하!"

대웅은 채수웅 연구소장에게 앙꼬르를 수송용 헬리콥터에 적재할 것을 명했다. 소장은 '여부가 있겠습니까' 라는 말과 함께 부리나케 대웅의 명령을 수행하기 시작했다. 힘 좋은 연구원들과 실험 조수들을 차출해 앙꼬르를 철창이 있는 상자 속에 가두고 화물 승강기를 이용해 앙꼬르와 회원들을 지상까지 운반했다. 앙꼬르에 놀랐던 회원들은 이내 평정을 되찾아 자신을 놀라게 했던 괘씸한 네오 팬더를 쿡쿡 찔러

보기도 하고 툭툭 발로 차기도 하며 분을 풀었다. 헬기 조종사는 화물과 승객이 모두 실린 것을 확인하자 프로펠러를 돌리기 시작했다. 사막의 먼지와 흙이 사방으로 날렸다. 채수옹 소장은 이륙하는 헬리콥터를 향해 손을 흔들었다.

대웅 일행을 무사히 떠나보낸 채 소장은 아주 만족스러운 얼굴이었다. 지난달에 연구비 지출에 대한 감사를 무사히 넘겼을 때와 비슷한 느낌이라고 생각했다. 하지만 마지련 박사는 점차 시야에서 멀어지는 헬리콥터를 바라보며 걱정스런 목소리로 말했다.

"괜찮을까 모르겠군요……."

"뭐가?"

"앙꼬르 말입니다. 마취 용액을 충분히 주사하지 않은 거 같아요……."

"괜찮아. 연구소를 떠났으니 이제부터는 우리 소관이 아니라구."

채 소장은 마지련 박사의 등을 두드려 주고는 지하 실험실로 가는 승강기로 들어가 버렸다. 마지련은 황량한 고비 사막 한가운데 홀로 서서 깊은 사색에 잠겼다. 네오 팬더를 이런 식으로 권력자들에게 넘겨주어도 되는 걸까. 알 수 없었다.

종양일보 사이빈 기자는 침사추이에 있는 한 음식점에서 만두를 먹고 있었다. 홍콩에 온 지 삼 일째. 이제 광동 음식에도 아주 익숙해져 있었다. 사회부 기자가 외국으로 현지 취재를 나간다는 말에 부장은 펄쩍 뛰며 허락하지 않았다. 조직의 관행으로 보나 여비 지원 규정으로 보나 불가능한 일이었다. 결국 그는 휴가를 내고 여행사를 통해 홍콩으로 건너왔다.

처음 이곳에 온 목적은 웅 진리교의 팬더 마왕 전설을 확인하기 위해서였다. 하지만 여기 와서 사 기자는 또 하나의 좋은 기삿거리를 발굴했다. 얼마 전에 홍콩 암흑가에서 세대교체가 이루어졌다는 사실이었다. 구룡반도와 홍콩섬의 밤을 호령하던 비룡회(飛龍會)는 몰락하고, 일곱 명의 형제가 만들었다는 죽림칠현(竹林七賢)이 암흑가의 새로운 맹주로 떠오른 것이다. 실제로 사 기자는 만두집 주인을 통해 비룡회를 비롯한 십여 개의 대형 패밀리와 수백 개에 달하는 군소 조직이 일곱 형제에게 충성을 맹세하고 있다는 소문을 들었다.

그는 자신 앞에 놓인 만두 접시를 다 비우고 나면 건너편에 있는 관운각으로 들어갈 생각이었다. 저 휘황찬란한 중국 음식점은 한때 비룡회의 재력(財力)을 상징하는 건물이었으나 이제는 죽림칠현의 본거지로 쓰이고 있었다. 사이빈 기자가 기사를 검색해 본 바로는 달포 전에 총격전이 벌어져 수백 명이 사망한 곳이다. 하지만 그런 끔찍한 일이 벌어졌던 식당임에도 점심 시간이 되자 밀려드는 손님들을 모두 수용하지 못해 발길을 돌리는 사람들이 많았다. 사이빈 기자는 범죄와 폭력이 일상화되어 있는 도시임을 실감했다.

마지막 만두를 집어 먹고 난 그는 관운각을 향해 씩씩하게 발걸음을 옮겼다. 한 층 한 층 올라갈 때마다 다른 종류의 음식이 제공되고 각기 독특한 내부 장식이 되어 있는 관운각. 사 기자는 나중에 편한 마음으로 한번 찾아와 식사를 해야겠다는 생각을 하며 꼭대기 층을 향해 계속 나아갔다. 하지만 계속해서 무사 통과하던 사 기자는 최상층으로 올라가는 계단 앞에서 건장한 청년들에 의해 제지당했다.

"왜 막는 거죠? 난 최상층에서 제공되는 서비스를 받고 싶습니다."

"죄송합니다만 일반 손님들이 이용하실 수 있는 장소는 여기까지입니다."

"일반… 손님이라구요? 그럼 저 위에 계신 분들은 특별한 손님인가요? 훗, 우습군요. 고객을 이런 식으로 차별하다니… 도대체 그 '특별한 손님' 들 얼굴 좀 보고 싶군요!"

날카롭게 항의하던 사이빈 기자는 사내의 얼굴이 험상궂게 변하자 움찔 놀라 뒤로 물러섰다. 사내는 코트 안쪽으로 오른손을 집어넣으며 낮은 목소리로 말했다.

"특별한 손님이라… 홍콩인이라면 누구나 알고 있지. 저 위층에서 지금 어떤 분들이 점심을 드시고 계신지 말이야. 그리고 당신처럼 감히 최상층을 침범할 생각은 안 하지……."

또 다른 사내가 누런 이빨을 드러내며 웃었다.

"여기서는 당신이 총을 맞는다 해도 아무도 신경 쓰지 않아. 지금 방아쇠를 당기지 않고 있는 건 칠현(七賢)의 식사를 방해하면 안 되기 때문이지."

사이빈 기자는 두 다리가 와들와들 떨렸지만 걸음아, 나 살려라 하고 도망치는 짓은 하지 않았다. 기자로서의 자존심이 허락지 않았다. 그는 영문으로 쓰인 신분증을 꺼내 들었다.

"나는 한국에서 온 리포터입니다. 당신들의 보스를 인터뷰하고 싶습니다."

"꺼져, 죽고 싶지 않으면."

사 기자가 폭력배들의 위세에 눌려 잠시 주춤하고 있는데 등 뒤에서 걸쭉한 목소리가 들렸다.

"한번 만나보게 해드리죠."

뒤를 돌아보니 살집 좋은 남자가 빙글빙글 웃으며 서 있었다. 그는 털로 뒤덮인 커다란 손을 내밀어 악수를 청했다. 보석이 빼곡히 박힌 화려한 팔찌가 그의 손목을 감싸고 있었다. 사 기자는 얼떨결에 그의 손을 잡고 흔들었다.

"전 부두목 토미예요. 일곱 형님을 모시고 있으면서 정치인들이나 언론인들을 상대할 때 조언을 드리곤 하죠. 뭐, 죽림칠현의 홍보 담당관이라고나 할까? 하하하하!"

"바, 반갑습니다. 종양일보 사이빈 기자입니다. 한국에서는 판매 부수가 몇 번째 안에 드는 권위지랍니다."

"권위지든 스트리트 페이퍼든 상관없습니다. 어차피 좋은 기사는 안 나갈 테니… 하하하!"

토미는 사 기자를 죽림칠현이 식사를 하고 있는 최상층 로열 룸으로 데리고 갔다. 문을 열자 벽 전체가 유리로 된 전망 좋은 방이 나타났다. 일곱 형제는 둥그런 테이블에 앉아 식사를 기다리는 중이었다.

"걔는 누구야? 식사 중에 데려오고……."

"토미야, 배신자면 그냥 네가 죽여 버려. 우린 지금 배가 고프다구."

부두목은 특유의 너털웃음을 터뜨린 다음 사 기자를 칠현에게 소개했다.

"한국에서 온 기자라구? 뭘 취재하러 왔는가? 뭐, 별로 흥미 있는 일도 없을 텐데… 앗, 밥이다! 밥이 나왔구나!"

칠현은 사 기자의 존재에 대해 별 신경을 쓰지 않았다. 그의 집요한 질문에도 단어 한두 개로 짧고 성의없게 대답할 뿐이었다. 홍콩 암흑가의 맹주 자리를 놓고 비룡회와 벌였던 치열한 살육전이나 정치권과의 커넥션에 대해서는 일언반구(一言半句)조차 하지 않았다. 칠현의 관심은 오로지 오늘의 점심 메뉴인 대나무 통 밥에 쏠려 있었다.

"오늘은 밥이 잘되었어야 할 텐데……."

"걱정 마. 지난번 요리사는 손목을 자르고 사죄했잖아. 오늘은 애들이 하남성까지 가서 데려온 주방장이니 믿을 만할 거야."

"그럼 먹어볼까~ 이거 어떻게 먹는 거지?"

"요상! 큰형님부터 먹어야지! 막내 놈이 건방지게……."

"치, 미안해, 태상. 워낙 배가 고팠던지라……."

장남인 모상은 도끼를 닮은 큰 칼을 들어 대나무 통을 힘껏 내려쳤다. 대나무는 정확히 반으로 쪼개지며 그 안에 든 내용물을 공개했다. 다섯 가지 곡식을 섞은 밥에서 뜨거운 김이 설설 올라왔다. 모상은 은수저로 대나무 밥을 듬뿍 떠서 입에 집어넣었다.

"맛있군. 너희들도 먹어봐."

모상에게서 칼을 전해받은 조상이 자신의 대나무통을 뽀갰다. 나머지 형제들은 침을 꼴깍꼴깍 삼키며 어서 자신의 차례가 오기만을 기다리고 있었다. 질문을 하다 지친 사이빈 기자는 인터뷰를 포기하고 죽림칠현이 밥 먹는 모습을 멍하니 지켜보았다. 악명 높은 범죄 집단의 보스들치고는 너무나 소박한 모습이었다.

헬리콥터가 심하게 요동을 치고 있었다. 앙꼬르가 실려 있는 상자가 덜컹거렸다. 내웅을 비롯한 웅뇨 협회 회원들은 아침에 먹은 스테이크가 넘어올 정도로 심한 멀미를 느꼈다.

"우욱, 미치겠다. 아침에 그렇게 많이 먹는 게 아니었는데……."

성질 급하기로 소문난 판유 그룹 유 회장은 조종사에게 버럭 소리를 질렀다.

"야, 조종 똑바로 못해! 너, 술 처먹었냐!"

"으윽, 그게 아니구요! 갑자기 기상이 악화되었습니다! 기류도 불규칙하고 앞에는 먹구름이 끼었어요."

"아니, 날이 화창하기만 하더니 갑자기 왜 그래? 여기 어디야?"

"이제 곧 홍콩입니다! 다 왔으니 조금만 더 참으세요!"

대웅은 흔들리는 헬리콥터 안에서 담뱃불을 붙이는 데 큰 어려움을 느꼈다. 라이터 불에 주둥이를 데었지만 굴하지 않고 꿋꿋이 시도한 끝에 결국 담배 연기를 피워올리는 데 성공했다. 니코틴이 몸속으로 쑤욱 들어오자 불안했던 마음이 가라앉고 있었다. 대웅은 담배 연기를 천장에 뿜어 올리고 고개를 내리다가 화들짝 놀랐다.

"아니, 저 녀석 깨어났잖아!"

속이 메슥거려 정신을 못 차리던 웅묘 협회 회원들의 시선이 한곳에 모아졌다. 네오 팬더 앙꼬르는 쇠창살을 움켜쥐고는 부리부리한 눈으로 대웅과 다른 회원들을 노려보고 있는 중이었다. 다른 이들은 앙꼬르의 눈빛에 질려 시선을 피하기에 바빴으나 대웅만은 이에 지지 않으려 애썼다.

"이놈아, 어딜 눈 똑바로 뜨고 쳐다봐! 우리가 누군 줄 알고!"

앙꼬르는 발끈하여 날카로운 이빨을 드러냈다.

"크르르르… 네놈들이 누군지 알게 뭐야. 감히 날 가두었겠다? 각오는 돼 있겠지?"

"허허! 거참 무례하고 건방진 팬더로구만. 혼 좀 나야겠군."

대웅은 마취총을 가져와 앙꼬르에게 겨누었다. 총신을 앙꼬르의 얼굴에 바짝 대고 위협하는 대웅. 잠시 후 대웅의 얼굴이 굳어졌다. 마취총의 총신 부분이 엿가락처럼 늘어져 아래로 추욱 처졌다.

"윽! 뭐야, 이건? 초능력인가?"

당황하는 대웅이 철창에서 물러나자 앙꼬르는 두 앞발을 쇠창살 사이에 넣어 양쪽으로 벌렸다. 창살은 가래떡처럼 휘어지더니 힘없이 투둑 끊어져 버렸다. 여유있게 상자를 빠져나온 앙꼬르는 공포에 질려 있는 웅묘 협회 회원들을 무섭게 노려봤다.

"크르르… 이것들을 그냥!"

앙꼬르와 눈이 마주친 대웅은 심장이 멎는 줄 알았다. 얼른 마취총을 내려놓고 비굴한 웃음을 짓는 대웅.

"야, 너 힘 좋구나. 뱀이라도 고아 먹었니……."

"닥쳐! 널 죽이겠다!"

앙꼬르는 앞발로 대웅의 목 부위를 잡고는 그대로 들어 올렸다. 공중에 붕 떠서 발을 바둥거리는 대웅. 경호원들이 권총을 빼 들고 앙꼬르를 겨누며 위협했으나 그는 본체만체하며 헬기의 출입문을 열어젖혔다. 앙꼬르는 살려달라고 애원하는 대웅을 미련없이 공중에 던져 버렸다. 추락하며 내지르는 비명 소리에 질린 회원들이 모두 바닥에 엎드려 목숨을 구걸했다. 경호원들은 분노하며 베레타 연발 권총의 방아쇠를 당겼다. 하지만 앙꼬르의 놀라운 능력이 경호원들의 반격으로 인해 다시 한 번 입증되는 순간이었다. 후두두둑 하고 앙꼬르의 발 앞에 비처럼 떨어지는 것은 경호원들의 권총에서 튀어나왔던 총알들. 대웅 다음으로 하늘 한가운데 던저진 이들은 검은 양복의 경호원들이었다. 웅묘 협회 회원들은 싹싹 빌기도 하고 앙꼬르에게 재물과 권력을 나누어 주겠다고 회유도 했으나 결과는 모두 마찬가지였다. 무자비한 앙꼬르는 매립장에 쓰레기 버리듯 나머지 둔갑 팬더들을 휙휙 공중에 던져 버렸다.

홍콩 상하이 뱅크의 신입 사원 제레미는 처음 받은 급여를 가지고 무얼 할까 궁리하며 회사 건물을 나섰다. 구룡반도에 있는 환락가에 가서 다 써버릴까, 아니면 고향에 계신 부모님께 선물을 사서 보낼까. 아니, 부자가 되려면 지금부터 사업 자금을 모아야 할지도 몰라. 갖은 상념에 잠겨 거리를 걷고 있는데 옆에서 와장창 소리가 나서 고개를 돌려보았다. 커다란 팬더 한 마리가 길가에 주차되어 있던 택시 지붕 위에 처박혀 혀를 빼물고 죽어 있었다.

"히익, 저게 웬 팬더야?"

놀라서 가까이 다가가 죽은 팬더를 살펴보았다. 털이 깨끗하고 몸이 따뜻한 걸로 보아 방금 전까지만 해도 살아 있었던 게 틀림없었다. 비행기로 수송 중에 떨어진 건가? 의아해하고 있는데 뒤쪽에서 요란하게 무언가 부서지는 소리가 들렸다. 뒤를 돌아보니 네온사인 간판이 심하게 파손되어 있고 그 밑에 또 다른 팬더 한 마리가 누워 있었다. 행인들이 하늘을 쳐다보며 비명을 질렀다. 제레미는 위를 올려다보고는 경악했다.

"하늘에서 팬더 비가 내리다니… 이게 무슨 조화냐?"

헬기 조종사 섭소준은 조종간을 잡은 손이 와들와들 떨려서 어쩔 줄 몰라했다. 자신의 눈앞에서 고위 관료와 재력가들이 한순간에 목숨을 잃는 것을 목격했다. 이제 자신의 목숨도 저 무시무시한 돌연변이 팬더의 손에 달렸다고 생각하니 눈앞이 캄캄했다. 거울을 통해 앙꼬르와 눈이 마주친 섭소준은 눈을 질끈 감아버렸다. 이제 죽는구나라고 생각하고 심호흡을 했다. 하나… 둘… 셋… 죽음을 앞두고 숫자를 세며 마음을 진정시켰다. 열까지 세었지만 아무 일도 일어나지 않자 섭소준은 감았던 한쪽 눈을 살며시 떴다.

없었다. 무시무시한 앙꼬르의 모습은 보이지 않았다. 출입문은 그대로 열려져 있었다. 앙꼬르가 자살한 건가? 섭소준은 목숨을 부지한 것이 기뻤으나 이내 걱정이 되기 시작했다. 자신이 태우고 온 고위층 인사들이 다 죽어버렸으니 이를 어떻게 보고할 것인가. 머리가 아파오기 시작했다.

사이빈 기자는 인터뷰가 제대로 이루어지지 않자 약간 지루해지기 시작했다. 자극적인 범죄 관련 기사를 쓰려던 그의 계획이 차질을 빚게 된 것이다. 죽림칠현은 지금 이 순간 인터뷰에는 전혀 관심이 없고 대나무 통 밥을 어떻게 맛있게 먹을 것인가에 온 신경이 쏠려 있었다. 사 기자는 작은 한숨을 내쉬며 창밖을 바라보았다. 관운각 최상층 로열 룸은 홍콩의 전경을 한눈에 보여주고 있었다. 답답했던 마음이 조금이나마 풀리는 듯했다.

"으응? 저게 뭐지?"

사 기자는 눈을 비비고 다시 창밖을 바라보았다. 작은 점 하나가 공중에서 흔들리고 있었다. 점은 점차 크기가 확대되면서 일정한 형태를 띠어 갔다. 무슨 동물의 형태 같았다. 사 기자는 얼굴을 유리 벽에 바짝 붙이고 다가오는 물체를 관찰했다. 약간 근시가 있는 그는 미간을 찌푸리며 상을 또렷이 보려 노력했다.

'풍선인가? 곰 모양의 풍선? 뭐지?'

잠시 후 근시인 그의 눈으로도 확연히 식별할 수 있을 정도로 가깝게 다가온 것은 놀랍게도 팬더였다. 팬더는 마치 우주인이 무중력 상태에서 유영하듯이 둥실둥실 이쪽으로 날아오는 중이었다. 사 기자는 주머니에서 초소형 카메라를 꺼내어 셔터를 눌러댔다. 이를 본 경호원이 민감하게 반응하며 사진 촬영을 제지하려 했다.

"야, 뭘 찍는 거야! 죽고 싶어!"

"아, 이거 놔요! 팬더가 날아온단 말이에요!"

팬더라는 말에 식사를 끝낸 몇몇 형제가 사 기자 쪽을 쳐다봤다. 첫째 모상과 둘째 조상이 자리에서 일어나 유리 벽 쪽으로 다가왔다. 실랑이를 벌이는 사이빈 기자와 경호원을 밀쳐내고 밖을 내다본 두 형제는 놀라는 얼굴로 서로를 쳐다봤다.

"엥, 정말 팬더잖아……?"

"형, 이쪽으로 오는데?"

"어… 어… 어… 충돌하겠네……."

이미 식사를 마친 형들도 있는 반면에 대나무 밥에 입도 대지 못한 동생들도 있었다. 막내인 요상은 여섯째 지상이 대나무 통을 뽀개고 나서야 칼을 받아 들었다.

"아이고, 차례 기다리다가 굶어 죽겠네. 그냥 각자 알아서 먹으면 안 되나."

요상이 칼을 들어 대나무통을 내려침과 동시에 유리 벽이 박살났다. 와장창 하는 요란한 소리에 밥 먹던 형제들이 놀라 일어서고 경호원들은 권총을 빼 들었다. 깨진 유리 벽으로 세찬 바람이 쏟아져 들어왔다. 유리 파편 위에서 뒹굴던 사이빈 기자는 떡하고 버티고 선 팬더를 향해 부지런히 셔터를 눌렀다.

'설마?'

사 기자는 카메라를 내려놓고 팬더를 한참 동안 바라보았다.

"팬… 더… 마… 왕?"

웅 진리교의 경전에 나오는 구절이 머리 속을 스쳐 지나갔다.

그리하여 일곱째 대나무를 뽀갤 때 얼음이 녹으며 하늘에서 공포의 팬더 마왕이 내려오리라. 마왕은 자신을 핍박하던 자들을 모두 쳐죽일 것이며 그를 두려워하는 모든 팬더와 인간들이 머리를 조아려 그를 숭배할 것이다. 일곱 마리의 팬더가 피의 맹세로써 마왕을 따를 것이며 이들이 지난 곳에 뇌성과 음성과 번개가 날 것이다.

——웅~ 바이블 요괴 묵시록 中에서

사 기자의 얼굴에 환한 웃음이 떠올랐다. 그래, 거봉 현인의 예언은 정말이었구나. 오늘 여기서 또 하나의 특종을 건지는구나. 팬더 마왕과 인터뷰를 시도하려던 사 기자는 마왕에게서 뿜어져 나오는 압도적인 기운에 눌려 바닥에 엎드렸다.

'크윽, 뭐냐, 이 중압감은… 마치 바위로 찍어누르는 것 같군.'

주위를 둘러보니 다른 사람들도 마찬가지였다. 경호원들과 죽림칠현들도 바닥에 바짝 붙어 낑낑대고 있었다. 오직 한 사람, 칠현 중 가장 맏형인 모상만이 마왕의 염력에 맞서서 용을 쓰고 있었다. 사 기자는 과연 칠현을 이끄는 리더답다는 생각을 했다. 모상은 얼굴을 부들부들 떨면서 팬더 마왕에게 말을 걸었다. 간신히 서 있기는 했으나 무척 힘이 들어보였다.

"넌… 누구냐. 누구이길래 같은 종족을 습격하는 거냐……."

"같은 종족이라고?"

사이빈 기자는 온몸을 짓누르던 보이지 않는 압력이 사라지는 것을 느꼈다. 꼼짝도 할 수 없던 몸이 조금씩 움직여졌다. 주위에 엎어져 있던 자들도 낮은 신음 소리를 내며 몸을 일으키고 있었다. 사 기자는 팬더 마왕이 모상을 향해 미소 짓는 걸 보았다.

"후후후, 너희들 둔갑 팬더였군……."

"그렇다. 넌 왜 둔갑을 하지 않은 거지? 그리고 하늘을 떠다니는 능력은 어떻게 개발했나? 우리 조직의 식당에 침투한 이유는 뭐냐? 우리는 홍콩의 모든 조직을 굴복시킨 죽림칠현이다. 본토의 대웅 선생님으로부터 지원을 받고 있지. 우리의 존재를 알고 들어온 거냐?"

모상이 소나기 같은 질문을 던지는 동안 팬더 마왕은 매우 재밌다는 표정을 짓고 있었다. 마왕은 주둥이를 쓰다듬으며 방 안을 둘러봤다. 그는 배를 쓰다듬더니 막내 요상이 뽀개놓은 대나무 통을 들어 올렸다. 요상이 앗! 내 밥! 하며 손을 뻗쳤으나 이미 대나무 밥을 입에 털어넣는 마왕이었다. 칠현은 어느새 모두 일어나 팬더 마왕을 둘러쌌다.

사이빈 기자는 죽림칠현이 하나둘 팬더로 변해가는 모습을 보고 크게 놀랐다. 도대체 믿기지 않는 일들만 계속 벌어지고 있었다. 팬더가 날아다니고, 말을 하고, 홍콩 최대의 범죄 조직 두목들이 팬더로 변했다. 도대체 무슨 일이 벌어지고 있는 건가. 사 기자는 대특종을 낚았다는 기쁨보다 눈앞에서 벌어지고 있는 불가사의한 현상들에 대한 원초적인 호기심에 가슴이 쿵쾅거렸다.

팬더 마왕은 모상이 앉아 있던 의자를 당겨 앉았다. 그는 칠현에게 포위되어 있으면서도 전혀 위축되는 모습을 보이지 않았다. 천천히 앞발을 내밀어 탁자 위에 놓여 있는 찻잔을 드는 팬더 마왕. 여유로운 모습이었으나 몸 전체에서 뿜어져 나오는 포악한 기운을 수그러들지 않고 있었다.

"내 이름은 앙꼬르. 네놈들이 뭐 하는 놈이든 상관없다. 난 지금 오

랜만에 잠에서 깨어나 온몸이 근질근질하다. 죽고 싶지 않으면 날 건
드리지 않는 게 좋아."

칠현들은 황당한 표정이 되어 서로의 얼굴을 바라보고 있었다. 지금
까지 인간들은 물론이고 팬더들도 자신들에게 감히 대적한 자가 없었
다. 빈민가에서 태어나 인간들이 남긴 음식으로 연명하며 자랐던 일곱
형제. 가난한 둔갑 팬더 형제들에게 믿을 건 돈밖에 없었다. 악착같이
일하고 강철같이 단결하여 일군 강대한 조직 죽림칠현. 그런데 지금
하늘에서 떨어진 이상한 팬더 놈이 큰소리를 치고 있는 것이다.

"형, 이놈 정신이 어떻게 된 녀석인가 봐."

"흥, 이 녀석 마법을 쓰는 모양인데 우리 칠현의 무서움을 보여주자.
죽림칠현 마법진(竹林七賢 魔法陣)!"

일곱 마리의 팬더들은 쫄래쫄래 움직이며 어떤 기하학적 형태를 만
드려고 노력했다. 그러나 이리저리 움직이면서 진의 형태가 생성될 듯
하다가 허물어지고 하는 일이 반복되었다. 이를 지켜보는 사이빈 기자
는 역시 팬더들의 지능에는 한계가 있다고 생각했다. 머리가 좋은 조
상은 도대체 왜 자기가 진의 형태를 기억하지 못하는지 이해할 수가
없었다. 그리고 왜 자신이 아득바득하면서 엉뚱한 모양들을 만드려고
노력하는지도 알 수 없었다. 모상 형은 왜 헤매는 아우들에게 올바른
진법을 일러주지 않는지 알 수 없었다. 더 나아가 자신이 왜 범죄 조직
을 결성했고 이런 일을 하고 있는지도 알 수 없었다.

한참 동안을 헤매던 칠현들은 마침내 가장 단순한 형태로 진을 만들
었다. 일렬로 주욱 늘어선 한 일 자 형태로. 앙꼬르는 줄지어 선 칠현
들의 앞으로 나와서는 뒷짐을 졌다. 그리고는 비교적 점잖은 목소리로
명령했다.

"PT 체조 시작! 하나, 둘! 하나, 둘!"

앙꼬르의 구호에 맞춰 펄쩍펄쩍 뛰며 체조를 시작하는 팬더들. 사이빈 기자는 난데없이 체조를 시작하는 팬더들의 눈동자를 관찰하면서 뭔가 이상하다고 느꼈다.

'동공이 풀려 있어. 이 녀석들 집단 최면에 걸렸다!'

칠현을 보호하는 경호원들도 총을 내려놓고 열심히 체조를 실시하는 중이었다.

"천 번 채우고 쉬도록! 계속 실시!"

두터운 배를 출렁거리며 체조를 하는 칠현들을 남겨두고 사이빈 기자에게 다가오는 앙꼬르. 사 기자는 잔뜩 긴장된 채로 연신 카메라 셔터를 눌렀다. 과연 여기서 살아 나갈 수 있을지, 기사는 송고할 수 있을지 걱정이었지만 그의 직업적 무의식은 최대한 마왕의 이미지를 필름에 남겨두라고 명령하고 있었다.

"너는… 인간이로군."

앙꼬르는 무시무시한 눈빛으로 사 기자를 내려다보았다. 그는 전신을 엄습하는 공포심과 함께 정신이 몽롱해지는 것을 느꼈다. 잠시 동안 사소한 선택을 위한 고민을 시작하는 앙꼬르.

"생각 중이다. 네놈을 죽여 버릴지… 아니면……."

사 기자는 앙꼬르의 앞발이 이마 위에 닿자 온몸에서 영혼이 빠져나가는 듯한 고통을 느꼈다. 머리 속이 멍해졌다. 논리적 사고나 합리적 판단은 이제 불가능할 것이라는 막연한 생각이 밀려왔다. 입을 헤~ 벌리고 침을 흘리며 멍하니 앉아 있는 인간을 바라보던 앙꼬르는 고개를 돌렸다. 깨진 유리 벽을 통해 홍콩의 전경이 한눈에 들어왔다. 좁은 땅덩어리 위에 하늘을 찌를 듯이 빽빽하게 솟아 있는 마천루. 도로를 꿈지락거리며 오가는 자동차들. 항구를 가득 메운 화물선들. 때때로 시끄러운 소리를 내며 머리 위를 지나가는 항공기. 앙꼬르는 약간 짜증이 나기 시작했다. 인구 밀도가 극도로 희박한 고비 사막에서 실험을 받았던 그는 이런 번잡함이 싫었다. 앙꼬르는 주둥아리를 벌리고 날카로운 송곳니를 쓰다듬었다.

"꾸물거리며 벌레처럼 움직이는 녀석들, 모두 내 발 아래 두고 싶다. 이게 '지배욕'이란 건가……."

제13장

높은 상가나

    녹음(綠陰)이 짙은 밀림 속을 뛰어가는 미녀가 있었다. 얼굴은 분명 동남아 계열인데 체형은 쭉쭉 뻗은 것이 서구형이다. 주위 풍경과 전혀 어울리지 않는 비키니 차림의 미녀는 무언가에 쫓기는 듯 주위를 두리번거리며 도망치듯 달렸다. 그녀를 위협하는 것이 정체를 드러냈다. 크기가 2미터도 넘어보이는 거대한 살인 고릴라다. 인상은 험상궂고 이빨은 날카롭다. 긴 팔로 땅을 번갈아 짚으며 달려오는 고릴라는 미녀보다 월등하게 빠르다. 곧 잡힐 것 같다. 위태해 보이는 미녀는 드디어 나무뿌리에 발이 걸려 앞으로 고꾸라졌다. 그녀의 가냘픈 몸 위로 무지막지한 고릴라가 덤벼들었다. 그 순간 밀림 전체를 울리는 인간의 낭랑한 목소리가 들렸다. 오페라의 절정 부분을 열창하는 테너 가수의 음색이다.

    "아아아아아아~ 아아아아아아~"

덩굴을 타고 날아드는 팬티만 입은 남자. 영락없는 타잔의 패러디다. 하지만 외모가 많이 다르다. 그리스 조각처럼 균형 잡힌 체형의 섹시한 남자가 아니다. 통나무처럼 굵고 짧은 팔다리에 두터운 목과 비정상적으로 큰 머리. 고도의 테크닉을 발휘한 메이크업으로 위장했지만 얼굴은 조금 부담스럽다. 어쨌든 이 머리 큰 타잔은 덩굴을 타고 날아와 사정없이 고릴라를 걷어찼다. 고릴라는 축구공처럼 잘도 날아가 호수에 풍덩 하고 빠지고 말았다.

미녀는 머리 큰 타잔의 품에 안겨서 행복한 표정을 짓고 타잔은 드링크 한 병을 따서 시원하게 마셨다. 손을 흔드는 그들 위로 제약 회사의 로고가 커다랗게 오버 랩 되면서 성우의 목소리가 들렸다.

"피로 회복! 활력 증진! 바쿠스 에프!"

밍밍은 봉근의 첫 번째 텔리비전 CF를 감상한 뒤 짝짝짝 손뼉을 쳤다.

"꺄악~ 우리 오빠 멋지당~"

비수나와의 무에타이 경기가 태국 국영 TV에서 실황 중계되면서 봉근은 유명인사가 되어버렸다. 한국에서 날아온 무명의 선수가 무적의 중량급 챔피언을 꺾었다는 사실은 그 자체만으로도 화제가 될 만했다. 그것도 상식을 뛰어넘는 해괴한 공격과 비수나의 요상한 변신이 어우러진 희한한 시합이었다. 거기다 국왕의 눈에 들어 왕실경비대로 특채되었고, 스타 TV를 통해 녹화 경기가 아시아 전역에 방영됨으로써 그는 이제 명실상부한 월드 스타로 떠올랐다. 매일같이 광고 출연 섭외가 줄을 잇고, 태국 방송의 토크 쇼마다 단골 손님으로 초대되었다.

밍밍이 봉근이 출연한 광고를 두고 웃음꽃을 피우자 소청은 왠지 배가 아파왔다. 친구가 어려울 때 돕는 마음은 있었으나 밍밍 잘되는 꼴은 참아내지 못하는 옹졸한 너구리였다.

"쿵, 멋지긴 뭐가 멋져. 꼭 돌하루방같이 생겨가지구……."

"메야! 너, 지금 뭐라 그랬니!"

"쿵, 내가 뭐 틀린 말했어? 넌 봉근의 양기(陽氣)가 탐이 나는 거잖아!"

"이게! 우리 엄마가 천 명의 남자를 잡아먹은 구미호였다는 사실을 잊었니!"

"암, 알고말고. 그래서, 너두 네 엄마의 간악한 피를 이어받았다 이거니? 그래서 어쩔래? 날 잡아먹을래? 그래, 너희는 육식성이니 너구리도 잘 먹겠지? 먹어봐! 먹어봐!"

두 마리의 암컷이 TV를 보다 말고 티격태격하며 실내를 소란스럽게 하자 소파 위에 누워 있던 진진이 길게 하품을 하며 일어나 앉았다.

"웅~ 왜 또 다투고들 그래……."

진진은 손톱을 세우고 서로를 노려보는 밍밍과 소청을 떼어놓았다. 방콕 시내에 임시로 마련한 거처인 낡은 아파트에서는 밍밍과 소청의 크고 작은 싸움으로 조용할 날이 없었다. 진진은 이럴 때는 어설프게 따져 묻는 것보다 화제를 돌리는 편이 낫다는 걸 알고 있었다.

"웅~ 근데 밍밍, 봉근과의 결혼 준비는 잘 되어가니?"

"결혼 준비? 그럼~ 야외에서 멋지게 할 거야."

"쿵, 야외라고? 여기도 괜찮은 예식장이 많은데 왜 바깥에서? 소나기라도 내리면 어쩌려고. 여기 기후는 오락가락하잖아."

"그래도 야외에서 하고 싶어. 밝은 태양 아래서 하객들의 축복을 받으면서."

서로 뜯어 먹을 듯이 싸우다가도 공통의 관심사가 나타나면 언제 그랬냐는 듯이 도란도란 수다를 떠는 게 밍밍과 소청의 습관이었다. 진진은 안도의 한숨을 내쉬고는 다시 잠을 청했다.

"웅~ 정말 알 수 없어. 암컷들이란……."

진진은 태국에 온 뒤로 잠이 더 늘었다. 원래 추운 지역에 서식하는 팬더로서는 이런 더운 기후가 몸에 맞지 않았다. 둔갑 팬더들은 야생 팬더들에 비해 적응력이 뛰어난 편이지만 아무래도 기운이 없고 몸이 축축 처지는 것은 막을 수 없었다. 눈을 감자 아득한 피로가 몰려왔다.

거대한 인간 피라미드였다. 아니, 자세히 보니 인간과 팬더의 피라미드다. 하부에는 수천 명의 인간들이 무게에 짓눌려 허덕이고 있고, 위로 올라갈수록 드문드문 팬더가 섞여 있었다. 최상층으로 갈수록 팬더의 비율은 늘어만 갔다. 하지만 그들 역시 고통스러운 표정을 짓고 있는 건 마찬가지였다. 최상층에는 일곱 마리의 팬더에 의해 떠받쳐진 한 마리의 팬더가 있었다. 피라미드의 꼭대기에 앉은 팬더는 간악한 얼굴로 진진을 노려보았다.

"넌 위험한 놈이군! 피라미드를 무너뜨릴 수 있겠어. 그렇겐 안 되지. 난 이들을 지배하는 게 너무 재밌거든. 낄낄낄……."

주위가 어두워지고 있었다. 가만히 살펴보니 새의 그림자다. 머리 위를 올려다보니 점보 제트기만한 독수리 한 마리가 무시무시한 발톱을 세우며 내려오고 있었다. 진진은 도망치기 시작했다. 다리가 짧아서 달리기 힘들었다. 엎드려 네 발로 뛰었다. 하지만 독수리의 그림자는 점점 커지고 있었다.

"흐엑……!"

잠에서 깨어났다. TV 드라마를 시청하는 밍밍과 소청의 등이 보였다. 그녀들은 악역을 욕하기도 하고 조연에 웃기도 하면서 어느새 사이좋게 놀고 있었다. 진진은 자리에서 일어나 길게 숨을 토해냈다. 가위가 눌린 꿈이었다. 온몸이 땀으로 흠뻑 젖어 있었다.

'심상치 않은 흉몽(凶夢)이야……'

진진은 아무래도 역점(易占)을 쳐보는 게 좋겠다고 생각했다. 동전을 던져서 괘를 뽑아보았다. 별로 좋지 못했다. 균형이 붕괴되고 새로운 흐름이 들어서려는 단계였다. 꿈속에 나타난 팬더는 누구일까? 대웅을 비롯한 웅묘 협회 회원들은 한 마리도 빼놓지 않고 알고 있었지만 꿈속의 사나워 보이는 팬더는 처음 보는 녀석이었다. 진진은 머리가 아파오기 시작했다. 다가올 미래에 대한 성급한 걱정은 몸만 축낼 뿐이다.

"아이고오~ 모르겠다. 잠이나 자야지."

다시 소파 위에 쓰러져 코를 골기 시작하는 진진. 이번에는 악몽에 시달리지 않고 아주 편안히 잠 속으로 빠져들었다. 어릴 적 팬더 친구들과 죽순을 맛있게 베어 먹는 꿈이었다. 진진의 얼굴에 잔잔한 미소가 번지고 있었다.

태국에서 가장 큰 섬이자 매년 백만 명의 여행자가 찾는 푸켓에서는 지금 격투기 스타인 추봉근과 둔갑 여우 밍밍의 성대한 결혼식이 거행되는 중이었다. 눈부시게 아름다운 해변가에 마련된 야외 식장은 그 어떤 건축물보다도 진한 감동을 주었다. 화젯거리를 찾아 날파리처럼 꼬여든 방송국 카메라맨들과 각종 매체사 기자들은 이 둘의 행복한 결합을 태국과 아시아 전역에 알리기에 바빴다. 황송하게도 봉근의 결혼식에는 푸미폰 국왕을 비롯한 왕실 가족들이 대거 참석해 더욱 기자들이 입맛을 다셨다.

화려한 전자 오르간 소리와 함께 신랑이 등장했다. 이마에는 무스를 잔뜩 발라 힘을 주고 몸에 딱 달라붙는 턱시도로 한껏 멋을 낸 봉근은 음악에 맞춰 절도있고 힘차게 걸었다. 봉근이 지나갈 때마다 옆에서 태국 여성 하객들이 수군거렸다.

"어머, 신랑이 참 재미있게 생겼네. 만화에 나오는 조연 캐릭터 같애."

"외모뿐이겠니. 힘도 무지하게 좋대."

"그래? 바쿠스 에프 CF할 때부터 알아봤지."

"근데 머리가 너무 크다. 무겁지 않을까?"

"괜찮을 거야. 목도 엄청 두껍잖아."

봉근은 이날 주례를 서기로 한 매니저 다마퐁 앞에서 흐뭇한 표정으로 밍밍을 기다렸다. 드디어 하객들의 시선을 한 몸에 받으면서 신부가 입장했다. 심플하면서도 우아한 느낌을 주는 순백색의 드레스를 곱게 차려입은 밍밍은 진진의 손을 잡고 다소곳이 걸어오고 있었다. 팔짝팔짝 재주를 넘으며 뛰어다니던 장난꾸러기 여우의 모습은 그 어디에도 없었다. 봉근은 입이 찢어지도록 웃었다. 과연 저 여인이 나를 숙자사자 쫓아다니던 둔갑 여우 밍밍이던가. 저 아름다운 여인을 보고 누가 여우라고 생각하겠는가? 봉근은 그동안 밍밍의 마음을 몰라주고 구박했던 자신의 불찰을 뉘우치며 살며시 신부의 손을 넘겨받았다.

다마퐁의 주례사는 사업가의 그것답게 매우 상업적이고 홍보성이 강했다. 자신이 팟퐁 거리에서 봉근을 발굴해 냈던 이야기부터 시작해서 봉근이 전설적인 무에타이 파이터로부터 혹독한 훈련을 받던 일, 비수나와의 시합을 가까스로 성사시킨 일, 그리고 앞으로의 대전 일정과 봉근의 방송 출연 스케줄까지 한 시간에 걸쳐서 설명했다. 하지만 성질 급한 봉근이 그 장광설을 다 듣고 있을 리 만무했다. 다마퐁의 주례사가 끝나기도 전에 봉근은 신부를 번쩍 들어 올리고는 해변가를 내달렸다.

"아우우우우~ 아부지! 어무이! 나 장가갔슈우~"

봉근의 결혼식은 그렇게 무사히 끝이 났다. 해수욕 중이던 어린 아이들이 봉근의 괴성과 질주에 놀라서 울음을 터뜨리고 신부가 납치되었다는 신고를 받고 경찰이 출동하는 사소한 사건이 발생하기는 했지만 말이다.

봉근과 밍밍의 첫날밤은 파도 소리가 철썩거리며 들려오는 운치있는 해변가 방갈로에서 이루어졌다. 밍밍은 봉근의 두꺼운 팔베개를 하고 누워 도란도란 옛이야기를 들려주고 있었다.

"그래서 우리 엄마는 사람이 되고 싶어서 생간 9백 개를 뽑아 먹었는데 결국 천 개를 채우지 못하고 구미호로 긴 생애를 마쳤어."

"그랬구나. 너도 참 불우한 어린 시절을 보냈구나."

"봉근 오빠는? 어릴 때 이야기 좀 해줘."

"응, 난 말이지……."

감상에 젖은 봉근의 큰 얼굴이 달빛을 받아 빛나고 있었다.

"우리 부모님은 산속에서 밭을 일구며 사는 화전민(火田民)이셨지. 새벽부터 해질녘까지 소처럼 열심히 일만 하시던 우리 부모님을 도와 나도 돌을 캐고 바위를 밀어젖히면서 농토를 일구었어. 우리 아버지는 정말 힘이 장사셨지. 아무리 험한 산간 지대라도 아버지가 용쓰고 며칠만 일하면 기름진 옥토로 변했으니까."

"봉근 오빠의 그 힘도 아버지로부터 물려받은 거구나?"

"그렇지. 우리 아버지는 어찌나 힘이 좋은지 씨름 대회에 나가면 곧잘 우승을 해왔대."

"근데 오빠는 언제 산촌을 떠난 거야?"

"크흑……."

갑자기 봉근의 얼굴에 어두운 그림자가 드리웠다. 밍밍은 순간 묻지 말아야 할 것을 물었다는 자책감이 일었다.

"내가 열세 살 때였는데… 아버지가 불을 잘못 놓아서 산을 홀랑 태워먹었어. 그 죄로 아버지는 구속되었다가 간신히 풀려나셨는데… 엄청난 배상금에 쇼크를 받아 두 분 다 돌아가셨어."

"저런……."

"우리 형제는 서울에 있는 친척집에 맡겨져 눈칫밥을 먹으며 학교에 다녔지. 머리는 나쁘지만 체력 하나는 좋아 무지막지하게 공부해서 둘 다 대학에 진학했고… 주경야독하면서 여기까지 오게 된 거야."

"킹, 오빠, 너무 짠해……."

밍밍은 신산스러운 봉근의 삶에 콧등이 시려오면서도 역경을 헤치고 살아온 봉근의 끈질기고 강인한 생명력에 왠지 든든한 느낌을 받았다. 밍밍이 교태스러운 몸짓으로 품 안에 파고들자 봉근은 마음이 달뜨기 시작했다. 몸속에서 무언가 뜨거운 것이 솟아오르고 있었다. 봉근은 거친 숨을 몰아쉬며 밍밍에게 속삭였다.

"밍밍아… 우리 불 끄자."

"아잉~"

밍밍이 몸을 배배 꼬면서 부끄러운 표정을 지었다. 보라색 매니큐어가 칠해진 그녀의 발가락이 방갈로의 조명 스위치를 딸깍 하고 내렸다. 대화는 단절되고 부시럭거리는 소리만 요란하게 들려왔다. 봉근이 갑자기 소리를 질렀다.

"으윽! 뭐야! 이거 꼬리잖아!"

"캥… 미안해, 오빠. 피곤해서 둔갑이 풀렸나 봐……."

봉근은 완전히 김샌 느낌이었다. 몸속에서 뜨겁게 달구어졌던 무언가가 다시 차갑게 식어버렸다.

"프슈… 밍밍아, 그냥 자자."

"응, 미안해용, 우리 신랑~"

"괜찮아. 오늘은 애완 동물이라고 생각하고 쓰다듬어 줄게."

"캥~ 내일 밤은 오빠가 원하는 모습으로 둔갑해 줄게용~"

"응, 근데 널 쓰다듬으니까 꼭 여우목도리 만지는 느낌이다."

"캥, 내가 원래 여우잖아."

인간과 여우의 첫날밤은 그렇게 평화롭게 저물어가고 있었다. 그들의 앞날에는 언제까지고 행복만이 가득할 것처럼 보였다.

제14장

복수

　홍콩 내 최대 범죄 집단 죽림칠현의 하부 조직원인 아정은 요즘 조직에 무언가 이상한 기류가 흐르고 있음을 감지하고 있었다. 자신이 모시고 있는 소두목인 지룡은 칠현에게 각별한 신임을 얻고 있는 자로서 하루가 멀다 하고 보스들에게 불려가 막중한 임무를 떠맡고 돌아오곤 했다. 하나 근자에는 한 달이 지나도록 호출 한번 하지 않으니 지룡은 자신의 구역에 처박혀 마작 등을 하며 소일하고 있었다.

　지룡의 오른팔로 라이벌 조직을 굴복시키는 일을 지휘하던 아정은 몸이 근질근질할 수밖에 없었다. 아정 역시 요즘에는 할 일이 없어 자신의 낡은 아파트에서 TV나 보며 시간을 죽여야 하는 것이다. 답답함을 견디다 못해 아파트에서 나온 아정은 주차장에 세워둔 벤츠 컨버터블을 몰고 지룡이 있는 곳으로 향했다.

　살수(殺手)의 습격을 우려해 자신의 위치를 아무에게도 알리지 않는 지룡이었지만 아정은 그가 있을 만한 곳을 훤히 꿰고 있었다. 오늘같이 날씨가 꾸물꾸물하고 할 일이 없을 때에는 자기가 직접 소유하고 있는 바에서 가벼운 술을 한잔 걸치고 당구를 치고 있을 터였다.

역시 아정의 예상대로 바의 주차장에는 지룡의 검은색 세단이 삐딱하게 세워져 있었다. 출입문을 열고 들어서자 지룡의 보디가드인 지미가 태산 같은 배를 내밀고 앉아서 샌드위치를 먹고 있었다.

"여어~ 배가 더 나왔는걸? 다이어트한다더니 그대로인데?"

아정이 넉살 좋게 인사를 하자 지미가 싱긋 웃어 보였다.

"지방이 두텁게 쌓여야 총알을 막아줄 게 아냐."

"아이고오~ 말도 안 되는 소리. 형님은?"

지미는 대답 대신 엄지손가락으로 바의 구석 쪽을 가리켰다. 날렵해 보이는 남자의 뒷모습이 보였다. 지룡은 당구대 위에 걸터앉아 핸드폰으로 통화 중이었다. 고개를 끄덕끄덕 하더니 전화기의 폴더를 덮은 지룡. 뒤도 돌아보지 않고 자신의 부하를 알아보았다.

"아정 왔냐?"

"예, 형님."

"요새 잘 지내고?"

"그럭저럭이요."

"좀 앉거라. 그렇지 않아도 널 부르려던 참이었다."

지룡은 잡고 있던 큐대를 내려놓고 고개를 한 바퀴 돌렸다. 우두둑 하는 뼈 소리가 들렸다.

"아정아, 오랜만에 몸 좀 풀게 생겼다."

"그래요?"

"응, 방금 일현(一賢) 모상 형님과 통화했다. 지금 당장 관운각으로 오라는구나."

아정의 얼굴에 희색이 감돌았다. 그가 젊은 나이에 이렇게 출세할 수 있었던 것은 몸을 사리지 않고 위험한 임무를 즐기는 성격 탓이었다. 관운각은 지룡의 아지트에서 차로 10분 거리에 있다. 아정은 자신의 컨버터블을 지미에게 맡겨두고 지룡의 세단에 몸을 실었다.

"근데 모상 형님 목소리가 좀 이상하더구나."

"이상하다뇨?"

"글쎄, 원래 농담도 잘하고 재밌는 분이잖니. 그런데 오늘은 왠지 딱딱하고 사무적으로 이야기해서 놀랐다. 아무리 급박한 상황에서도 여유와 위트가 넘치는 분인데 말이다."

"혹시 이현(二賢) 조상 형님 아닐까요? 조상은 원래 목소리가 무뚝뚝하잖아요."

"이놈아, 내가 죽림칠현의 목소리도 구분 못하는 줄 아느냐."

"하긴 요새 칠현들께서 좀 이상하긴 해요. 세력 확장에 그렇게 열을 올리더니 갑자기 잠잠해지고……"

아직 식사 시간이 아니어서 관운각에는 사람이 별로 없었다. 끼니를 걸렀거나 출출한 사람들 두세 명이 따로 앉아서 만두나 국수 등을 먹고 있었다. 최상층으로 올라가는 계단에서 두 사람은 유난히 많이 배치된 경호원들을 보고 의아하게 생각했다.

"형님, 오늘은 왜 이리 떡대들이 많죠? 칠현 형님들이 경계를 강화하셨나 봐요."

"아니다. 이놈들은 중간 보스들을 따라온 녀석들이야. 봐라, 저 녀석은 내 경쟁자인 케이 놈의 보디가드 아니냐."

"아, 그렇군요. 그럼 오늘은 간부급 회의?"

"가보면 알겠지."

관운각의 대회의실은 칠현들끼리 식사를 하거나 모임을 갖는 로열 룸의 바로 맞은 편에 자리 잡고 있었다. 원탁이 놓여 있는 로열 룸과 달리 대회의실에는 일자형의 긴 테이블이 마련되어 있다. 의장석에는 일현인 모상이 앉고 테이블 양쪽으로 여섯 명의 형제들과 중간 보스들이 나누어 앉는 게 정석이다. 그러나 이날은 좀 달랐다. 의장석에 앉아야 할 모상이 다른 형제들과 같이 섞여서 착석하고 있는 것이 아닌가. 아정은 고개를 갸웃하면서 지룡의 옆 자리인 자신의 지정석을 찾아서 앉았다. 칠현의 표정들이 모두 굳어 있는 관계로 중간 보스들도 괜히 서로의 눈치를 보면서 입을 다물고 있었다. 평소 같으면 회의를 시작도 하기 전에 웃고 떠들고 와자지껄한 분위기였을 텐데… 아정은 이런 엄숙한 분위기가 불편해지기 시작했다. 회의 때 사회자 역할을 하는 칠현 요상이 일어났다.

"오늘 너희들을 부른 것은 앞으로 우리가 모셔야 할 큰형님을 소개하기 위해서다. 오늘 이 자리에서 목숨을 걸고 충성을 맹세하도록 해라."

좌중이 술렁이기 시작했다. 큰형님이라니. 우리가 모셔야 할 큰형님이라면 모상 형님밖에 더 있는가. 지금 막내형님이 농담을 하시는 건가? 아정 역시 어안이 벙벙해져서 도대체 무슨 영문인지를 몰라 당황해하고 있었다.

"모두 인사드려라. 앙꼬르 형님이시다."

의장석에 올라앉은 동물을 본 중간 보스들은 폭소를 터뜨렸다. 오늘도 칠현 형님들의 장난기가 발동했구나 싶었다. 아정 역시 눈물이 쏙 빠지도록 배를 잡고 뒹굴었다. 팬더보고 형님이라니… 침사추이에서 도박장을 운영하는 마크가 팬더에게 껄껄거리며 다가갔다. 네가 우리 형님이냐? 클클 귀엽구나 하면서 머리를 쓰다듬는 마크. 순간 믿을 수 없는 일이 일어났다. 회의실이 떠나가도록 크게 울리는 한 방의 총성. 마크는 가슴에서 피를 뿜으며 탁자 위에 엎어졌다. 삼현(三賢) 리상의 손에는 방금 부하의 목숨을 앗아간 글록 권총이 쥐어져 있었다.

"리, 리상 형님! 이게 무슨 짓입니까!"

누군가가 외침에 대답한 것은 일현 모상이었다.

"그 누구든 앙꼬르 형님에게 불손한 행동을 한 자는 용서하지 않겠다."

그제야 아정은 칠현의 상태가 정상이 아님을 알아차렸다. 방아쇠를 당긴 리상이나 나머지 형제들 모두 무엇에 홀리기라도 한 듯 멍한 표정을 짓고 있었다. 그는 지룡의 팔을 잡아당기며 속삭였다.

"형님, 칠현이 제정신이 아닌가 봐요. 보세요, 눈들이 다 풀려 가지고… 최면이라도 걸린 거 같잖아요?"

"앙꼬르 형님에게… 충성을……."

아정은 지룡의 동문서답(東問西答)에 놀라 그의 얼굴을 쳐다보았다. 지룡 역시 칠현처럼 묘하게 멍한 표정을 짓고 있었다.

"지룡 형님! 정신 차려요! 왜 이러시는 거예요!"

지룡의 옷깃을 잡고 세차게 흔들어보았으나 반응이 없었다. 무언가 크게 잘못되었다고 느낀 아정은 주위를 둘러보았다. 모두들 하나같이 무표정한 얼굴로 먼 곳에 시선을 두고 있었다. 당황한 아정은 의자에서 일어나 뒷걸음질치다 무언가 푹신한 것에 몸이 부딪쳤다. 놀라서 뒤를 돌아보니 의장석에 앉아 있던 팬더가 자신을 노려보고 있었다.

"네 녀석은 최면에 걸리지 않는구나. 인간들 중에는 너 같은 특이체

질이 많더군……."

"히에엑!"

놀란 아정은 품속에서 권총을 뽑으려 했으나 팔이 저절로 비틀어지면서 뒤로 꺾여 버렸다. 엄청난 고통이 엄습했으나 비명조차 지를 수 없었다. 누군가 목을 조르는 것처럼 숨이 막혀왔다. 팔에서 느껴지는 고통도 점차 희미해지는 의식과 함께 멀어져만 갔다.

앙꼬르는 아정의 시체를 치워 버리게 한 뒤 칠현을 비롯한 중간 보스들에게 자신에게 절대복종할 것을 강조하고 모두 돌려보냈다. 앙꼬르는 냉동이 되기 전보다 자신의 힘이 더 강해졌음을 느끼고 있었다. 염력은 더욱 강해져 아정을 죽게 만들 정도였으며 집단 최면 같은 새로운 능력도 가지게 되었다. 아마 이러한 것들 말고도 잠재된 능력이 더 있을 거라고 생각했다. 몸속 깊은 곳에서 알 수 없는 힘이 꿈틀대는 것이 느껴졌다. 앙꼬르는 자기 자신의 욕망에게 물었다. 지금 당장 이 힘을 어디다 쓰고 싶은가. 대답이 메아리쳐 돌아왔다. 나를 학대했던 실험실의 연구원들에게 복수하고 싶다.

"크크크크… 기다려라, 채수웅 소장……."

마지련 박사는 네오 팬더 프로젝트의 전임자가 남긴 방대한 연구 기록을 꼼꼼히 살펴보고 있었다. 해동시킨 앙꼬르를 엉겁결에 권력자들에게 넘겨주기는 했으나 마음 한구석이 왠지 찝찝한 것이 큰 실수를 했다는 느낌이 들었다. 전임자는 둔갑 팬더 새끼들 중에서 능력이 뛰어난 녀석들만을 골라서 실험에 투입했다. 실험에 사용된 방법은 화학 요법과 전기 자극 요법을 이용한 지각 능력 및 사고 능력 극대화. 이

와중에서 애초에 의도하지 않았던 새로운 능력들이 발견, 개발되었으며 이들은 지금까지 팬더라는 종이 성취하지 못했던 영역을 훌쩍 뛰어넘는 놀라운 성과를 이루었다. 특히 실험 대상 3호의 능력은 놀라울 정도였으며, 실험 도중에 도태된 1호나 2호와는 달리 지속적이고 끊임없이 발전하는 모습을 보여주었다. 마지련 박사가 우려하는 점은 실험 막바지에 나타난 앙꼬르의 공격성과 초능력을 제어하지 못하고 폭주하는 통제 불능 상태였다. 이는 화학 요법과 전기 자극 요법의 병행으로 뇌신경 계통에 손상이 가해졌기 때문으로 보이며, 앙꼬르의 공격성과 통제 불능 상태는 치유가 불가능하다는 게 전임자의 결론이었다.

"박사님, 습격입니다! 어서 피하세요!"

마지련은 실험 조수가 내지르는 절규에 가까운 목소리에 놀라 네오 팬더 연구 기록 파일을 떨어뜨렸다. 조수는 허겁지겁 연구실로 뛰어들어 와 냅다 그의 손을 잡아끌었다.

"왜 이래? 무슨 일이야?"

영문을 모르는 마 박사가 조수에게 물었으나 그는 대답할 정신이 없는 듯했다. 복도로 나오자 여기저기서 시끄러운 총소리가 들렸다. 피투성이가 된 팬더들이 바닥에서 뒹굴고 있었다. 동료 연구원들이었다.

"이, 이런! 누가 이런 짓을! 설마 인간들이?"

"연구소의 위치가 누출됐나 봐요! 커억……."

"이 조교! 괜찮나!"

입에서 피를 뿜으며 쓰러지는 실험 조수를 안은 마지련의 두 눈에 자동 소총을 든 사내의 모습이 들어왔다.

"네놈들은 누구냐?"

"죽림칠현이 보낸 살수(殺手)다."

"죽림… 칠현?"

마 박사는 사내의 뒤에서 스윽 하고 나타난 팬더를 보고 경악했다.

"너, 너는… 앙꼬르……."

"크르르르, 꼴들 좋구나. 나를 실험 생쥐처럼 가지고 놀더니… 이게 인과응보라는 건가? 크흐흐흐……."

"앙꼬르, 설마 연구원들에게 앙갚음하기 위해서 돌아왔나?"

마지련은 자신의 몸이 붕 떠오르는 것을 느꼈다. 이것이 앙꼬르가 사용하는 염력이라고 깨닫는 순간 천장에 충돌했다. 그의 육체는 엄청난 압력으로 천장에 빈대떡처럼 짓눌리고 있었다.

"커억……."

입에서 걸쭉한 피가 흘러나왔다. 앙꼬르는 날카로운 송곳니를 드러내며 웃었다.

"크흐흐흐, 네놈은 나를 해동시켜 준 연구원이구나. 나한테 이런 기쁨을 느끼게 해주었으니 그 보답으로 목숨은 부지하게 해주마."

눈에 보이지 않는 압력이 사라지면서 몸이 바닥으로 추락했다. 떨어질 때 주둥이가 부딪쳐 몹시 아팠다. 무거운 머리를 간신히 들어 올렸다. 앙꼬르는 십여 명의 살수들을 이끌고 승강기 쪽으로 걸어갔다. 눈앞이 점차로 흐려지고 있었다.

제15장

앙꼬르의 야심

자신을 실험했던 연구원들에게 무자비한 피의 보복을 단행한 앙꼬르는 아무 일도 없었다는 듯이 관운각 로열 룸에서 게살 요리를 뜯고 있었다.

우연하게 들이닥친 곳이 홍콩 암흑가를 지배하는 범죄 조직의 아지트였고, 앙꼬르는 손쉽게 이 조직을 장악하게 되었다. 고비 사막에서 혹독한 실험을 받다가 냉동 팬더가 되었던 그로서는 세상에 복수할 수 있는 좋은 기회를 잡은 셈이었다. 하지만 앙꼬르는 모르고 있었다. 자신의 몸속에서 꿈틀대는 사악한 기운이 단순한 복수심이 아니라는 것을. 그것은 이 세상 모든 것을 손아귀에 쥐고 흔들고 싶어하는 헛된 야욕이었다.

게살 요리를 남김없이 먹어치우고 난 앙꼬르는 이현(二賢) 조상을 불렀다. 머리가 좋고 일처리가 깔끔해 참모 역할로 쓰고 있는 팬더였다. 칠현을 비롯한 중간급 보스들은 모두 영구 최면을 걸어놓은 상태였는데 이로 인해 자율적 사고와 판단력이 많이 흐려져 있었다. 그래서 독자적으로 일을 추진시키기에는 무리가 따랐다. 하지만 조상만은 최면 상태에서도 명석함이 남아 있어 앙꼬르를 편하게 해줬다.

"입찰건은 어떻게 됐어?"

"잘 안 됐습니다. 워낙 청렴한 관료들이라서 약발이 안 먹혀요."

앙꼬르의 얼굴이 잠시 표독스럽게 변했다.

"행정 수반과의 미팅은 추진하고 있나?"

"예. 비서실을 구워삶았으니 곧 만나실 수 있을 겁니다."

"크르르르, 귀찮다. 이런 식으로 정치권에 줄을 대야 하는 건가……."

"앙꼬르 형님, 이제 뒷골목에서 약이나 팔고 삥이나 뜯는 시시한 비즈니스는 죽림칠현에게 걸맞지 않습니다. 합법적인 조직으로 탈바꿈해서 큰 사업들을 벌여 나가야 합니다."

"코딱지만한 땅에서 장사하려고 구질구질하게 인맥을 만들어야 된단 말인가? 크하하하하! 아예 내가 이 조그만 도시를 지배하겠다!"

조상은 고개를 젖히고 호탕하게 웃는 앙꼬르를 보며 만족스러운 미소를 띠었다. 그는 알고 있었다. 앙꼬르의 야심은 결코 이 조그만 특별행정자치구에 머물지 않으리라는 것을. 천하를 가슴속에 품었던 제갈공명처럼 조상은 이미 중국 대륙 전체를 놓고 커다란 전략을 짜고 있었다.

홍콩에 주둔 중인 인민해방군 기지를 지키는 초병 오만준은 새벽 졸음을 이기지 못하고 꾸벅꾸벅 졸고 있었다. 내륙에서 홍콩으로 온 지

어언 다섯 달째. 고도로 소비가 발달한 이 도시에서는 예전처럼 절제된 군인 생활이 불가능했다. 쥐꼬리만한 월급으로 흥청망청 쓰고 다니다 보니 늘어나는 건 빚이요, 축나는 건 체력이었다. 지칠 대로 지쳐 있는 그에게 새벽 보초는 쥐약이었다.

쿵―!

무언가 둔중하게 지축을 울리는 소리가 주둔 기지 전체에 울려 퍼졌다. 숙소에서 잠을 자던 병사들 중 일부 예민한 자들은 눈을 떴지만 대부분은 깊은 잠에 빠져 있었다. 그건 보초병 오만준도 마찬가지였다.

쿵―!

소리는 점차 크게, 확연하게 들려오고 있었다. 기지 내 구축물에서 허연 가루가 떨어지고 유리창이 바르르 떨렸다.

쿵―!

보초병 오만준이 눈을 희미하게 떴을 때 그가 본 것은 시커멓고 커다란 그림자였다. 잠에서 덜 깬 그는 눈을 부비고 그림자를 멍하니 응시했다.

크오오오오오―

오만준은 그 거대한 그림자에서 귀청이 찢어질 듯한 괴성이 흘러나오는 것을 들었다. 잠이 확 달아나고 공포심이 온몸을 엄습했다.

"으아아아아~ 괴물이다!"

드르르륵 하고 자동 소총을 난사하는 소리와 함께 주둔 기지 내 인민해방군들은 모두 잠에서 깨어났다. 비상 경계음이 울리고 곳곳에 불이 켜졌다. 서치라이트 불빛이 거대한 침입자를 비추고 있었다. 병사들은 침입자의 형상이 드러나자 모두 경악했다.

"패, 팬더 아냐?"

크기가 10층 건물 정도가 되는 거대한 팬더였다. 보초병들이 팬더를 향해 소총을 연사하고 있었지만 두꺼운 뱃가죽을 뚫지는 못했다. 팬더는 얼굴이 험상궂게 변하더니 주둥아리를 쩌억 하고 벌렸다. 입에서 푸른색 연기가 쏟아져 나왔다. 연기는 공기보다 무거운 듯 땅에 낮게 깔리면서 병사들의 폐 속으로 들어왔다. 고약한 냄새에 따끔거리기까지 하는 연기는 호흡을 힘들게 했다. 콜록거리며 땅에 쓰러지는 병사들. 그들은 점차 의식이 희미해지고 있었다.

팬더의 양 다리 사이로 검은색 리무진이 미끄러지듯 질주하며 기지 안으로 들어왔다. 리무진에서 내리는 자들은 방독면을 쓴 일곱 명의 뚱뚱한 사내들. 손에는 짧은 기관 단총들이 들려 있다. 리무진을 뒤따라 온 여러 대의 승합차에서도 검은 양복이나 간편한 체육복을 입은 남자들이 쏟아져 내렸다. 그들은 모두 한결같이 방독면을 쓰고 무기를 들고 있었다.

날이 갈수록 진진의 불안감은 더해만 갔다. 원인을 알 수 없는 불안감은 진진을 더욱 곤혹스럽게 만들었다. 봉근과 밍밍은 신혼의 단꿈에 젖어 있고, 소청은 날마다 파도타기를 하거나 관광객들을 상대로 손금을 봐주거나 하면서 재미나게 지내고 있었다. 내일 걱정을 오늘 하지 않는다는 진진이 이렇게 마음이 심란한 데는 분명 이유가 있을 터였다. 진진은 그것이 자신이 꾸었던 꿈과 관련이 있다고 생각했다.

해가 중천에 뜨기 전에는 절대로 일어나지 않던 진진이 요즘 들어 새벽같이 일어나는 것도 그의 이런 불안한 심리 상태와 관련이 있었다. 진진은 하품을 하면서 부엌으로 나왔다. 냉장고를 열어보니 어제 먹다 남긴 음식들이 자리를 차지하고 있었다. 주섬주섬 꺼내서 테이블에 늘어놓았다. 부엌을 이렇게 어지럽히면 봉근에게서 불호령이 떨어지곤 했지만 이제 그는 밍밍과 함께 있었다. 소청도 진진도 원래 둔갑 동물 인지라 청결이나 정돈과는 거리가 멀었다. 눈에 뜨이는 대로 입에 집 어넣고 우물거리던 진진은 탁 하고 방갈로에 신문 배달되는 소리를 들 었다.

"냠냠, 조간 신문이 왔구나……."

진진은 샌드위치를 씹으며 방갈로 입구에 떨어져 있는 영자 일간지 를 집어 들었다. 일면의 헤드라인을 장식한 기사에 놀란 진진은 샌드 위치를 떨어뜨렸다.

타이 데일리 XX월 XX일자 종합 1면 톱기사.

─한국의 톱탤런트 양동근, 사법고시 패스하다.

한국에서 최고의 인기를 구가하고 있는 양동근(24, 구리구리) 이 한국의 변호사 자격증 시험에 합격해 화제가 일고 있다. 바쁜 연예 활동 중에 이런 어려운 시험 을 통과해 동료 연예인들의 부러움을 한 몸에 받고 있는 그는 가수 장나라 씨의 헌신적인 도움이 없었다면 불가능했을 것이라고 고마움을 표시. 한편 사법고시 를 십 년째 준비하고 있는 신림동의 박봉팔(41세, 폐인) 씨는 '구리구리의 합격은 뭔가 구리다' 며 의혹을 제기했다.

진진은 떨어진 샌드위치를 주우며 중얼거렸다.

"이런 허접한 기사가 일면에 나오다니… 한심한 신문이로군."

스포츠 면에는 승승장구하고 있는 봉근의 시합 장면과 치어리딩을 하며 남편을 응원하는 밍밍의 사진이 나란히 실려 있었다.

"웅~ 봉근이 녀석 완전히 스타 됐네~"

봉근의 기사를 찬찬히 읽어주고 국제면으로 넘긴 진진은 또다시 샌드위치를 떨어뜨렸다. 이제까지 느꼈던 불안감이 가시화되는 순간이었다.

타이 데일리 XX월 XX일 국제면 톱기사.
—홍콩에서 무력 쿠데타 발생, 범죄 집단이 권력 장악.
지난 XX일 XX시(태국 시간) 중국의 특별행정자치구인 홍콩에서 무력 쿠데타가 발생, 범죄 집단이 권력을 장악했다. 쿠데타를 일으킨 집단은 '대나무 숲의 일곱 현자'라 불리우는 조직적인 범죄 집단이며, 이들은 거대한 팬더의 형상을 한 신무기를 앞세워 5천여 명에 달하는 주둔군을 무력화시켰다. 이에 대해 중국 정부는 공식적 입장을 유보하고 있는 상태이며, 정통한 소식통은 구룡반도와 홍콩 섬에 공수부대 투입이 임박했다고 밝혔다.

진진은 홍콩에서 발생한 쿠데타가 둔갑 팬더에 의한 것임을 직감했지만 언뜻 이해가 되지 않았다. 대웅을 비롯한 웅묘 협회 회원 소속의 둔갑 팬더들은 이미 중국 내에서 막강한 권좌에 앉아 있는 자들이었다. 중국 대륙은 인민들에 의해 움직이고 팬더들에 의해 지배되고 있었던 것이다. 그런데 무엇 때문에 팬더가 반란을 일으킨 것일까. 홍콩에서 일어난 반란은 공고한 팬더들의 네트워크에 균열이 생기고 있다는 걸 의미했다.
'설마… 대웅이 실각(失脚)한 건가?'
신문을 접은 진진은 방갈로의 창문을 통해 파도치는 해안가를 쳐다보며 생각에 잠겼다. 지금까지 진진이 원했던 것은 둔갑하지 못하는 야생 팬더들의 보호와 인간들과의 평화로운 공존이었다. 하지만 둔갑 팬더들은 이제 더 이상 인간 종족과의 평화와 공존을 원하지 않고 있었다. 그들이 '열등하고 경쟁에서 도태된 종'이라고 부르는 야생 팬더들에 대한 배려나 연대감은 더욱 희박했다. 이제 남은 것은 인간들을 압도하고 지배하려는 둔갑 팬더들의 야욕과 이에 맞서게 될 인간들의 처절한 싸움뿐이었다. 자신은 앞으로 벌어질 혼돈 속에서 어떻게 처신해야 옳은 길인가. 고심 끝에 진진은 결심했다.

'에라, 모르겠다~ 잠이나 자자~'

벌렁 드러누워 눈을 감고 배를 불룩거리는 진진에게 고민거리는 없어 보였다.

이현 조상은 레이저 포인터로 중국 지도를 짚어가며 브리핑 중이었다. 앙꼬르는 약간 짜증나는 표정으로 브리핑을 듣고 있었고 죽림칠현의 나머지 형제들은 조상을 시샘하는 눈빛으로 바라보는 중이었다. 그들의 머리 속에는 장남 모상을 제처놓고 앙꼬르의 신임을 독차지하는 조상에 대한 질투심이 가득 차 있었다. 하지만 조상의 출세를 막을 방도는 없어 보였다. 조상의 설명은 조리있고 명쾌했으며 목소리는 확신에 차 있었다. 그가 지금 설파하고 있는 것은 제갈공명이 유비에게 건의했던 전략과 비슷했다.

"우리가 장악한 지역은 면적 1,091제곱킬로미터, 인구 600만의 작은 도시에 불과합니다. 하지만 지금은 대웅을 비롯한 웅묘 협회 회원들 대다수가 사망한 힘의 공백 상태입니다. 홍콩을 거점으로 대만과 광동 지역의 지방 세력을 규합하고 해안 도시를 차례로 정복하게 되면 우리의 힘은 감히 누구도 넘볼 수 없을 만큼 강대해질 것입니다. 그렇게 되면 중국 대륙은 자연스럽게 광동 지방을 중심으로 한 해안 세력,

북경과 만주를 중심으로 한 북부 세력, 서부 지역을 중심으로 한 내륙 세력으로 나뉘게 됩니다. 세 갈래의 힘은 서로 견제하며 균형을 이룰 것입니다. 한 세력이 팽창하려 하면 나머지 두 세력이 연합하여 이를 억누르게 될 것이니, 이것이 바로 제가 앙꼬르님께 올리는 '천하삼분의 계[天下三分之計]' 입니다."

브리핑을 듣고 난 앙꼬르는 하품을 크게 한 뒤 발톱으로 이빨을 쑤시다가 자리에서 일어섰다. 그의 무서운 눈빛에 질린 칠현은 얼른 바닥으로 눈을 깔았다. 앙꼬르는 회의실이 떠나가도록 큰 소리로 부하들에게 연설했다.

"천하삼분의 계 좋아하네! 내 목표는 중국 대륙 쪼가리가 아니다! 세계 지배! 글로벌 리더! 대량 살육! 전진! 제압! 압도! 공격! 지배! 독재! 승리! 음하하하하하! 역사는 원숭이의 후예들이 아니라 우리 팬더들이 만들어간다! 빨간 마후라는~ 하늘의 사나이~ 빨간 마후라는~ 청소년 비디오~ 아싸라비야 삐약삐약! 나에게 반항하는 자는 모조리 갈아 마시겠어! 아후~ 이태백이 놀던 달아!"

양쪽 앞발을 부르르 떨고 입에 거품을 무는 광기의 연설에 감동한 죽림칠현과 그의 부하들이 벌떡 일어나 환호했다. 한 손은 머리 위로 올리며 구호를 외치는 그들의 모습은 광신도 그 자체였다.

"하일 앙꼬르!"

"하일 앙꼬르!"

"하일 앙꼬르!"

회의실 천장에서 날개 달린 도마뱀이 튀어나와 날아다니고 거대한 구렁이가 샹들리에를 휘감았다. 핏빛 토끼가 탁자 밑을 뛰어다니고 개의 머리를 가진 고양이가 이를 쫓았다. 앙꼬르의 초능력과 마법은 점차 걷잡을 수 없이 폭주하기 시작했다. 더 무서운 일은 그의 광기에 사로잡혀 꼭두각시가 되어가는 팬더와 인간들이 점점 늘어나고 있다는 점이었다.

제16장

승조의 반두

한국의 내로라하는 수재들이 모여 있는 대덕 연구 단지. 국방부의 출연으로 설립된 전투용 메카닉스 연구소에는 오늘도 다양한 연령층의 연구원들이 하얗게 밤을 지새우고 있었다.

연구소의 핵심 과제인 '유기체와 메카닉의 싱크로나이제이션 프로젝트'를 총지휘하고 있는 김수룡 박사는 잠시 휴식을 취하기 위해 텔레비전을 틀었다.

긴급 뉴스가 흘러나왔다. 얼마 전 마카오를 함락시킨 홍콩의 반란군이 대만 해군과 치열한 해전(海戰)을 벌이고 있다는 소식이었다. 자료화면에는 반란군 지도자인 앙꼬르 팬더가 죽통으로 술을 퍼마시는 장면이 계속 반복되고 있었다.

"휴우, 이제 대만까지 놈들의 손에 떨어지겠군."

"소문 들으셨어요? 내륙 지방에서는 군벌들이 들고 일어나서 괴뢰

정부를 세웠대요."

어느새 자신의 연구 보조인 고선진 연구원이 뒤에 와 서 있었다. 김수룡 박사는 힐끔 돌아본 뒤에 다시 텔레비전으로 시선을 돌렸다.

"자네, 중국이 어떻게 될 것 같나?"

"글쎄요. 저렇게 조각조각날 줄은 꿈에도 상상을 못했었는데… 하지만 공산당이 그냥 침몰하진 않을 거예요. 반란군의 주축인 죽림칠현군(竹林七賢軍)은 뒷골목 깡패들이라고 하던데요? 게다가 우두머리는 돌연변이 팬더라니, 정말 웃겨요. 정규군이 기강을 잡고 반격하면 금세 정리되지 않을까요?"

"흠, 모르는 소리. 내가 조사해 본 바에 의하면 앙꼬르는 카리스마가 넘치는 불세출의 지도자로 그에게 목숨을 걸고 충성을 바치는 자들만 수백만을 헤아린다고 하네. 거기다 기기묘묘한 마법과 초능력까지 구사하고 곁에는 조상이라고 하는 꾀 많은 지략가가 있으니 대륙 전체가 팬더의 발 밑에 떨어지는 건 시간문제라네."

김수룡 박사는 텔레비전을 끄고는 다시 액정 모니터 앞으로 의자를 당겨 앉았다. 모니터에는 복잡한 파동을 계수화하는 프로그램이 구동 중이었다. 김 박사는 물끄러미 모니터를 응시하며 중얼거렸다.

"우리가 어서 싱크로나이제이션을 완성해야 하는 이유도 거기 있지. 앙꼬르는 '광동의 히틀러'라고 불리는 야심가라네. 중국을 평정한 뒤에는 주변 아시아 국가들을 침략할 것이 명약관화(明若觀火)! 걸핏하면 거대괴수(巨大怪獸)를 불러내어 적진을 쑥대밭으로 만드는 죽림칠현군과 맞서 싸우기 위해서는 우리도 인간형 초거대병기를 완성해야만 하는 것이야."

"하지만 싱크로나이제이션을 완성한다고 해도 그걸 견뎌낼 만큼 튼튼한 육체와 신경계를 가진 인간을 찾을 수 있을까요? 파일럿이 없는 로봇은 무용지물 아닙니까."

"음, 그건 컨트롤 연구팀에서 해야 할 일이지 우리가 걱정할 부분은 아니네. 우리는 싱크로나이제이션만 끝내면 되는 거야. 알겠나?"

"예……."

고선진 연구원은 김 박사의 자신감있는 대답에도 불구하고 무력감을 느낄 수밖에 없었다. 김 박사는 오늘도 모니터 한쪽 구석에 익스플로러 창을 띄워놓고 주가 동향을 살피고 있었기 때문이다. 연구는 뒤로 제쳐놓고 주식 투자에만 열을 올리는 상사에 실망한 고선진 연구원은 등을 돌려 자신의 자리로 돌아갔다. 등 뒤로 김수룡 박사의 한탄이 들려왔다.

"으… 케미전자가 10만원이나 빠졌잖아! 씨불, 이거 쪽박 차게 생겼군……."

김수룡 박사는 손톱을 물어뜯으며 초조해했다. 대박 터진다는 딜러의 말만 믿고 이번 달 연구비의 일부를 남모르게 빼돌려 산 주식이 매일같이 하한가를 치고 있었다. 싱크로나이제이션을 완성하라는 연구소장의 압박이 매일같이 심해지고 있었지만 더 이상 연구를 진행시킨다는 게 쉽지 않았다. 주식으로 까먹은 돈은 누적 연구비의 50%를 상회하고 있었고 추가 장비 구매나 용역비 지급에 쓸 돈도 없었다. 이제 감사팀에 집어줄 돈도 다 떨어져 가고 있었다. 김 박사는 책상 속 서랍에서 레이저 건을 꺼냈다. 어제 케미전자가 하한가를 치고 나서 신무기 개발팀에서 슬쩍 집어왔던 것이다.

'으… 칵 죽어버릴까? 젠장…….'

김수룡 박사가 괴로워하는 동안 싱크로나이제이션 연구팀원들은 예산이 부족해서 연구를 못하겠다며 분통을 터뜨리고 있었다.

홍콩 구룡반도의 빈민가에서는 지금 무자비한 재개발이 진행 중이었다. 퇴거 명령을 받은 판잣집 주민들이 고래고래 악을 써가며 저항했지만 판자촌에 투입된 철거반원들은 막무가내로 밀어붙였다. 판자촌에서 20년간 살아온 장 노인은 불도저가 자신의 보금자리를 밀어버리는 것을 보고 힘없이 주저앉았다. 대부분 날품팔이를 하면서 어렵게 살고 있는 이곳 주민들은 판자촌이 없어지면 딱히 갈 곳이 없었다. 그래서 서슬 퍼런 죽림칠현군 수뇌부에서 내려온 공문을 받고도 이 자리를 지키고 있었다.

"어흐흐흐… 내 집… 어흐흐흐……."

"도대체 우릴 내치는 이유가 뭐야! 갈 곳이라도 마련해 줘야 될 거 아냐!"

빈민가 젊은이가 웃통을 벗어젖히고 분개하자 철거반장이 차갑게 내뱉었다.

"이곳에는 앙꼬르님이 기거하실 아방궁(阿房宮)이 들어설 것이다. 너희들이 살던 이 더러운 동네가 화려하고 아름다운 궁전으로 변한다는 사실에 감사해라."

"닥쳐! 앙꼬르인지 뭔지 하는 팬더 때문에 사람들이 집에서 쫓겨나야 한다는 게 말이나 되는 소리야! 앙꼬르 타도! 앙꼬르 타도! 으악! 헉……."

청년은 철거반원이 휘두른 몽둥이에 맞아 쓰러졌다. 지금 홍콩에서 앙꼬르에 대한 반역 행위는 현행법상 가장 무거운 처벌을 받게 되는 중죄 중의 중죄였다. 거구의 철거반원들이 달려들어 빈민가 청년을 끌고 가고 있었다. 그는 이제 죽림칠현군 군사 재판에 회부되어 반역 행위에 대한 재판을 받게 될 것이다. 전시인 지금 누구라도 무거운 죄를 지으면 군사 재판에 회부되는 것이 홍콩의 현실이었다. 판자촌 주민들은 허탈한 얼굴로 끌려가는 젊은이와 부서지는 집들을 번갈아 쳐다보고 있었다. 불도저에 새겨진 죽림칠현군의 팬더 마스코트가 더욱 무섭게 느껴지는 그들이었다.

판자촌은 반나절 만에 완전히 철거되었다. 주민들은 강제로 해산되었다. 친지가 있는 이들은 그들에게 몸을 의탁하기 위해 길을 떠났고 나머지는 싼 숙소나 공원 등을 찾아 뿔뿔이 흩어졌다. 그들이 떠난 자리에 아방궁을 짓는 공사가 시작됐다. 홍콩에서 가장 뛰어난 건축기사가 설계한 아방궁은 지상 50층, 지하 15층의 초거대 빌딩으로 천 개가 넘는 방과 실내 수영장, 볼링장, 영화관, 나이트클럽, 도박장, 연회장 등을 갖춘 복합 엔터테인먼트 공간이었다. 시공을 맡은 업체는 일사천리로 공사를 진행시켰다. 공사를 진행시키기 전에 행정기관에서 받아야 했던 복잡한 승인 허가는 필요가 없었다. 앙꼬르의 말 한마디면 모든 게 해결됐다. 앙꼬르의 주술에 걸린 인부들은 임금도 받지 않고 밤낮없이 일했다. 정상적으로는 1년이 넘게 걸려야 할 공사였지만 두 달 만에 전체 공정의 60%가 진행됐다. 그사이에 죽림칠현군은 승승장구 남부 해안 도시와 내륙 지역을 거의 점령했다.

남경군구 예하 12집단군 소속의 병사들은 사기가 충천해 있었다. 1집단군과 31집단군을 전멸시켰다는 죽림칠현군은 공포의 대상이었으나 막상 전장에 나타난 적군은 오합지졸이었다. 변변한 군복도 없이 청바

지나 티셔츠를 대충 걸쳐 입은 그들은 대부분 권총이나 소형 기관 단총으로 무장해 있었다. 잘 훈련되고 중화기로 무장한 정규군에 비할 바가 아니었다. 전투가 시작되자마자 대세는 인민해방군 쪽으로 기울었다. 뒷골목 폭력배 출신들로 이루어진 칠현군은 처음에는 악으로 맞서며 방아쇠를 당겼지만 사정거리나 정확도 면에서 한참 떨어지는 권총류의 무기로는 정규군의 자동화기를 당해낼 수 없었다. 결국 꽁지가 빠지도록 내빼는 칠현군을 노도와 같이 덮치는 12집단군. 쌍소리와 함께 죽어가는 죽림칠현군의 단말마가 전장에 울려 퍼졌다.

퇴각하는 죽림칠현군의 맨 앞에 서서 열심히 달리고 있는 자는 삼현 리상. 뚱뚱한 몸을 부지런히 움직이며 달리던 그는 칠현군 병사 한 명이 자신의 앞을 가로막으며 달리자 권총을 꺼내 들어 방아쇠를 당겼다. 등에서 피를 뿜으며 쓰러지는 병사. 리상은 잔인한 표정으로 달리는 병사들에게 외쳤다.

"누구든 나보다 앞서서 도망치는 자는 죽인다! 헉헉, 앙꼬르 형님은 뭐 하는 거야……."

숨이 가빠왔다. 평소 게으르기로 유명한 칠현 형제들이 이런 달리기에 익숙할 리가 없었다. 리상은 달리면서 핸드폰의 버튼을 눌렀다.

리상이 혈전을 벌이는 동안 앙꼬르는 홍콩 리츠칼튼 호텔의 스위트룸에서 어여쁜 암팬더들과 함께 느긋하게 간식을 먹고 있었다. 토실토실 탐스럽게 살찐 암팬더 한 마리가 김이 설설 나는 만두 하나를 집어서 앙꼬르의 입에 집어넣었다. 앙꼬르가 교태를 부리는 암팬더의 궁둥이를 툭툭 두드리고 있는 중에 스위트룸의 도어가 열리면서 모상이 기어들어 왔다.

"크르르르… 내가 귀염둥이들하고 뭐 먹을 때는 방해하지 말랬지!"

"죄, 죄송합니다, 앙꼬르 형님! 지금 리상이 인민군에게 쫓기고 있는 중이라서… 이대로 두시면 전멸합니다!"

앙꼬르는 앞발로 뒤통수를 긁었다.

"내가 잠시 잊고 있었군……."

접시에서 만두 한 개를 집어 든 앙꼬르는 이빨을 드러내며 조용히 웃었다.

"리상에게는 만두 한 개면 충분할 거야……."

모상은 고개를 갸우뚱거렸다.

"앙꼬르 형님, 리상은 대식가라서 두 접시는 먹어야 합니다. 만두 한 개로는 간에 기별도 안 갈 텐데요."

"크르르르… 멍청아! 방해하지 말고 어서 나가! 귀찮다."

앙꼬르의 호통에 기가 죽은 모상은 엉금엉금 기어서 스위트룸을 빠져나갔다. 암팬더가 새침한 얼굴로 문 쪽을 쏘아보고 있었다.

퇴각하는 죽림칠현군을 추적하던 12집단군은 갑자기 들려온 굉음에 놀라 주춤거렸다. 쿵! 쿵! 하면서 리드미컬하게 들려오는 소리는 점점 커지고 있었다. 소리가 들릴 때마다 탱크와 장갑차가 들썩거릴 정도로 지각이 심하게 흔들렸다. 겁을 집어먹은 병사들은 사방을 살폈다. 누군가 날카롭게 비명을 질렀다.

"만두다!"

겁먹은 보병 한 명은 속으로 '웬 만두?' 하면서 소리가 난 쪽으로 고개를 돌렸다. 그리고 경악했다. 이쪽을 향해 쿵쿵거리며 걸어오고 있는 것은… 하얗고 태산처럼 큰 그것은… 분명 만두였다.

"만두산(饅頭山)이다!"

"아냐, 만두 거인(饅頭巨人)이다!"

거대한 만두는 허겁지겁 도망치는 병사들을 사정없이 깔아뭉개는 중이었다. 다급해진 병사들의 소총이 불을 뿜었다. 하지만 태산처럼 거대한 만두는 소리없이 그들의 총알을 삼켰다. 만두에 깔린 병사들이 죽어가며 내지르는 처참한 비명이 전우의 귓전을 아프게 때렸다.

"도망쳐어~ 먹기엔 너무 크다~ 우아아악!"

병사들이 사방으로 모래처럼 흩어지며 도망치자 만두는 뚝 하고 멈추었다. 갑자기 핑그르르 회전하기 시작하는 만두. 만두의 강력한 회전에서 나오는 바람이 병사들의 철모를 날려 버렸다.

"으아아아! 엄청난 바람이다! 공포의 만두풍(饅頭風)!"

흙먼지가 병사들의 피부를 아프게 때리고 눈을 못 뜨게 했다. 더욱 무서운 것은 바람을 타고 날아오는 허연 거죽이었다. 엄청난 속도로 불고 있는 만두풍(饅頭風)을 타고 날아오는 허연 거죽은 도망치는 병사들의 등뼈를 부러뜨릴 정도로 치명적이었다.

"끄아아악! 이건 또 뭐야. 팔이 부러졌어……."

"엎드려! 만두피다! 만두피가 날아온다!"

만두피는 소나기처럼 쏟아지며 도망치는 병사들의 뒤를 덮쳤다. 만두피에 맞아 죽는 병사들이 속출하자 기갑사단이 움직이기 시작했다. 요란한 캐터필러 소리에 병사들이 길을 터주었다. 탱크 수십여 대가 회전하는 만두를 향해 일사불란하게 모여들었다. 만두피가 더욱 맹렬한 속도로 날아들었으나 두터운 장갑을 두른 전차는 꿈쩍도 하지 않았다. 크르르르 하는 소리와 함께 포탑이 수평으로 돌아가고 있었다. 포신이 상하로 움직이며 만두의 허리께를 겨냥했다. 기갑사단장은 무선

통신기를 통해 기갑사단 전체에 명령을 내렸다.

"표적 왕만두. 만두 속이 터져 나오도록 맹렬하게 발사!"

지축을 울리는 포성이 연이어 들렸다. 보병들은 모두 땅에 엎드려 귀를 막았다. 기갑사단은 전차에 탑재한 포탄을 모두 만두에 퍼부었다. 만두집 주인이 통탄할 만큼 무자비한 공격이었다. 수십여 분에 걸친 요란한 포격이 끝나자 정적이 찾아왔다. 보병 한 명이 조용히 고개를 들었다. 내륙에서 불어오는 모래 섞인 바람에 뽀얀 포연(砲煙)이 걷히고 있었다. 만두피는 더 이상 날아오지 않았다. 보병은 코를 벌름거렸다. 입에 침이 고였다.

'뭐냐, 이 구수한 냄새는⋯⋯.'

포연이 걷히자 식욕을 자극하는 냄새의 정체가 드러났다. 병사들의 눈앞에는 노릇노릇하게 구워진 거대한 만두가 조용히 누워 있었다. 병사들은 방금 전까지 전우들을 학살하던 적군의 시신 앞에서 입맛을 다시고 있는 자신들의 야만성에 자괴감을 느꼈다.

"저, 저건⋯⋯."

"구, 군만두다⋯⋯."

"정말 먹음직스럽군⋯⋯."

싸움에 지치고 허기진 병사들은 누가 먼저랄 것도 없이 적당히 구워진 군만두에 모두 달려들었다. 지휘 고하를 막론하고 만두를 게걸스럽게 뜯어 먹는 인민해방군의 모습에 질린 죽림칠현군은 걸음아 날 살려라 도망치기 시작했다.

"으아~ 달아나자! 저놈들은 적군을 잡아먹는다!"

"바보야, 군만두니까 먹는 거야!"

앙꼬르는 모상에게서 리상이 다시 퇴각하고 있다는 소식을 접하자 짜증을 버럭 냈다.

"무능한 녀석! 만두를 보내줬는데도 패했단 말인가! 기선을 제압해서 밀어붙였어야지!"

모상은 앙꼬르의 호통에 놀라 바닥에 바짝 엎드려 벌벌 떨었다. 동생의 목숨이 달려 있지 않다면 그도 감히 앙꼬르의 간식 시간을 방해하지는 않았을 것이다. 앙꼬르는 암팬더들이 먹다 남긴 만두들을 하나둘씩 모아 한 접시에 가득 담았다. 만두가 담긴 접시를 머리 위로 들어 올린 앙꼬르는 눈을 감고 조용히 말했다.

"만두 한 개로 부족하다면… 아예 한 접시를 보내주마. 크르르르……."

접시 위에 담긴 만두들이 들썩거리더니 휙휙 방 안을 날아다녔다. 암팬더 한 마리가 스위트룸의 창문을 열어주자 만두들은 하나둘씩 창문을 통해 밖으로 빠져나갔다. 빈 접시를 머리 위에 들고 선 앙꼬르는 눈을 감고 입을 앙다물고 있었다. 몸 전체에서 푸르스름한 빛이 새어 나오고 있었다.

그날 유서 깊은 중국의 제12집단군은 미쳐 날뛰는 만두들과 싸우다 모두 장렬히 전사하고 말았다. 앙꼬르가 보낸 살인 만두들은 적군에게서 더 이상 생명의 파동을 느끼지 못하게 되자 스스로 힘을 빼고 보통의 작은 만두로 돌아갔다. 리상이 이끄는 죽림칠현군은 광대한 남경군구를 접수하고 구겨진 체면을 회복했다. 앙꼬르의 불가사의한 힘이 없었다면 불가능한 전과였다. 리상의 승리가 있은 지 일주일 뒤, 사현 변상은 사천군구의 집단군을 굴복시켰다. 그로부터 또 보름이 지나가 오현 태상은 난주군구를 쑥대밭으로 만들었다. 이제 앙꼬르와 죽림칠현의 대륙 통일은 눈앞에 다가오고 있었다. 물론 그들의 계속되는 승리는 전적으로 앙꼬르의 초능력 덕택이었다.

제17장

킬러와 소녀

고위 관료들이 많이 산다는 홍콩 고급 주택가의 휴일 아침은 조용했다. 어딜 가나 시끌벅적한 인구 육백만의 도시였지만 이곳만은 여유와 힘이 담긴 고요함이 아침 공기를 가득 메우고 있었다. 그 정적을 깨는 날카로운 폭발음이 들렸다. 폭발음에 놀란 주민들이 하나둘 모여들고 곧 이어 경찰이 나타났다. 그들이 목격한 것은 불타고 있는 고급 승용차와 그 안에 검게 그슬려 있는 팬더의 시체였다. 팬더는 운전석에서 안전띠를 매고 있었다. 차량 조회 결과 폭파된 승용차는 규획서에 일하는 고위 공무원의 소유로 밝혀졌다. 경찰은 행방불명된 차량의 소유주를 팬더의 살해 용의자로 지목했다. 앙꼬르의 점령 하에 있는 홍콩에서 팬더 살해는 교수형에 처해지는 중벌이었다.

하지만 요즘 들어 팬더 살해는 점차 빈번해지고 있었다. 팬더의 시체는 어디서나 발견됐다. 가정집에서, 차 안에서, 다리 밑에서, 심지어 화장실에서조차… 언론과 경찰에서는 앙꼬르에게 불만을 품은 불순분자들의 소행이라고 추정했으나 이 또한 석연치 않았다. 누가, 무엇 때문에 중국 오지에 살고 있는 희귀 동물을 일부러 여기까지 데려와 살해하고 있는 걸까? 단지 앙꼬르라는 독재자에게 항의하기 위한 상징적인 행동으로 해석하기에는 개연성이 떨어졌다. 저명한 칼럼니스트는 '어느 돈 많은 정신병자의 게임'이라는 아주 재밌는 추리를 내놓았다. 하지만 많은 이들은 계속되는 팬더 살해의 이면에 숨겨져 있는 거대한 음모를 느끼고 있었다. 앙꼬르의 갑작스러운 등장과 집권, 연이은 학정과 폭압에 놀란 시민들은 팬더라는 동물 자체에 뭔가 숨겨진 진실이 있을 것 같다는 막연한 추측을 하기 시작한 것이다.

죽림칠현 중 하나인 육현 지상은 원래 불평불만이 많은 자였지만, 요즘은 불만이 극에 달해 있었다. 칠현 형제들은 하나같이 앙꼬르에게 충성을 다 바치건만 앙꼬르는 오직 둘째 조상만을 신임했다. 상을 내릴 때도, 정복한 영토를 나누어 줄 때도, 새로운 임무를 부여할 때도 언제나 조상이 가장 가치있는 것을 받았다. 이현인 조상이 일현 모상을 제쳐두고 죽림칠현의 우두머리인 것처럼 행동하는 것도 아니꼬웠지만, 자신과 막내인 요상이 푸대접을 받는 것도 참지 못할 일이었다. 그나마 나머지 형제들은 허술한 군대라도 이끌고 인민해방군과의 전쟁을 치르고 있었지만 자신과 막내는 아직까지도 홍콩에서 도박장과 주류 유통업 등을 하며 조직 폭력배 수준에서 벗어나지 못하고 있었던 것이다.

오늘도 지상은 조직원들을 이끌고 제대로 세를 내지 않는 업소 주인을 혼내주러 가는 길이었다. 대륙에서 군대를 이끌고 있는 형들에 비하면 한심하고 초라한 임무였다. 한참을 툴툴거리며 앙꼬르에 대한 섭섭함과 조상에 대한 험담을 늘어놓고 있는데 그가 탄 세단이 낡은 아파트 앞에서 멈추었다.

"마춘련이 살고 있는 아파트입니다. 3층 102호입니다."

검은 색안경을 쓴 운전 기사가 뒤를 돌아보지도 않고 말했다. 마춘련은 죽림칠현에게 세를 내지 않고 있는 업소의 주인 이름이었다. 지상은 기사의 어깨를 툭 쳐주고는 차에서 내렸다. 뒤에서 따라오던 검은 세단과 12인승 승합차에서도 덩치 좋은 부하들이 쏟아져 나왔다. 손에는 모두 자동 권총이나 기관 단총 같은 무기가 들려 있었다. 아파트는 퀴퀴한 곰팡내가 나고 금세라도 무너질 것 같은 모습을 하고 있었다. 지상은 얼굴을 찡그리면서 부하에게 명령했다.

"너무 더러워서 들어가기 싫다. 가서 알아듣게 잘 설명하구 와."

"예, 형님."

덩치들이 우르르 아파트 안으로 사라지고 나자 지상은 세단 뒷자석에 누워 잠을 청했다. 어제저녁 막내 요상과 늦게까지 술을 마셨던지라 피로가 밀물처럼 몰려왔다. 깜빡 잠이 들려고 하는 순간 지상은 쾅하는 총소리에 놀라 눈을 번쩍 떴다. 부하들이 내지르는 욕설이 들려왔다.

"이 영감탱이가 미쳤나! 맞을 뻔했잖아!"

"맞으라고 쏜 거다! 난 절대 못 준다! 돈두 없어! 장사도 안 되는데 별 떨거지들이 다 와서 난리야!"

또 한 번의 총성이 울렸다. 누군가의 비명이 들렸다. 드르르륵— 하고 자동 소총이 발사되는 소리가 아파트 전체에 울려 퍼졌다. 여자애가 자지러지게 울고 있었다. 부하들이 뭐라고 시끄럽게 떠들고 있었다. 지상은 하품을 하고는 얼굴을 잔뜩 찌푸렸다.

"저것들이 지금 뭐 하는 거야. 잘 설명하구 오랬더니……."

말을 마치기가 무섭게 부하 한 녀석이 피투성이가 된 얼굴을 내밀었다. 지상은 깜짝 놀라 움찔 뒤로 물러섰다.

"뭐, 뭐냐! 놀랐잖아!"

"죄송합니다! 그 고집불통 노인네가 갑자기 총을 쏘며 반항하는 바람에……."

"으이구, 그래서 우리한테 세금 낼 녀석을 죽였단 말이냐?"

"어쩔 수 없었습니다. 저희들도 목숨이 위태로운 상황이었기 때문에……."

"으이구, 근데 저 시끄럽게 우는 여자애는 누구냐?"

"아, 마춘련의 딸인 거 같습니다. 너무 어려서 차마……."

"끙… 됐다! 어서 돌아가자! 재수가 없을라니……."

지상과 그의 부하들을 태운 차량들은 서둘러 아파트 주차장을 빠져나갔다. 사람이 총에 맞아 죽었지만 아무도 호기심을 갖거나 기웃거리지 않았다. 폭력에 익숙해져 있는 그들은 그저 조용히 집에 처박혀 있는 것이 목숨을 부지하는 길이라는 걸 잘 알고 있었기 때문이다. 전 주민이 문을 꼭꼭 걸어 잠그고 숨을 죽이고 있는 아파트는 평소보다도 더욱 적막이 감돌고 있었다. 누군가의 신고로 경찰이 오긴 했지만 그것도 지상 일행이 철수하고 난 지 삼십 분도 훨씬 더 지난 뒤의 일이었다. 도착한 후에도 시체를 치우고 간단한 조사만 한 뒤 돌아가 버렸다. 앙꼬르가 통치를 시작한 이래 홍콩 경찰은 이런 강력 사건을 성의있게 수사하지 않았다. 그들은 앙꼬르에 대한 반역자 색출과 팬더 살해범 검거에 온 경찰력을 모으고 있었다. 홍콩 시민들의 재산과 생명을 지켜야 할 경찰이 독재자의 권력 유지 수단으로 변질된 지 오래였다.

주윤손은 아파트 앞에 주차된 경찰차를 보고 얼른 몸을 숨겼다. 처음에는 자신을 체포하러 왔겠거니 하고 추측했다. 죽림칠현의 부하들을 수백 명이나 죽였으니 자신이 지금까지 무사한 것은 기적에 가까운 일이었다. 앙꼬르와 더불어 막강한 권세를 누리고 있는 칠현이 아닌가. 비룡회의 주윤손이 처절한 복수를 감행했었다는 일은 이제 암흑가의 일원이라면 누구나 다 알고 있는 공공연한 비밀이었다. 하지만 가만히 살펴보니 자신과는 무관한 일인 것 같기도 했다. 주윤손의 아지트라는 사실을 알고 있다면 저렇게 달랑 순찰차 한 대만 보내지는 않았을 것이었다. 적어도 중무장한 기동타격대가 한 트럭 분은 왔어야 했다.

잡범들이 우글거리는 싸구려 아파트에 경찰이 출현했다는 건 어찌 보면 흔한 일상사였다. 주윤손은 경찰들이 돌아가고 나자 조용히 아파트 안으로 들어갔다. 아파트는 평소와 다름없이 음침하고 더러웠다. 어디선가 훌쩍거리고 우는 소리가 들려오는 것 같았다. 낡은 계단을 밟고 천천히 3층까지 올라갔다. 훌쩍거리는 소리의 주인공이 밝혀졌다. 자신의 옆집에 살고 있는 작은 소녀였다. 소녀는 무릎 사이에 얼굴을 묻고 울고 있다가 주윤손을 보자 울음을 뚝 그쳤다.

"꼬마야, 무슨 일이냐?"

소녀는 눈물로 얼룩진 얼굴로 주윤손을 물끄러미 바라보다가 입을 열었다.

"아빠가 죽었어요."

"음……."

그의 머리 속에 아파트를 찾아왔던 경관들의 모습이 스쳐 지나갔다. 그는 직감적으로 소녀의 아버지가 살해당했음을 알았다. 측은한 마음이 들었다. 소녀의 머리에 손을 얹고 질문을 던지는 주윤손.

"꼬마야, 네 이름이 뭐니?"

"질다… 마질다……."

"마질다… 이쁜 이름이로구나. 내 이름은 윤손이란다. 또 보자꾸나."

그는 소녀의 뺨을 어루만져 주고는 자신의 아파트 철문을 열었다. 마음 한구석이 저려왔다. 꼬마는 부친과 단둘이서 살고 있었다. 원칙대로라면 고아원으로 보내지거나 친인척에게 맡겨져야 했다. 하지만 지금같이 시절이 어수선한 때에는 아무도 저 소녀를 돌보려 하지 않을 것이다. 마음 같아서는 소녀를 돌봐주고 싶었지만 그는 소녀가 가까이 하기엔 너무나 위험한 존재였다.

주윤손은 긴 한숨을 내쉬고는 옷을 벗었다. 코트를 벗자 그 안에 주렁주렁 매달린 각종 무기들이 한눈에 드러났다. 권총, 탄창, 단검, 전기 충격기, 새총, 채찍 등 갖가지 흉기들이 주윤손의 몸속에서 나왔다. 그는 자신의 무기들을 유리 테이블 위에 하나씩 조심스레 내려놓는다. 텔레비전을 켜자 또다시 팬더 살해 뉴스가 흘러나왔다. 자이언트 팬더 한 마리가 대기업 회장실에서 머리에 총을 맞고 죽었다. 다른 팬더 살해건과 동일한 케이스였다. 범인은 경호원들과 비서들의 눈을 피해 귀신같이 일을 해치우고 사라졌다. 팬더가 회장실에서 사라진 건지 살해된 뒤에 회장실로 옮겨진 것인지는 알 수가 없다. 팬더가 살해될 때마다 누군가 실종되듯이, 이번에도 팬더의 시체가 앉아 있는 자리에 있어야 할 회장은 행방불명이다. 뉴스는 수사 관계자들과 전문가들의 갖은

억측을 보여주다가 끝을 맺었다.

텔레비전을 끄자마자 핸드폰이 울렸다. 수화기에서 굵은 남자 목소리가 흘러나왔다.

"뉴스 봤네. 잘했어, 윤손. 죽은 조 회장은 팬더들의 자금줄이었네."

"뭘요, 이번 건은 쉬운 편이었어요. 민간기업이라 경호가 허술했거든요."

"힘들겠지만 조금만 더 일을 해주게. 주요 둔갑 팬더들의 명부 작성이 거의 막바지에 이르렀네. 이를 발표하기만 하면 인간의 탈을 쓴 팬더들의 시대는 끝나게 되는 거야."

"후~ 그럴까요. 앙꼬르를 보세요. 당당하게 팬더임을 밝히고 인간들을 지배하고 있잖아요."

"음… 앙꼬르는 논외로 하기로 하세. 일단은 우리 사회에 숨어 있는 둔갑 팬더들을 색출해 내는 작업이 우선이니까."

"예……."

"피곤할 테니 그만 쉬게. 수고했네."

통화가 끝난 뒤 주윤손은 깊은 생각에 잠겼다.

죽림칠현이 팬더라는 사실을 깨닫게 된 것은 관운각 습격을 감행한 뒤 한 달이 넘게 지나서였다. 죽림칠현에 대한 복수가 수포로 돌아간 뒤 금룡과 윤손은 서로 연락을 끊고 잠적해 있었다. 경찰과 죽림칠현 조직원들의 추적을 피하기 위해서였다. 추적이 조금 느슨해진 틈을 타서 허름한 카페에서 만난 금룡은 윤손에게 한 남자를 소개했다. 말끔한 정장차림에 갈색 뿔테안경을 쓴 남자는 주윤손에게 여자처럼 하얀 손을 내밀었다. 들릴 듯 말 듯한 작은 목소리로 속삭이며.

"난 APG의 멤버랍니다."

"뭐라구요? 에이피지?"

금룡이 놀라서 목소리를 낮추라는 손짓을 했다. 주윤손은 영문을 몰라 두 사람을 번갈아 쳐다봤다. 무슨 외국계 보험 회사 이름 같기도 하고 요즘 유행하는 댄스 그룹 명 같기도 했다. 남자는 여전히 작은 목소리로 설명했다.

"APG는 Anti–Panda Group, 즉 팬더의 지배에 반대하는 사람들의 단체입니다."

"무슨 뚱딴지 같은 소린가요? 팬더의 지배라뇨?"

그날 주윤손은 모든 진실을 알게 되었다. 중국을 실제로 지배하고 있는 이들은 사람이 아니라 둔갑 팬더들이라는 것을. 그들은 막강한 권력과 재력을 바탕으로 점차 지배를 공고화하고 있으며, 그 마수를 전 세계로 뻗쳐 나가고 있다는 사실을. 그제야 죽림칠현을 습격했을 때 최상층에서 맞닥뜨렸던 일곱 마리의 팬더들이 머리 속에 떠올랐다.

"그랬군, 그 녀석들도 팬더였던 거야……."

이빨을 부드득 갈았지만 이미 복수의 기회를 놓쳐 버린 뒤였다. 윤손은 자리에서 떨쳐 일어나며 남자에게 물었다.

"제가 뭘 도와드리면 될까요?"

남자는 부드러운 미소를 지으며 위험한 부탁을 해왔다.

"당신의 솜씨는 금룡 선생에게 익히 들어 알고 있습니다. 우리 조직에도 큰 힘이 되리라 확신합니다. 간단히 말하면… 우리가 지목하는 둔갑 팬더들을 해치워 주시기만 하면 됩니다."

"흠, 청부 살해로군요."

"네, 하지만 이건 인류를 구하는 일이니 푼돈에 사람의 목숨을 빼앗는 일과는 격이 다르죠. 그들은 인간의 목을 죄어오는 교활한 둔갑 팬더들! 없애는 것이 상책입니다."

"하지만 중국 내 둔갑 팬더들의 숫자가 1억 마리도 넘는다고 하셨는데, 제가 몇 마리 죽인다고 어떻게 되겠습니까?"

"후후후, 1억 마리라 하더라도 인간들을 지배할 만한 권력과 자금을 가진 팬더들은 아주 소수입니다. 그들을 골라내서 제거하는 거죠. 모든 둔갑 팬더들을 솎아내는 건 우리 인간들이 다시 주도권을 잡은 다음입니다."

주윤손은 두 번 생각할 것도 없이 그의 손을 굳게 잡았다. APG의 팬더 킬러가 되는 순간이었다. 그 후로 주윤손은 APG에서 제공하는 정보와 지원을 바탕으로 수십 마리의 거물급 둔갑 팬더를 해치워 버렸다. 처음 둔갑 팬더를 해치웠을 때 둔갑이 풀리면서 시신이 점차 털투성이의 팬더로 변해가는 모습은 무척 충격적이었다. 하지만 곧 익숙해졌다. 한 마리 두 마리 해치울 때마다 형님의 복수를 한다고 생각하니 뿌듯함마저 느껴졌다. 이제는 비룡회를 몰락시키고 형님을 감옥에 보낸 팬더들에 대한 사적인 원한보다는 인류를 위해 일한다는 사명감마저 느끼는 팬더 킬러 주윤손이었다.

열심히 팔굽혀펴기를 하며 체력을 단련하고 있는데 누군가 초인종을 눌렀다. 주윤손은 베레타 권총을 집어 들고 문밖을 내다보았다. 옆집에 사는 소녀였다. 한참을 망설이던 윤손은 문을 열어주었다.

"마질다, 무슨 일이냐?"

"아저씨… 킬러죠?"

그는 놀라서 얼른 소녀의 입을 막았다. 목소리를 낮춰 질문해 보는 주윤손.

"그게 무슨 소리냐! 쪼그만 게 못하는 소리가 없어!"

"흥, 다 알아요. 코트 속에 총을 잔뜩 집어넣구 다니잖아요."

그는 관찰력이 예리한 소녀라고 느꼈다. 마질다의 손을 잡아끌고 집 안으로 들어온 주윤손은 그녀를 소파에 앉혔다. 킬러로서의 차가운 이성은 그녀를 없애야 한다고 주장했으나 소녀에 대한 연민으로 가득한 그의 감성은 그녀를 돌보아줄 것을 부탁했다.

"아저씨가 킬러냐고? 그래, 난 킬러다. 그런데 무엇 때문에 날 찾아 온 거니? 무섭지도 않니? 경찰에 신고라도 하지 그랬니?"

윤손의 시니컬한 말투에 소녀는 야무져 보이는 조그만 입으로 종알 거렸다.

"아저씨한테 의뢰를 하려구요."

"의… 뢰……?"

마질다는 윤손의 손에 10달러짜리 지폐 한 장을 쥐어주었다.

"아저씨, 지상이란 놈을 죽여주세요."

"뭐얏! 지상!"

어처구니가 없었다. 지상이라면 그도 잘 알고 있었다. 바로 자신이 없애려다 실패했던 죽림칠현 중 하나가 아닌가. 지금 지상을 없앤다는 건 불가능에 가까웠다. 범죄 조직의 수장일 때의 죽림칠현이 아니었 다. APG에서도 앙꼬르와 죽림칠현 일당들에 대해서는 공격을 자제하 고 있었다. 잘못 건드렸다간 조직 자체가 붕괴될 수가 있었다. 앙꼬르 와 죽림칠현은 대륙 전체를 상대로 전쟁을 벌이고 있는 강대한 조직이 었다. 그런 지상을 단돈 10홍콩달러에 없애달라는 소녀의 부탁은 웃 기는 일이었다. 하지만 묘하게도 주윤손의 마음은 소녀에게 끌리고 있었다.

"지상을 없애는 건 쉽지 않단다. 그들은 아주 강한 조직이야."

"알아요. 그래서 아저씨한테 부탁하는 거예요. 아저씬 더 강해요. 난 알아요."

"안 된다. 10달러에 내 목숨을 걸 순 없다. 난 아주 중요한 존재란다. 그렇게 헛되게 죽어서는 안 되는 사람이야."

마질다는 조그맣고 가냘픈 팔로 주윤손의 허리를 끌어안았다.

"부탁해요, 아저씨! 아저씨가 무서우면 나한테 싸우는 법을 가르쳐 주세요! 제가 직접 아빠의 원수를 갚을게요!"

그는 소녀의 머리를 쓰다듬으며 피식 웃었다. 당돌하면서도 귀여운 소녀였다.

"좋다. 오늘부터 내 집에 머물도록 해라. 내가 싸우는 법을 전수해 주마."

"고마워요, 아저씨! 고마워요! 내가 나중에 돈 많이 벌면 꼭 보답할게요!"

마질다는 팔짝팔짝 뛰며 기뻐했다. 몇 시간 전에 아빠를 여읜 소녀 같지 않았다. 마흔 살의 킬러와 열한 살 소녀의 기묘한 동거는 이렇게 시작됐다. 소녀는 베레타 권총을 만지작거리며 신기해했고, 킬러의 마음속에는 당혹감과 설레임이 교차하고 있었다.

마질다는 주윤손과 생활하면서 그의 특이한 습관들을 알게 되었다. 주윤손은 아침저녁으로 열심히 팔굽혀펴기와 윗몸일으키기를 하고, 식사는 우유 1리터를 들이키는 것으로 끝내며, 매일같이 작은 화분에 열심히 물을 주었다. 마질다는 어느 날 화분에 물을 주는 윤손에게 물었다.

"아저씨, 그 화분에 심은 건 뭐에요? 왜 그렇게 소중하게 기르죠?"

주윤손은 친절한 얼굴로 호기심많은 소녀에게 답했다.

"으응, 이건 대마초란다. 잎을 따서 담배처럼 말아서 피면 아주 뿅 간단다."

"아저씨, 그런 거 피면 경찰에 잡혀가요."

"괜찮아. 가수들하고 깡패들은 다 피우는 거야."

화분에 물 주기를 마친 주윤손은 팔굽혀펴기를 시작했다. 한번 시작된 팔굽혀펴기는 끝도 없이 계속된다. APG가 주는 일거리가 없을 때는 체력 단련이 하루 일과의 전부라고 해도 과언이 아니다. 마질다는 팔굽혀펴기를 하는 주윤손을 뒤로하고 밖으로 나왔다. 학교에 다니지 않는 마질다였지만 거리에 나오면 할 일은 얼마든지 있었다. 주인 없는 고양이 괴롭히기, 과자 하나로 강아지 약 올리기, 남의 집 앞에 똥 누기, 길 물어보는 할머니 골탕 먹이기 등 재밌는 일은 너무나 많았다. 마질다는 오늘도 재밌는 하루를 보내고 집에 돌아왔다. 주윤손은 아침에 시작한 팔굽혀펴기를 아직까지 계속하고 있었다.

"백만 스물하나… 백만 스물둘… 백만 스물……."

"아저씨, 그만 좀 해요! 나랑 놀아줘요!"

마질다가 소리를 빽 지르자 주윤손은 놀란 얼굴로 그녀를 쳐다보다가 난처한 표정을 지었다.

"아이구… 몇까지 세었더라? 잊어버렸네. 에라! 처음부터 다시… 하나! 둘! 셋!"

"그만 좀 해요. 아저씨가 무슨 건전지라도 돼요? 그만 해요~"

주윤손은 떼를 쓰는 마질다에 못 이겨 체력 단련을 그만두고 부엌으로 향했다. 장시간 운동을 하고 나니 갈증과 허기를 동시에 느꼈다. 우유 1리터 팩을 뜯어 벌컥벌컥 마시는 주윤손. 마질다는 걱정스러운 얼굴로 윤손에게 물었다.

"아저씨, 맨날 그렇게 우유만 마시면 속 버릴 텐데… 괜찮아요?"

"괜찮긴… 맨날 설사한단다. 밥해 주는 사람이 없어서 그래."

"저런… 불쌍해라. 앞으로는 제가 따뜻한 밥 해드릴 테니 세 끼 꼬박꼬박 챙겨 드세요… 라고 말할 줄 알았죠? 괜히 동정심 유발해서 저 밥순이 만들 생각은 꿈에도 하지 마세요."

주윤손은 입가에서 우유를 주르륵 흘리며 마질다를 노려봤다.

'뭐, 저런 지지배가 다 있어? 싸가지없기는…….'

마질다는 부엌에서 우유를 마시는 주윤손에게 쪼르르 달려와서는 무릎에 걸터앉았다.

"아저씨! 도대체 지상은 언제 죽여주실 거예요?"

주윤손은 같잖은 생각이 들어 시선을 외면하며 우유를 계속 마셨다.

"아저씨이~ 언제 지상을 죽일 거냐구 물었잖아요~"

윤손은 일부러 눈을 똥그랗게 뜨며 되물었다.

"지상을 죽여달라고? 무슨 소리냐? 분명 너에게 싸우는 법만 가르쳐 주기로 하지 않았니?"

마질다는 입이 오리 주둥이처럼 쑤욱 나왔다.

"치이, 좋아요, 뭐! 내가 직접 해치울 거예요, 겁쟁이 아저씨!"

부엌에서 뛰쳐나가는 마질다의 뒷모습을 보며 주윤손은 고개를 절레절레 흔들었다. 무례하고 철딱서니없고 귀찮은 아이였다.

"쯧쯧, 부모가 교육을 도대체 어떻게 시켰길래……."

혼자서 마질다를 흠잡으며 빈 우유팩을 접고 있는데 핸드폰이 요란하게 울렸다. 발신자 번호를 확인해 보니 APG에서 온 전화였다. 그는 정색을 하고 폴더를 열었다.

"여보세요."

─윤손, 일거리다.

"요즘은 자주 있군요."

─경찰 고위 간부야. 구체적인 정보는 만나서 직접 전해주겠다.

"그렇게 하시죠."

전화를 끊고 자신의 방으로 돌아온 윤손은 옷장을 열었다. 낡은 코트 몇 벌만이 걸려 있는 단출한 옷장이었다. 옷장 안쪽 부분을 옆으로 밀자 놀랍게도 숨겨진 무기 창고가 나타났다. 세계 각국의 유명한 권총과 자동 소총이 가지런히 정렬해 있었다. 무기를 고르던 주윤손의 두 눈이 커다랗게 떠졌다.

"아니! 우지 기관 단총이 없어졌잖아!"

무기고를 샅샅이 살피던 주윤손은 우지 기관 단총 이외에도 여러 가지가 사라졌음을 깨달았다. 수류탄 2정, 스미스웨슨 피스톨 1정, 탄창 2개, 글록 피스톨 1정… 그는 사라진 무기의 목록을 작성하다가 문득 의문이 일었다. 도둑이 들었다면 무엇 때문에 모두 털어가지 않고 일부만 집어간 걸까? 주윤손은 분실된 무기들의 총 무게를 가늠해 보다가 그 이유를 알아냈다. 열한 살짜리 여자 아이가 간신히 짊어지고 갈 만한 무게였던 것이다.

"마질다… 설마 혼자서 아빠의 복수를 하려고!"

그는 서둘러 코트 안에 총기류를 집어넣었다. 그의 코트는 각종 무기를 숨기기 좋게 개조되어 있었다. 블루진을 안쪽에 덧댄 튼튼한 코트는 30kg까지 무기를 매달아도 견딜 수 있었다. 주윤손은 무장을 끝내자 낡은 아파트를 한번 돌아보았다.

"나의 아지트여, 마지막일지도 모른다. 그동안 날 숨겨주느라 수고했다……."

주윤손은 롱 코트를 휘날리며 아파트 복도를 뛰어갔다. 마질다의 귀여운 얼굴이 어른거렸다. 비록 싸가지없고 막 나가는 여자애였지만 그의 마지막 동거녀(?)였기에 그는 자신의 목숨을 던져서라도 구하고 싶었다.

삼류건달 아령은 오늘 된통 걸렸다고 생각했다. 가까스로 죽림칠현 조직에 입단해 첫 출근하는 날에 재수없게도 라이벌 조직에서 보낸 킬러에게 걸린 것이다. 롱 코트에 총을 주렁주렁 매단 킬러는 대구경 리벌버로 아령을 위협하고 있었다.

"어서 불어. 네 두목 지금 어디 있나!"

"모, 몰라요… 전 정말 아무것도 몰라요."

목숨 귀하기는 삼류건달도 마찬가지였으나 아령은 모처럼 잡은 기회를 날려 보내고 싶지 않았다. 죽림칠현 조직은 모든 건달들이 입단하기를 희망하는 선망의 대상. 게다가 어쩌면 이것이 충성심을 시험하는 일종의 통과의례일지도 모른다고 생각했다. 그래, 이 킬러는 내 마음을 떠보려고 지상 형님이 보낸 우리 조직원일 거야. 그렇게 생각하니 대구경 리벌버 앞에서도 마음이 편해졌다.

"차라리 절 죽이십시오. 전 지상 형님을 절대 배신 못합니다."

"그래? 어디 얼마나 버티나 보자."

아령은 꽝 하는 폭음과 함께 왼손에서 심한 통증이 느껴졌다.

"아아… 어떻게 된 거죠? 뭐 한 거예요?"

"방금 네 녀석 왼손 약지를 날려 버렸다."

"뭐라구요! 제 손가락을요? 어흐흐흐, 나중에 형님께 사죄할 일이 있을 때 써야 되는데……."

"빨리 불지 않으면 이번엔 네 고추를 날려 버리겠다."

킬러의 총구가 아령의 사타구니를 지그시 눌렀다. 아령은 입술을 깨물었다.

"큭, 마음대로 해요! 전 여자 역할하는 호모예요!"

"흠… 그렇다면 네 똥꼬를 날려 버리겠다."

"어흐흐흐……."

아령은 그제야 출세보다 목숨이 귀하다는 걸 깨닫기 시작했다.

지상은 자신이 직접 운영하는 고급 요정에서 부하들과 술을 마시고 있었다. 침사추이에서는 꽤 큰 요정으로 지하 2층 지상 5층 건물에 객실만 50여 개가 넘고 접대부가 수백 명을 헤아리는 큰 술집이었다. 앙꼬르에게 인정받지 못하는 지상은 오늘도 부어라 마셔라 알콜에 빠져서 스스로를 달래는 중이었다. 양주 두 병을 단숨에 비우고 접대부들이 집어주는 해산물을 우물거리고 있는데 보디가드 한 명이 뛰어들어 왔다.

"형님! 습격입니다! 어서 피하세요!"

"무, 무에야? 습격? 어떤 놈들이냐? 몇 명이나 되느냐?"

"그게… 한 명입니다."

"한 명? 비룡회 잔당인가? 에라, 이 못난 놈들! 한 놈을 못 당해서 내가 술자리를 걷어야 되겠냐!"

지상은 빈 술병을 집어 던지며 역정을 냈다. 혼자서 객기 부리는 놈은 부하들이 조용히 처리하는 것이 관례다. 지상은 주연을 즐기는 중에 방해받는 것을 극도로 싫어했다.

"형님, 그게… 지금 쳐들어온 자가 아무래도… 주윤손 같습니다."
"뭐, 뭐야? 주, 주, 주윤손?"
지상은 술이 확 깼다. 온몸의 털이 곤두서는 것을 느꼈다. 친구 한 명과 조를 이루어 죽림칠현 조직원 수백 명을 쏴 죽인 '조직의 공적 1호' 주윤손. 지상은 관운각 사건을 떠올리며 치를 떨었다.
"그놈이 여기 뭐 하러 왔다냐? 그만큼 죽였으면 됐지, 아직도 복수가 끝나지 않은 게냐?"
"그게… 총을 쏘면서 계속 마질다라는 계집을 내놓으라고 소리치고 있습니다."
"마질다? 우리 가게에 그런 애가 있었나?"
"글쎄요. 다들 가명을 쓰니까… 모르죠, 있을지도."
"멍청한 놈! 그래서 내가 이력서 받으라고 했잖아!"

주윤손은 리벌버의 탄환이 떨어지자 콜트 권총을 꺼내 들었다. 자동소총을 들고 내려오는 한 무리를 향해 탄창 하나를 다 써버리는 윤손. 지상의 부하들은 공포심이 극에 달했다. 계단을 뒹굴며 내려오는 시체를 뛰어넘으며 위층으로 올라오는 그의 모습은 지옥에서 온 저승사자였다.
"이놈들아! 마질다를 내놔라! 마질다를 내놔!"
부하들은 주윤손이 쏴대는 총알에 맞아 쓰러지며 억울한 비명을 질렀다.

"크읔! 누군지 알아야 드리죠……."

"손님, 아가씨가 아무리 마음에 들어도 이러시면 곤란합니다……."

일당백(一當百)의 주윤손이었지만 감정이 고조된 상태라 자신의 몸이 적의 총알을 받아내고 있는지도 몰랐다. 피로 흥건해진 셔츠로 땀을 닦으며 계속 방아쇠를 당기는 주윤손. 질려 버린 지상의 부하들이 한숨을 내쉬었다.

"쟤는 총알도 안 떨어지나……."

"말도 마. 저 녀석 7연발 권총으로 오십 발을 쏘더라."

한편 지상은 부하들을 족쳐 가며 마질다를 찾고 있었다.

"이놈들아! 우리 가게 여자애들 중에 마질다가 누군지 찾아내란 말이야!"

"형님, 죽을 게 뻔한데 순순히 밝히겠습니까?"

"그러니까 알아내란 말이야! 어떤 년이 마질다인지!"

지상이 불같이 화를 내며 방방 뜨고 있는데 요정 지배인이 룸으로 들어왔다.

"형님, 접대부 중에 짚이는 아이가 있습니다."

"그래? 어떤 년이냐?"

"사월이라고… 출신지가 묘한 아이랍니다. 나이는 이십 대 초반이구요. 한번 만나보시죠."

"어서 데리구 와, 이 썩을 놈아!"

영문을 모른 채 끌려온 사월이는 지상과 부하들을 쳐다보며 벌벌 떨었다. 머리를 양쪽으로 땋고 차이나드레스를 입고 있었는데 넓적한 얼굴에 주근깨가 가득하고 이빨은 누렇고 허리는 두텁고 다리는 무다리였다. 지상은 인상을 찌푸리며 지배인에게 물었다.

"애 주방에서 일하는 애냐?"

"아뇨, 룸에 들어가고 2차도 가는데요."

"누가 뽑았냐?"

"제가 뽑았는데요."

지상의 권총이 불을 뿜었다. 지배인은 가슴에서 피를 뿜으며 쓰러졌다.

"장사 말아먹으려고 작정했나… 쯧!"

지상은 사월이의 땋은 머리를 잡아채며 물었다.

"네 이년! 네 본명이 무엇이냐! 네가 마질다냐!"

"왜 그러세요, 제가 뭘 잘못했다고… 흑흑……."

"어서 불어! 진짜 이름이 뭐야!"

그녀는 겁에 질려 부들부들 떨면서 입을 열었다.

"어떻게 아셨는지는 모르지만… 사월이는 가명이구요… 제 본명은 한고은이에요……."

"허걱……."

사월이는 지상에게서 뺨을 얻어맞고 붕 날아가서 원형 테이블 위에 엎어졌다. 지상은 분을 못 이겨 씩씩거리고 있었다.

"저게 어디서 되지도 않는 사기를 치고 있어."

불쌍한 사월이는 얼얼한 뺨을 어루만지며 후회하고 있었다.

'흑… 김남주라고 할걸…….'

안주 찌꺼기를 핥아먹던 똥파리 한 마리가 같잖다는 듯 사월이에게 말했다.

"왱왱~ 네가 한고은이면 난 봉황이겠다."

총 소리가 점차 가까워오자 지상은 부하에게서 샷건을 받아 들고 룸 밖으로 나왔다. 앉아서 죽느니 보스답게 싸우다 최후를 맞이하자는 생각이었다. 계단을 내려오다가 침입자와 마주쳤다. 피투성이가 되어 비틀거리며 다가오는 자는 분명 관운각에서 보았던 주윤손이었다.

"마질다를… 내놔라……."

"으으… 주, 주윤손……."

지상은 생각할 것도 없이 방아쇠를 당겨 버렸다. 샷건의 총구에서 폭죽 같은 불꽃이 쏟아졌다. 주윤손은 산탄 수십 개를 정통에서 맞고 그대로 날아가 버렸다. 지상은 샷건을 발사하는 순간 질끈 감았던 눈을 살며시 떴다. 계단 아래에 망신창이가 되어 누워 있는 건 분명 주윤손이었다. 갑자기 의기양양해져서 계단을 내려가는 지상이었다.

"짜아식이, 별것도 아닌 게……."

지상은 주윤손의 가슴팍에 구둣발을 올려놓고 물었다.

"어이, 윤손. 도대체 마질다가 누구야?"

"쿨럭… 네가 죽인… 마춘련의… 딸이다……."

"호오~ 그래? 그년이 너에게 복수라도 부탁하던가?"

주윤손은 꼼지락거리며 주머니에서 무언가를 꺼내어 지상의 손에 쥐어주었다.

"이건… 마질다의… 선물이다……."

지상은 살며시 손을 폈다. 그것은… 마질다의 똥 묻은 아동용 팬티였다.

"우아악~ 드러! 이 자식이 날 엿 먹이려고!"

지상은 구둣발로 사정없이 주윤손의 가슴을 밟았다. 주윤손은 지상

의 발길질을 견디지 못하고 피를 토하며 조금씩 죽어갔다. 지상의 발
길질은 부하들이 와서 말릴 때까지 계속됐다. 영웅의 어처구니없는 죽
음이었다.

주윤손이 목숨을 바쳐 가며 구하고자 했던 마질다는 지금 무기상과
흥정을 끝내고 돈을 받는 중이었다. 지폐를 세어서 소녀의 손에 쥐어
준 무기상은 폭탄과 총기류를 살펴보며 물었다.

"그런데… 너, 이런 비싼 무기들은 어디서 구했니?"

"킬러 아저씨가 생일 선물로 준 거예요."

"킬러?"

"네. 그 아저씬 돈은 없구 가진 건 총뿐이라 엿이라도 바꿔먹으라고
주신 거예요."

"후후, 귀여운 녀석. 그래서 그 돈으로 엿 사 먹을 거냐?"

"아뇨, 백화점 가서 바비 인형 살 거예요."

마질다는 지폐를 꼭 쥐고는 무기 상점에서 뛰어나왔다. 그녀의 발걸
음은 어느새 침사추이 쇼핑가로 향하고 있었다. 무기상에게서 받은 돈
이면 바비 인형 열 개는 살 수 있다. 마질다는 킬러 아저씨의 나머지
총들도 다 팔아버려야겠다고 생각했다. 생각만 해도 절로 즐거워졌다.
소녀의 웃음소리가 하늘 높이 울려 퍼지고 있었다.

모래 푸대를 가득 쌓아 올려 만든 바리케이드 뒤에서 소총을 잡고
있는 병사는 두려움에 떨고 있었다. 지휘관은 바리케이드마다 돌아다
니며 병사들을 격려하고 있었다. 너희 두 어깨에 중화인민공화국의 국
운(國運)이 달려 있다. 수도가 함락되면 모든 게 끝장이다. 사회주의도,

공산당도, 혁명도, 개혁도 모든 게 끝장이다. 10억 인민은 미치광이 팬더의 독재 아래 신음하게 될 것이다. 목숨을 걸고 싸워라. 하지만 지휘관의 말은 씨알도 먹히지 않아 보였다. 모든 병사들의 머리 속에는 이미 미지의 적군에 대한 공포심으로 가득 차 있었다. 그들은 소문을 통해 해방군 전력의 80%를 괴멸시켰다는 죽림칠현군의 무서움을 알고 있었다. 그들이 정말로 두려워하는 상대는 죽림칠현 정규군보다는 죽림칠현군을 지원하는 기이한 괴물들이었다. 사막에 나타나 아군을 학살했다는 초거대 만두에 대해서, 밤중에 나타나 죽창처럼 생긴 손으로 찔러 죽인다는 대나무 귀신에 대해서, 짜디짠 주먹을 휘두른다는 소금인형에 대해서, 탱크를 갉아먹는다는 강철 쥐에 대해서 그들은 뼈 속 깊이 각인된 공포심을 가지고 있었다.

두렵기는 병사들을 독려하는 지휘관도 마찬가지였다. 애써 의연한 모습을 보이려 노력해도 시시각각 다가오는 적군에 대한 공포심은 찐빵처럼 부풀어갔다. 적군의 선봉은 항상 죽림칠현군이 아니라 미지의 괴물이었다. 자신들의 목숨을 빼앗아갈 괴물은 어떠한 모습으로 나타날 것인가.

"공룡이다!"

누군가 외쳤다.

"아냐, 고질라다!"

"도마뱀처럼 생겼는데?"

지휘관은 쌍안경을 들어 전방을 주시했다. 정말 공룡처럼 생긴 몬스터가 앞발을 들고 맹렬히 달려오고 있었다. 그는 고개를 갸웃했다.

"공룡치고는 크기가… 좀 작은데?"

아군을 향해 달려오고 있는 몬스터는 분명 공룡을 닮았지만 키는 2미

터가 채 되지 않았다. 뜻밖의 작은 신장에 안심한 병사들의 얼굴에 웃음
꽃이 피었다.

"하하하, 뭐냐, 저거 아기 공룡 둘이냐?"

"이제 앙꼬르도 힘이 떨어졌나 보군! 저런 허접한 녀석을 보내다니.
크크크……."

잔뜩 긴장했던 사병 하나가 고개를 뒤로 젖히고 웃는 순간이었다.
몬스터의 입에서 무지갯빛 도는 투명한 구체가 튀어나왔다. 투명한 구
체는 사병에게 빠른 속도로 다가갔다.

"뭐, 뭐야, 이게!'

구체는 사병의 비명을 삼키며 그의 온몸을 감쌌다. 몬스터는 입을
크게 벌리더니 더욱 맹렬하게 방울을 내뿜기 시작했다. 중국 대륙에
서 마지막으로 남아 수도 베이징을 지키던 인민해방군 전사들은 걸음
아, 날 살려라 도망치기 시작했다. 공중에는 방울에 갇힌 병사들이 둥
둥 떠다녔다. 지휘관은 경악하며 비누방울에 갇힌 병사들을 바라보았
다.

"저, 저건… 어디서 많이 보았던……."

꾸오오오오—

수십 명의 병사들을 비누방울에 가둔 몬스터는 날카롭게 비늘을 세
우고 포효했다. 곧 이어 방울에 갇힌 병사들을 향해 달려드는 몬스터.

펑… 펑… 펑… 펑펑… 펑…….

몬스터의 비늘에 방울이 찢어지며 엄청난 폭음이 들렸다. 폭렬(爆裂)
하는 방울과 함께 사방으로 튀어져 나가는 병사들. 방울이 터지면서
병사들의 몸도 갈가리 찢겨 나가고 있었다. 참혹한 몬스터의 공격법을
지켜보던 지휘관은 마침내 무릎을 탁 치며 자신이 떠올리려 애쓰던 기

억을 끄집어냈다.

"생각났다! 저건 내가 어렸을 때 오락실에서 즐기던 '보글보글'이
야!"

꾸오오오오—

"으아아악—"

몬스터의 정체를 간파한 지휘관에게 거대한 방울이 날아오고 있었
다. 지휘관은 자신의 몸이 방울 안으로 빨려 들어가는 것을 느꼈다. 방
울 안은 투명하고 이상한 가스로 가득 차 있었다. 공중으로 둥실 떠오
르는 방울과 함께 그의 몸도 공중을 부유하기 시작했다. 그는 방울 안
에서 뒹굴면서 무중력 상태의 우주 공간을 유영하는 우주 비행사처럼
떠다녔다. 신기한 현상에 잠시 감탄했던 지휘관은 이내 절망에 빠졌
다. 몬스터가 방울 쪽으로 급속히 다가오고 있었기 때문이다. 그는 눈
을 질끈 감았다.

"아아, 이제 중국은 끝이다……."

죽음에 대한 공포보다 인간도 아닌 저런 괴물에 당했다는 군인으로
서의 수치심이 밀려왔다. 방울이 터지면서 지휘관이 내지르는 단말마
의 비명이 파편과 함께 공중에 흩어졌다.

조상이 기쁜 얼굴로 집무실로 뛰어들어 왔을 때 앙꼬르는 열심히 비
디오 게임을 즐기고 있었다. 이미 백만 점을 돌파한 스코어는 무섭게
불어나고 있었다.

"앙꼬르 형님, 여전히 보글보글을……."

"흐흐흐, 이거 정말 재밌는 게임이야."

"형님! 기뻐하십시오. 드디어 베이징마저 함락시켰습니다."

앙꼬르는 들은 척 만 척 계속 보글보글을 즐기다가 한참 후에 일어서며 동문서답을 했다.

"아방궁은 언제 완공되지?"

조상은 급작스런 질문에 당황하며 옆구리에 낀 자료들을 들춰보았다.

"아, 예… 지금 90%의 공정률을 보이고 있으며 내장 마무리 작업 중입니다. 이번 달 안으로 완공식을 열 수 있을 거 같습니다."

"음, 좋아. 아방궁에 들어가면서 성대한 파티를 열겠다. 중국 대륙을 제패한 기념 파티를! 음하하하하하하하!"

"역시 앙꼬르 형님은 호탕하십니다! 하하하하하!"

두 팬더가 크게 웃고 있는 동안 주요 통신사들은 마지막 인민해방군의 패전 소식을 전 세계 각지의 방송국과 신문사에 전하고 있었다.

제18장
인간병기 R-13호

중국의 국명이 '죽림칠현 웅묘 왕국'으로 바뀌었음을 알리는 팩스가 외교통상부로 날아들었다. 팩스를 받아 든 외통부 직원의 손이 부르르 떨리고 있었다. 그는 팩스를 들고 누군가에게로 달려가기 시작했다.

국방부 회의실에는 안보 관련 최고위 직 인사들이 모두 모인 긴급 안보 회의가 진행 중이었다. 국방부 장관, 삼군 참모총장, 합참의장, 한미 연합사령관 등 대한민국의 안보를 책임지고 있는 수뇌부가 모두 집결한 회의였다. 오늘의 안건은 '중국 정권 교체와 이에 대응한 안보 전략 수립'이었다. 회의를 주재한 국방부 장관이 무겁게 입을 열었다.

"여러분… 드디어 우려했던 사태가 벌어지고 말았습니다. 앙꼬르라는 미치광이 팬더가 드디어 중국 대륙 전체를 손에… 아니, 발에 넣었습니다. 앙꼬르의 포악한 성격으로 볼 때 그는 이제 분명 주변국으로 침략의 마수를 뻗쳐 올 것입니다. 오늘 이 자리는 죽림칠현군의 침략으로부터 우리 영토를 지키기 위한 여러분의 지혜를 모으기 위해서 마련되었습니다. 지휘고하를 막론하고 기탄없이 토론해 주시기 바랍니다."

장관의 간단한 인사말이 끝나자 기다렸다는 듯이 벌떡 일어나는 자가 있었다. 국방부 획득실장 고명훈이었다. 하얗고 갸름한 얼굴에 무테안경이 차갑고 이지적인 분위기를 풍기는 남자였다.

"전에도 거듭 말씀드렸듯이 죽림칠현군의 핵심 전력은 간헐적으로 출현하는 거대 괴물들입니다. 압도적인 크기와 예측불허의 공격 패턴을 가지고 있는 이들을 막기 위해서는 무기 체계의 획기적인 개선이 절대적으로 필요합니다. 우리 국방부가 그동안 막대한 예산을 투입해 연구해 온 전투용 메카닉스가 이제 결실을 맺기 직전입니다. 여러분께서는 오늘 이 자리에서 전투용 메카닉스의 소속과 명령 계통을 결정해 주셨으면 합니다."

"흠, 하지만 전투용 메카닉스는 원래 다른 용도로 개발을 시작한 게 아니었나?"

육군 참모총장이 회의적인 얼굴로 획득실장에게 물었다. 고명훈 실장은 전혀 위축되지 않은 얼굴로 차분하게 설명했다.

"물론입니다. 지뢰 제거 및 보병 공격용 로봇을 개발한다는 것이 애초의 목표였습니다. 하지만 최근의 앙꼬르 사태를 겪으면서 연구 목표를 급선회, 미지의 거대 괴물과 싸울 수 있는 전천후 병기를 개발하도록 한 것입니다. 이제 싱크로나이제이션 시스템만 완성되면 이 가공할 병기를 실전에 배치할 것입니다."

자신감에 찬 고명훈 획득실장의 말에 국방부장관과 합참의장의 고개가 끄덕여지고 있었다.

토굴 새우젓으로 유명한 경기도 광천. 이곳 주민들은 광천에 들어서게 된다는 초대형 고급 수영장에 대해 의구심을 가지고 있었다. 사기업도 아니고 국가에서 이런 변두리에 수영장을 건설한다는 취지를 알 수 없었다. 나라에서 수영장을 만들어놓고 지역 주민들이 저렴한 가격에 이용할 수 있게 하는 것도 아니었다. 수영장은 철저하게 회원제로 운영되며, 회원권은 자그마치 8천만 원에 달했다. 갖가지 놀이 시설이 갖추어진 복합 위락 시설도 수영장만 덩그러니 건립해 놓고 그런 거액을 받으려 들다니 주민들은 모두 미친 짓이라고 입을 모았다. 이는 누가 봐도 수영장을 이용하지 못하게 하겠다는 의도였다. 하지만 정부에서 수영장을 건립하려는 진짜 의도는 그 누구도 알지 못했다.

전투용 메카닉스 연구소장 진경립은 광천 대수영장 공사 현장에서 시공사인 대명 건설 영업 본부장의 설명을 듣고 있었다. 진 소장은 이번 전투 로봇 개발의 주역으로 전체 프로젝트를 진행했을 뿐 아니라 핵심 기술인 동력 전달 체계를 직접 개발해 낸 천재 공학자였다.

"에… 그래서 수영장 바닥은 언제든지 신속한 개폐가 가능하며, 바닥이 열리게 되면 대명 엘리베이터에서 개발한……."

"김 본부장, 이제 그만두시게. 프리젠테이션할 때 다 들었던 이야기를 몇 번씩 하는가?"

진 소장은 말주변없는 김 본부장의 접대에는 지칠 대로 지쳐 있었다. 업무에 대해 워낙 아는 게 없는 김 본부장은 자신이 조금 파악하고 있는 부분에 대해서는 짜증날 정도로 반복해서 설명하며 아는 척을 하는 버릇이 있었다. 비상한 기억력을 가지고 있는 진경립 소장에게는 견딜 수 없는 노릇이었다.

"하하, 죄송합니다. 전 처음하는 이야기인 줄 알고……."

"난 그냥 현장을 둘러보고 싶을 뿐이니 따분한 설명은 이제 그만 하시게나."

"예, 소장님. 근데 궁금한 점이 있는데 여쭤봐도 되겠습니까?"

"뭔가?"

"하하하, 전 왜 소장님이 전투용 로봇을 수영장에 숨겨두시려는지 궁금합니다. 이렇게 번거로운 시설을 만들면서까지 굳이 수영장을 고집하시는 이유를 모르겠네요. 뭐 입찰을 따낸 우리 대명 건설 입장에서야 좋기만 합니다만……."

본부장의 질문에 진 소장의 얼굴은 짜증나는 표정에서 감회 어린 표정으로 바뀌고 있었다. 그는 저녁놀을 바라보며 천천히 입을 열었다.

"난… 어린 시절 마징가 제트를 보면서 느낀 바가 있었네. 로봇은 수영장에서 출격해야 가장 멋지고 제격이라는 걸… 그때 결심했지. 내가 나중에 커서 과학자가 되고, 로봇을 개발하게 되면 꼭 수영장에 숨겨둬야겠다고 말이야. 로봇은 수영장에 숨겨둔다. 이게 나의 로봇 철학이네."

"그랬군요. 그럼 R-13호도 마징가 제트를 모델로 해서 만드셨나요?"

"처음에 마징가를 기본 컨셉으로 해서 기획안을 올렸다가 퇴짜를 맞았지. 국민들에게 자국 문화의 소중함을 일깨워 줄 수 있는 로봇을 만들라는 지시였어. 그래서 다시 태권 브이를 모델로 해서 R-13호를 만들었네."

"그랬군요. 정식 명칭은 아직 안 정하셨나요?"

"흠, 그건 파일럿이 결정된 다음에 정하기로 했어. 싱크로나이제이션이 완성되면 파일럿의 공격 패턴을 그대로 따라하게 될 테니, 섣불리 '태권 브이' 라는 이름을 붙일 수는 없지. 만일에 파일럿이 씨름 선수라면 '배지기 브이' 라고 붙일 생각이야."

"배, 배지기 브이… 그건 좀 이상하군요……."

"음, 그나저나 싱크로나이제이션 시스템이 빨리 완성되어야 할 텐데… 고선진 연구원은 유능한 사람이니까 잘해낼 거야. 빌어먹을! 김수룡 같은 놈에게 맡기는 게 아니었는데……."

진 소장은 연구비를 횡령해 주식 투기를 했던 김수룡 박사를 직위 해제하던 일을 떠올리며 고개를 저었다. 싱크로나이제이션 시스템 개발이 지지부진하던 이유에 대해 구구절절이 구차한 변명을 늘어놓던 김수룡 박사는 정기 회계감사에서 횡령 사실이 드러나자 고개를 들지 못했다. 불같이 호령하며 고함치는 진 소장에게 그는 단지 죄송하다는 말만 반복할 뿐이었다. 진 소장은 그날로 김수룡 박사를 직위 해제하고 고선진 수석 연구원을 싱크로나이제이션 프로젝트 총책임자로 앉혔다. 고선진 연구원은 기술적인 어려움은 없으며 예산 전용만 해준다면 한 달 내로 시스템 개발을 마치겠다고 장담했다.

진 소장은 늦게라도 김수룡 박사의 비리를 적발해 냈던 것이 다행이었다고 생각하며 이제 빨리 적합한 파일럿이 선정되기만을 바라고 있었다.

'R-13호를 탈 만큼 강인한 체력과 배짱을 가진 친구였으면 좋겠군.'

내무반에서 열심히 청소를 하고 있던 추봉걸 이등병은 밖에서 고참이 부르는 소리에 냉큼 튀어나왔다.

"부르셨습니까!"

"오냐. 인사해라. 인사참모부에서 내려오신 분이다."

"인사참모부요?"

"그래. 네가 국방부 기밀 프로젝트에 참가하게 되었다."

"기밀 프로젝트?"

추봉걸 이등병은 어리둥절한 표정이었다. 인사참모부 장교는 추봉걸을 쓰윽 훑어보았다. 큰 머리에 짜리몽땅한 체구가 무척 듬직하고 우악스럽게 보였다.

"지난번 육군 본부에서 실시한 체력 검진을 기억하나?"

"예! 기억하고 있습니다!"

"각 부대에서 가장 강인한 체력을 보유한 병사들만 골라서 실시한 묘한 체력 검진이었지. 사실 그건 국방부의 기밀 프로젝트에 투입될 조종사를 선발하기 위한 테스트였다네."

"조종사요? 전 육군 보병입니다!"

"알고 있네. 육군의 무기를 조작하게 될 조종사 말일세. 어서 내 지프에 타게. 가면서 설명할 테니."

봉걸은 갑자기 어깨가 으쓱해졌다. 축구도 못하고 애교 부릴 줄도 모르고, 노래도 못하고, 외모도 볼품없는 그는 고참들에게 구박만 받는 미운 오리 새끼였던 것이다. 그런 그가 수천 대 일의 경쟁률을 뚫고 신무기의 '조종사'로 선발되었다는 사실이 기쁘기 한량없었다. 산길을 덜컹거리며 달리는 지프 안에서 한참 동안 침묵하던 장교가 봉걸에게 물었다.

"자네, 몸은 튼튼한가?"

"예! 튼튼합니다! 지금까지 힘 하나로 버텨왔습니다!"

"음, 자네는 치열한 경쟁을 통해 선발되었으니 체력은 좋을 거야. 하지만 싱크로나이제이션을 이겨낼지는 미지수야……."

"지금 뭐라고 하셨습니까? 싱크대가 어쨌다구요?"

장교는 순진한 얼굴로 묻는 이등병을 바라보며 싱긋 웃었다.

"가보면 알게 돼……."

후사경으로 봉걸을 바라보던 운전병이 안됐다는 듯이 고개를 저었다. 지금까지 장교가 싱크로나이제이션 테스트를 위해 전국에서 차출해 데려간 병사만 백 명을 넘게 헤아렸다. 하지만 그들 누구도 테스트를 통과하지 못했다. 정신이 이상해지거나 불구가 된 자도 있다는 소문을 들은 바가 있는 운전병은 또 멀쩡한 총각 하나가 희생되는구나 하는 생각에 절로 한숨이 나왔다.

복잡한 전기 장치가 부착된 의자에 앉아서 머리에 헬멧을 쓰고 앉은 추봉걸은 고통에 겨워 어쩔 줄 모르고 있었다. 헬멧을 통해서는 견딜 수 없는 전기 신호가 뇌 속으로 흘러들어왔다.

"우와아아아악! 우와아아악! 우웨에에엑!"

비명 끝에 구토를 하는 병사를 바라보던 컨트롤 연구팀장은 흥미롭다는 얼굴이었다.

"흠, 놀라워. 여기까지 버틴 사람은 저 병사가 처음이야……."

"음, 하지만 전투 중에는 자극이 지금보다 더 강하게 올 텐데 저 정도로는 제대로 된 싱크로나이제이션이 힘들지 않을까요?"

옆에서 같이 실험을 지켜보던 보조 연구원이 미덥지 못한 얼굴로 물었다.

"지금은 힘들겠지만, 지속적으로 훈련시키면 적응할지도 몰라. 저 머리 큰 병사, 정말 강해. 추봉걸이라고 했나? 이름도 특이하군……."

하지만 실험이 끝난 뒤에 추봉걸 이등병이 내뱉은 한마디는 그를 실망시켰다.

"으윽, 너무 고통스러워! 저 그만두겠습니다! 도저히 못해먹겠네!"

봉걸의 포기 선언에 연구팀장의 얼굴이 흙빛이 되었다.

"추봉걸 이병, 여기까지 버틴 사람은 자네가 유일하네. 다시 생각해 줄 수 없겠나?"

봉걸은 고개를 절레절레 흔들었다.

"싫습니다. 그 대신 이 실험을 견뎌낼 만할 사람을 추천하겠습니다. 저보다 훨씬 강하고 튼튼한 남자입니다. 그 사람이라면 이런 고통쯤껌 씹듯 이겨낼 겁니다."

낙담했던 연구팀장의 얼굴에 희색이 돌고 있었다.

"자네보다 더 강한 사람이라고? 누군가? 어서 소개해 주게나!"

잠시 망설이던 추봉걸 이등병은 이내 결심한 듯한 얼굴로 말했다.

"추봉근이라는 사람입니다."

"추… 봉… 근? 자네랑 이름이 비슷하군. 혹시 친인척인가?"

"예, 바로 저의 친형입니다."

"뭐, 뭐라고?"

컨트롤 연구팀장의 두 눈이 크게 떠졌다. 봉걸보다 더 강한 남자… 그가 봉걸의 친형이라니. 도저히 가능할 것 같지 않았던 R-13호 파일럿 양성에 희미한 서광이 비치고 있었다.

봉근의 무지막지한 펀치가 복부에 작렬하자 도전자 랑가는 더 이상 견디지 못하고 무너졌다. 룸피니 체육관은 환호하는 관중들로 후끈 달아올랐다. 밍밍이 링 위로 뛰어올라 봉근의 목덜미를 껴안았다. 진진과 소청이 링 주위를 돌며 덩실덩실 춤을 추고 있었다. 챔피언 추봉근이 7차 방어전에 성공하는 순간이었다. 봉근은 푸미폰 국왕의 배려로 왕실경비대의 신분을 유지하면서 계속 무에타이 시합에 출전해 왔다. 봉근은 무적이었고, 이길 때마다 그의 인기는 높아만 갔다. 이제는 태국 국민의 영웅으로 떠오른 추봉근이었지만 한시도 잊지 않고 있는 사실이 있었다. 그것은 바로 자신이 대한민국 열혈 청년 추봉근이란 사실이었다. 그리고 그 사실을 다시 한 번 일깨워 줄 사람들이 봉근을 찾아왔다.

7차 방어에 무난히 성공한 봉근은 다마퐁으로부터 광고 계약건에 대한 설명을 듣고 있었다. 락커룸 출입문이 안쪽으로 열리자 체육관의 소음이 들려왔다. 락커룸을 밀고 들어온 검은 양복의 사내들에게 다마퐁은 소리를 질렀다.

"당신들 뭐야! 관계자 외 출입금지라는 표시판 못 봤어!"

"아, 죄송합니다. 저희는 한국에서 왔습니다."

"한국이라고요?"

봉근은 신경질을 부리는 다마퐁을 두꺼운 팔로 밀쳐내며 고개를 내밀었다. 검은 양복을 입은 두 명의 남자 중 키 큰 쪽이 빙그레 웃으며 대답했다.

"네, 저희는 대한민국 국방부에서 온 사람들입니다."

"국방부?"

"네. 조국은 당신의 튼튼한 몸을 원하고 있습니다. 자세한 이야기는 식사를 하면서 말씀드리지요. 여기 오기 전에 근처 식당에 들러 예약을 해놨습니다."

국방부 직원들이 예약해 놓았다는 식당은 한국에서 온 관광객들이 많이 찾는 한식당이었다. 봉근은 오랜만에 맛보는 고국 음식을 잔뜩 주문했다. 소갈비 10인분을 혼자서 먹어치우는 먹성에 놀란 국방부 직원들은 놀라서 입을 벌리다가 이내 만족스러운 웃음을 지었다. 드디어 적임자를 찾았다는 안도감에서 나온 미소였다.

'역시, 엄청난 소화력에 식욕… 건강하다는 증거겠지? 이 남자라면 R-13호를 조종할 수 있을 거야.'

식사를 마친 봉근은 산처럼 불어난 배를 두드리며 국방부 직원들에게 물었다.

"그래, 날 찾아온 이유가 뭔가요? 꺼어억~"

옆에서 식사를 하던 태국 아가씨 한 명이 봉근의 트림 소리에 놀라 사레가 들렸다. 봉근은 캑캑거리는 아가씨의 등판을 솥뚜껑 같은 손바닥으로 철퍽 두드려 주었다. 목에 걸린 음식물을 토해내는 데는 성공했으나 등짝을 얻어맞은 충격으로 젊은 태국 아가씨는 정신을 잃고 쓰러졌다. 한바탕 소동이 일었으나 봉근이 무에타이 스타일을 알아본 아가씨의 일행은 사인 한 장씩을 받아 들고 조용히 사라졌다. 식은땀을 흘리며 사태가 수습되기를 바라던 국방부 직원들은 그제야 안도의 한숨을 내쉬었다.

"정말 힘이 세시군요. 추봉근 씨라면 충분히 R-13호의 파일럿이 될 자격이 있으십니다."

"알 십삼이라고요? 그게 뭔가요?"

"전투용 메카닉스 연구소에서 개발한 인간형 전투 병기입니다. 한마디로 로봇이죠."

"로봇? 제가 로봇 조종사가 된단 말인가요?"

"추봉근 씨가 원하신다면요."

"좋습니다! 로봇 조종사라… 아싸! 폼나는구나! 아우우~ 신난다!"

봉근은 두 번 생각하지 않고 쾌히 수락했다. 거절할 경우에 대비해 각종 유인책을 들고 왔던 국방부 직원들은 단순명쾌한 봉근의 성격에 속으로 감사하고 있었다.

전투용 메카닉스 연구소 컨트롤 연구팀장은 봉근을 의자에 앉게 하면서 웃음을 터뜨릴 뻔했다. 큰 머리와 짧은 팔다리, 굵은 목과 종아리 등 체형과 얼굴이 너무나 봉걸과 닮아 있었기 때문이다.

"후후, 누가 형제 아니랄까 봐 추봉걸 이등병을 쏙 빼닮으셨군요."

"아, 그래요? 하지만 힘은 제가 훨씬 세답니다."

"후후, 그렇지만 이 테스트를 만만하게 보시면 안 됩니다. 우람한 장정들도 고통에 못 이겨 징징 짜는 경우가 허다했으니까요."

"걱정 마슈! 이 추봉근이 힘과 맷집 빼면 남는 건 아무것도 없습니다!"

컨트롤 연구팀장은 관찰실로 돌아오면서 씁쓸한 웃음을 지었다. 자신만만하던 지원병들이 30초를 못 견디고 나가떨어졌던 일이 허다했기 때문이었다. 그는 속으로 봉근도 별수있으랴 싶었다. 커다란 이빨을 드러내며 웃는 봉근을 향해 한번 싱긋 웃어준 연구팀장은 보조 연구원에게 시스템 가동을 명령했다.

"싱크로나이제이션 시스템 부트! 전기 신호 발생 장치 파워 온! 시작합니다! 다섯, 넷, 셋, 둘, 하나, 데이터 입출력 스타트!"

"우와아아아아아아아아아아악!"

봉근이 내지르는 소리에 놀란 여자 연구원이 입에 거품을 물고 쓰러졌다. 컨트롤 연구팀장과 보조 연구원은 스피커를 통해 터져 나오는 찢어지는 듯한 괴성에 귀를 막고 고통스러워했다. 봉근의 목소리는 귀를 막아도 칼날처럼 고막으로 파고들었다.

"우와아아아아아아아아아아악!"

봉근의 괴성에 견디지 못한 실험실 격리 유리창이 와장창 깨지며 산산이 흩어졌다.

"우와아아아아아아아아아아악!"

실험실에 즐비한 비커, 플라스크 등 유리로 된 실험기구들이 금이 가거나 깨져 나가기 시작했다. 비어커가 퍼석 하고 깨지자 안에 담겨져 있던 인화성 물질이 실험실 바닥에 떨어지면서 화악 하고 불길이 일었다. 뱀의 혀처럼 낼름거리는 불꽃은 나무로 된 실험용 테이블을 집어삼켰다.

"불이야아아앗!"

실험실은 삽시간에 불바다로 변하고 봉근은 계속 괴성을 지르고 있었다. 불길이 치솟아 오르자 스프링클러가 작동하면서 물이 뿌려지기 시작했다. 불과 물과 괴성이 어우러진 지옥과도 같은 상황이었다. 연구팀장은 귀를 막으면서 보조 연구원에게 고래고래 소리쳤다.

"시스템 가동 중지! 가동 중지!"

보조 연구원이 가동 스위치를 내리자 봉근은 소리 지르기를 멈추었다. 성능 좋은 스프링클러 덕분에 불길은 거의 잡혀가고 있었다. 비처럼 뿌려지는 물줄기를 맞으며 흥건히 젖은 채 앉아 있는 봉근의 모습은 프랑켄슈타인을 연상케 했다. 연구팀장은 마이크를 통해 봉근에게 물었다.

"추봉근 씨, 괜찮으십니까?"

뜻밖에도 봉근은 활짝 웃으며 손을 흔들어 보였다.

"이거 정말 짜릿하고 재밌네요! 한 번 더 하죠!"

연구팀장은 놀라서 옆에 있는 보조 연구원의 얼굴을 쳐다봤다.

"저건… 사람이 아니야……"

"맞습니다, 팀장님. 하지만 우리가 찾던 파일럿임에는 틀림이 없군요."

봉근은 한 번 더 하자고 발을 동동 굴렀고 연구팀장은 마지못해 시스템을 가동시켰다. 봉근의 괴성과 연구원들의 고통은 그날 오후 내내 계속됐다. 그리하여 추봉근은 신병기의 조종사로 확실하게 낙점되었다.

봉근이 싱크로나이제이션 테스트를 무사히 통과한 뒤 받은 첫 번째 훈련은 맨손 암벽 등반. 북한산의 험준한 바위산들을 장비의 도움 없이 오르내리는 극도로 위험하고 거친 훈련이었다. 봉근은 무거운 머리와 짧은 팔다리로 인해 자주 미끄러졌지만 워낙 뼈가 튼튼해 큰 부상은 입지 않았다. 하지만 계속 미끄러지고 구르고 다치면서 봉근은 짜증이 나기 시작했다. 로봇 조종사가 무슨 이유로 암벽 등반을 배워야 하는지 알 수가 없었다. 요철이 거의 없는 매끈매끈한 바위에 발을 디딘 봉근은 미끄덩 하는 느낌을 받았다.

"우아아아아아악!"

연구원들은 봉근이 데굴데굴 구르며 바위산을 내려오는 모습을 즐거운 표정으로 지켜보았다.

"야~ 저 친구 정말 통뼈야. 안 그래?"

"그러게… 저렇게 구르고도 끄떡없다니. 정말 튼튼한 사람이야."

"음, 난 인간이 아니라고 봐……."

바위산 맨 아래까지 굴러 내려온 봉근은 벌떡 일어섰다. 큰 얼굴 전체에 긁힌 상처가 가득했다. 그는 화가 잔뜩 나서는 연구원들에게 버럭 소리를 질렀다.

"아우우우~ 열받아! 도대체 왜 내가 이딴 훈련을 받아야 되는 거야!"

"그건 내일 아시게 될 겁니다, 추봉근 씨."

컨트롤 연구팀장이 연구원들을 헤치고 나오면서 차갑게 말했다. 그는 주머니에서 상처난 데 바르는 마데카솔 연고를 하나 던져 주고는 봉근의 어깨를 툭 쳤다.

"훈련은 계속해 주십시오, 추봉근 씨."

"아우우우~ 열받아!"

봉근은 킹콩처럼 가슴을 두드리고는 다시 암벽을 기어올라 갔다. 보통 훈련생들이라면 제풀에 지쳐 포기했겠지만 봉근은 워낙 오기로 똘똘 뭉친 열혈청년. 정상을 정복하기 전에는 절대로 포기하지 않겠다는 결연한 의지가 연구원들을 기쁘게 했다.

"아아~ 정말 고집도 센 친구야. 나 같으면 다 때려치우고 집에 가겠구만……."

"덕분에 재밌는 구경하잖아. 또 안 굴러오나?"

다음날 봉근은 국방부에서 비밀리에 개발한 인간형 병기 R-13의 모습을 보게 되었다. 거대한 격납고 안에 서 있는 R-13호는 신장 35미터의 훤칠한 키에 잘빠진 몸매를 갖추고 있어 짜리몽땅한 파일럿과 묘한 대비를 이루었다. 디자인은 대체로 단순하고 미끈하게 되어 있었고 몸 전체는 은색 페인트로 도색되었다. 봉근이 로봇의 발치에 서서 압도적인 위용을 감상하고 있는데 컨트롤 연구팀장이 군인 한 명을 데려와서 그에게 소개했다.

"추봉근 씨, 인사하세요. 앞으로 봉근 씨의 훈련을 담당하게 될 박말자 대위입니다."

봉근은 자신의 앞에 나타난 장교를 뚫어지게 쳐다보았다. 떡 벌어진 어깨에 구릿빛으로 그을린 피부가 씩씩하고 건강한 군인의 모습이었으나 촌스런 단발머리가 여자임을 말해 주고 있었다. 나이는 30대 중반에서 40대 후반까지 임의로 볼 수 있었다.

"엥? 여군? 아줌만 누구세요?"

"아줌마라니!"

여군의 군화발이 봉근의 정강이뼈를 강타했다. 봉근은 크윽! 하고 낮은 비명과 함께 정강이를 문질렀다. 박말자 대위는 허리에 끼웠던 보고서를 읽으며 큰 소리로 말했다.

"이름 추봉근. 병장으로 제대했지? 어제 인사참모부에서 자네 계급을 병장으로 결정했으니 그리 알게. 그리고 추 병장! 앞으로 내가 직속 상관이니 절대 나의 말에 복종할 것!"

"엥? 아줌마가 내 상관이라고? 말도 안 돼! 크악!"

봉근은 또 한 번 정강이에 통증을 느껴 주저앉았다. 박말자 대위는 우렁찬 목소리로 호령했다.

"추봉근 병장! 지금 당장 R-13호의 조종석에 탑승한다. 실시!"

"시, 실시."

봉근은 다리를 절뚝거리며 로봇에게 다가갔다. 연구원들이 키득거리며 봉근을 지켜보고 있었다. 봉근은 두리번거리다가 박말자 대위에게 물었다.

"대위님, 질문 있습니다!"

"뭔가, 추 병장!"

"조종석은 어디에 있습니까?"

박말자는 검지손가락으로 R-13호의 머리 부위를 가리켰다.

"조종석은 머리에 있다!"

"음, 신장이 35미터나 되는데 저기까지 어떻게 가나요? 제비호 같은 비행기라도 있어야……."

"R-13호에는 별도의 탑승 장치가 없다! 조종석까지 기어오른다! 실시!"

"기, 기어오른다구요? 저기까지 어떻게 기어올라 가요!"

"실시!"

박말자의 무자비한 쪼인트 까기가 또 시작됐다. 정강이를 문지르는 봉근에게 냉혹하게 명령하는 박 대위.

"암벽 등반은 괜히 시킨 줄 알아! 어서 기어오른다! 실시!"

봉근은 개구리처럼 납작 달라붙어서 로봇의 다리를 기어오르기 시작했다. 용접 부위의 요철이나 볼트 등을 붙잡고 간신히 기어오르는 봉근의 모습은 너무나 처절해 보였다. 하지만 박말자 대위의 닦달은 계속되었다.

"그렇게 굼벵이 같아서야 유사시에 어떻게 신속하게 출격하겠나! 좀 더 빨리 기어오르지 못하겠어!"

"아우~ 열받아. 뭐, 저런 우악스런 여자가 다 있어. 흑. 밍밍이 보구 싶구나……."

땀을 뻘뻘 흘리며 조종석에 도달한 봉근은 짧은 다리를 조종간에 올려놓고 담배를 한 대 피웠다.

"피유, 더럽게 힘드네. 싸우기도 전에 지치겠다."

담배를 몇 모금 빨기도 전에 의자 뒤쪽에 설치된 스피커에서 쩌렁쩌렁한 박말자 대위의 목소리가 흘러나왔다.

─지금 여유 부릴 땐가! 어서 R-13호의 시동을 걸어라!

"시동… 어떻게 겁니까?"

─조종간 아래쪽에 있는 구멍에 키를 집어넣고 앞쪽으로 돌려라!

박 대위의 지시대로 키를 돌리자 부르르릉 하는 소리가 들렸다. 조종석 전체가 덜덜덜 떨리고 있었다.

"우악! 뭐야, 이거! 웬 진동이 이렇게 심해!"

─R-13호의 동력원은 디젤엔진이다! 시끄러워도 참아라!

"뭐가 이렇게 구식이야!"

─추 병장! 불평은 그만 하고 어서 가속 페달을 밟아라!

봉근이 페달을 밟는 순간 로봇의 전체 몸통이 덜컹 하는 소리를 내며 들썩거리며 움직였다. 봉근은 탄성을 내질렀다.

"우아아아! 뭐야, 이거 걷고 있잖아!"

"잘 들어라! 이게 기본 보행법이다! 균형은 인텔 펜티엄 프로세서가 자동으로 잡아주니까 걱정하지 말고!"

"우하하하! 이거 재밌는데! 아후~ 재밌다!"

신이 난 봉근은 조종간을 이리저리 당겨보며 로봇을 이동시켰다. 코스에서 벗어나 제멋대로 돌아다니는 로봇에 놀란 연구원들이 가운을 펄럭거리며 도망다녔다.

"으악! 안 돼! 주차장엔 들어가면 안 돼!"

누군가 발악하며 외쳤으나 이미 늦었다. 로봇의 거대한 발은 이미 하얀색 티코를 납작하게 만든 뒤였다. 박말자 대위는 무전기에 대고 크게 소리쳤다.

―추 병장! 보행법은 이제 익혔으나 다음 훈련은 가상 전투다! 싱크로 모드로 들어간다! 조종간 오른쪽에 있는 붉은색 레버를 아래로 당겨라!

봉근의 솥뚜껑 같은 손이 레버를 감싸 쥐었다. 레버를 당기자 머리 위로 헬멧이 내려왔다. 전기 신호가 봉근의 뇌로 흘러들어 왔다.

"우아아아악! 또 시작이다!"

봉근의 눈앞에 가상의 적이 출현했다. 드럼 같은 몸통에 길쭉한 팔다리가 붙어 있는 투박한 로봇이었다.

"으엑! 뭐야, 저게!"

―당황하지 마라, 추 병장! 이건 시뮬레이션이다! 실제로 존재하는 적이 아니야! 이제 R-13호는 너의 몸짓대로 움직이게 될 것이다! 마음껏 공격해 봐라!

박말자 대위는 스프레이처럼 침을 튀기며 봉근에게 지시하고 있었다. 컨트롤 연구팀장은 버둥대는 로봇을 지켜보며 조용히 혼잣말을 했다.

"음, 파일럿의 공격 패턴에 따라서 R-13호의 이름을 붙여야 지……."

드럼통 로봇의 주먹이 R-13호의 머리통을 두들기기 시작했다. 봉근은 머리가 빠개지는 듯한 통증을 느꼈다.

"우아아악! 뭐야, 내 머리도 아프잖아!"

―추 병장! 싱크로 모드에서는 로봇이 받는 충격이 그대로 파일럿에게 전해진다! 고통을 참아내고 어서 공격해라!

봉근은 발로 뻥 차서 드럼통 로봇을 밀어낸 다음 두 팔을 풍차처럼 회전시켰다.

"아우우우~ 죽어라, 이 드럼통아!"

회전하는 주먹에 걸려든 드럼통 로봇은 쿠당탕 하고 바닥에 쓰러졌다. 물론 드럼통 로봇의 모습은 헬멧을 쓰고 있는 봉근에게만 투사되었다. 연구원들 눈에는 팔을 휘두르는 R‒13호의 모습이 보일 뿐이다. 컨트롤 연구팀장은 눈살을 찌푸리며 R‒13호를 지켜보고 있었다.

"괴상한 공격법이군. 저건 뭐지? 쿵후인가?"

봉근은 비틀거리며 일어서는 드럼통 로봇을 향해 마지막 일격을 강했다. 봉근이 조종석에서 짧은 다리를 들어 올리자 R‒13호도 무릎을 들어 올리며 드럼통 로봇의 턱을 가격했다. 드럼통 로봇의 찌그러진 머리가 하늘 높이 날아가면서 시뮬레이션 화면이 봉근의 시야에서 사라졌다.

R‒13호에서 기어 내려오는 봉근을 향해 연구원들의 열화와 같은 박수가 쏟아졌다. 박수에 답례하며 손을 흔들던 봉근은 R‒13호의 허리 부위에서 미끄러지고 말았다.

"우아아아악!"

엉덩이께에서 데굴데굴 구르며 내려오다 무릎 부위의 이음매 부분을 잡고 위기를 넘긴 봉근은 대롱대롱 매달려 있었다.

"힘내요, 추봉근 씨!"

"조금만 더!"

연구원들의 응원에 힘을 얻은 봉근은 팔짝 뛰어 정강이 부위를 붙잡은 뒤 주르륵 미끄러져 무사히 바닥에 도착했다. 활짝 웃으며 박말자 대위에게 거수경례를 붙이는 봉근.

"병장 추봉근! R-13호 시험 운전을 완수했습니다!"

"수고했어. 편히 쉬어."

진경엽 연구소장이 봉근에게 달려와 두손을 꼬옥 잡았다. R-13호 개발의 주역인 그의 눈에는 감동의 눈물이 그렁그렁하게 맺혀 있었다.

"훌륭합니다, 추봉근 씨. 싱크로 모드까지 완벽하게 작동하는 걸 보니 이제 실전에 투입되는 일만 남았군요."

"그런데 당신이 방금 보여준 기술이 뭡니까? 태권도인가요? 아니면 쿵후?"

컨트롤 연구팀장이 안경을 추켜올리며 호기심 어린 얼굴로 물었다. 봉근은 싱긋 웃으며 호탕하게 대답했다.

"그냥 막싸움이에요!"

"막싸움이라… 그럼 R-13호의 이름은 '막싸움 브이'로 정했다!"

막싸움 브이의 탄생을 축하하는 연구원들의 박수 소리가 울려 퍼지고 있었다. 봉근은 막싸움 브이의 발치에서 브이 자를 그리며 기념 사진을 찍었다. 박말자 대위는 듬직한 자신의 부하를 바라보며 만족스런 웃음을 지었다. 이제 그녀가 할 일은 봉근이 막싸움 브이의 조종 면허를 취득토록 하는 것이었다.

강남 면허 시험장에서 2종 보통 자동차 운전 면허 기능 시험에 응시하기 위해 위해 대기 중이던 김길자 씨는 자신의 두 눈을 믿을 수 없었다. 거대한 사람 모양의 기계가 기능 시험장에 들어서고 있었던 것이다. 시험장 내에 있던 차량들은 황급히 주차장으로 빠져나가고, 로봇은 관절 부위를 돌리며 몸을 풀고 있었다.

"오메… 저것이 무엇이여? 로보또 아닌감……."

"으악! 자동차 면허 시험장에 웬 로봇이냐!"

놀란 응시생들이 경악하는 사이 방송에서는 박말자 대위의 음성이 울려 퍼지고 있었다.

—추봉근 병장, 네가 막싸움 브이의 파일럿이 되기 위해선 인간형 병기 조종 면허를 따야 한다! 정신 똑바로 차리고 기능 시험을 통과하도록! 필기 시험은 내가 손을 써서 면제토록 해줬으니 기능 시험은 반드시 붙어야 돼! 알았지!

박 대위의 말이 끝나는 순간 출발 신호가 들어왔다. 막싸움 브이의 거대한 행보가 시작됐다. 몇 걸음 걷지 않아서 횡단보도가 나타났다. 박 대위가 다급하게 외쳤다.

—정지! 5초간 대기!

횡단보도 다음은 언덕이었다. 막싸움 브이는 언덕을 한걸음에 수월하게 건너뛰었다. 쿵쿵 걸어가서는 굴절 코스 도입 부분에 정지했다. 굴절에서도 박말자 대위는 친절하게 봉근을 인도했다.

"좌향 좌! 두 걸음 앞으로! 감지선 밟지 않도록 조심하고! 우향 우! 계속 앞으로 전진!"

막싸움 브이는 무사히 굴절을 빠져나와 곡선 코스에 접어들었다. 허리를 유연하게 움직이며 뱀처럼 코스를 빠져나오는 막싸움 브이. 싱크로나이제이션 시스템의 섬세한 기술 덕분이었다. T 자 주차는 더욱 쉬왔다. 막싸움 브이는 뒷걸음질치며 들어가서는 잠시 쭈그리고 앉았다가 코스를 빠져나왔다. 자동차 면허 응시생들은 막싸움 브이가 코스를 무사히 통과할 때마다 환호성을 지르며 좋아했다.

"로봇 면허도 별거 아니구만."

"자동차보다 쉬운데 그래! 나도 로봇 면허나 따볼까?"

"어이구, 할부로 산 중고차 몰고 다닐 거면서 저렇게 비싼 걸 어찌 사려누!"

기어 변속 구간에서 막싸움 브이는 천천히 걷다가 팔짝팔짝 뛰면서 무사히 통과했다. 이제 거의 면허를 땄다고 생각한 봉근은 의기양양하게 걷고 있었다. 조종간 왼쪽에 있는 경광등에 삑— 삑— 하고 불이 들어왔다. 당황한 봉근은 마이크에 대고 소리쳤다.

"박 대위님! 뭐예요! 갑자기 불이 들어오고 요란한 소리가!"

―돌발 상황이야! 걸리면 감점이야! 정지하고 밑을 봐!

봉근은 헬멧을 쓰고 발 밑을 보았다. 세숫대야만한 커다란 말똥이 막싸움 브이의 발 앞에 놓여 있었다.

"우웃! 큰일 날 뻔했군. 조금만 더 늦게 섰어도 밟을 뻔했어."

막싸움 브이는 말똥을 피해 주차 코스로 들어섰다. 무사히 쭈그리고 앉았다 일어선 막싸움 브이는 제한 시간 내에 피니시 라인을 끊었다. 경광등이 파란색으로 바뀌며 경쾌한 멜로디가 흘러나왔다. 박말자 대위는 자신의 머리 큰 부하가 대견해지기 시작했다.

―수고했다, 추 병장. 합격이다!

"우아아아아~ 축하합니다!"

응시생들이 모두 뛰어나와 막싸움 브이를 둘러쌌다. 봉근은 조종석 캐노피를 열고 다시 엉금엉금 기어 내려왔다. 바닥에 이르자 기다렸던 자동차 면허 응시생들이 봉근을 헹가래 치기 위해 몰려들었다. 응시생들은 봉근을 들어 올려 높이 던졌다. 머리가 너무 무거워서 높이 띄우지는 못했지만 그럭저럭 오르락내리락하는 모습이 흥거워 보였다.

〈2권 끝〉